Allegria

Der Autor

Augusto Jorge Cury, geboren 1958, ist ein brasilianischer Arzt, Psychiater, Psychotherapeut und Autor. Allein in Brasilien verkauften sich seine Bücher bisher mehr als 15 Millionen Mal. Im Mittelpunkt seiner Forschungen als Arzt stehen die Entwicklung einer höheren Lebensqualität sowie die Ausprägung der menschlichen Intelligenz in Bezug auf die Natur, den Aufbau und die Dynamik von Emotionen und Gedanken.
Nähere Informationen unter: http://www.augustocury.com.br

Vom Autor sind in unserem Hause folgende Titel erschienen:

Der Traumhändler

Augusto Cury

Wanderer in der Zeit

ein spiritueller Roman

Aus dem brasilianischen Portugiesisch
von Mechthild Blumberg

Ullstein

Besuchen Sie uns im Internet:
www.ullstein-taschenbuch.de

Allegria im Ullstein Taschenbuch

Titel der Originalausgabe:
O VENDEDOR DE SONHOS E A REVOLUÇÃO DOS ANÔNIMOS
Erschienen 2009 im Verlag Academia de Inteligencia,
Sao Paolo, Brasilien

Ullstein Taschenbuch ist ein Verlag
der Ullstein Buchverlage GmbH, Berlin.
Deutsche Erstausgabe im Ullstein Taschenbuch
1. Auflage Oktober 2014

Übersetzung: Mechthild Blumberg
Lektorat: Jochen Winter
Umschlaggestaltung: X-Design, München
Umschlagmotiv: shutterstock/Sergey Nivens
Satz: Keller & Keller GbR
Gesetzt aus der Minion
Papier: Pamo Super von Arctic Paper Mochenwangen GmbH
Druck und Bindearbeiten: GGP Media GmbH, Pößneck
Printed in Germany
ISBN 978-3-548-74621-0

Widmung

Dieser Roman ist all den Namenlosen der Massengesellschaft gewidmet, die verstanden haben, dass das Leben einem höchst riskanten Vertrag gleicht, dessen Klauseln besagen: Drama und Komödie, Niederlagen und Erfolge, Wüste und Oasen, Entspannung und Stress sind das Privileg der Lebenden.

Inhalt

Vorwort

Der Traumhändler ist eine Saga, die über mehrere Bücher hinweg die bewegte Geschichte eines Grüppchens außergewöhnlicher Menschen erzählt und in der Drama und Komödie, Trauer und Lachen, Gesundheit und Wahnsinn das explosive Gemisch bilden, das die Entwicklung vorantreibt. Obwohl sie aufeinander aufbauen, kann jeder Band auch für sich gelesen werden. Dass bereits der erste ein solcher Erfolg werden würde, hätte ich mir nicht träumen lassen, da er das Gesellschaftssystem grundsätzlich infrage stellt und die moderne Gesellschaft als großes Irrenhaus bezeichnet, in welchem Geisteskrankheit der Normalzustand ist. Jetzt liegt der zweite Band vor: *Wanderer in der Zeit.*

Im ersten Band taucht aus dem Nichts ein geheimnisvoller Mann auf, der als Traumhändler oder Meister die Passanten dazu aufruft, ihm auf dem risikoreichen Weg zu folgen, den Wahnsinn unseres Gesellschaftssystems zu entlarven. Die Jünger, die er um sich schart, sind verstörte und exzentrische Gestalten, in denen sich neben mir wohl auch viele Leser wiederfinden. Der Meister wühlt seine Hörer auf und regt sie an, nach dem Land zu suchen, das nicht einmal Könige beherrschen können, nämlich nach dem Inneren der menschlichen Seele.

Auch im vorliegenden zweiten Band stellt der Meister die Gesellschaft auf den Kopf, denn seine Ideen setzen bei den verrückten Jüngern ungeahnte Kreativität frei. Vor allem Bartholomäus und Barnabas treiben schweren Schabernack, indem sie alles und jeden provozieren und verspotten, sogar den Traumhändler selbst. Das Buch zeigt, wie viele namenlose Helden es gibt, die nicht im Scheinwerferlicht der Medien stehen.

Es sind die Deprimierten, die unter der warmen Decke der Trostlosigkeit begraben sind und dann den Mut aufbringen, ihrer emotionalen Eiszeit entgegenzutreten; die Hektiker, die von Unruhe zerfressen sind, aber den Traum von Ruhe nicht aufgegeben haben; die Krebskranken, die wie tapfere Krieger um das Leben kämpfen und jeden Tag zu einer kleinen Ewigkeit machen; die Eltern, die sich für Wohl und Erziehung ihrer Kinder aufopfern bis zur völligen körperlichen und geistigen Erschöpfung; die Lehrkräfte, die trotz magerer Bezahlung und fehlender gesellschaftlicher Anerkennung die Welt verbessern, indem sie ihre Schüler das kritische Denken lehren; die Schüler, die gegen Windmühlen kämpfen im Glauben, den Lauf der Geschichte verändern zu können, ohne zu ahnen, dass das versteinerte Gesellschaftssystem neuen Ideen nicht eben offen gegenübersteht; die Arbeitnehmer in den Büros und Fabriken, die nur dann beachtet werden, wenn einer von ihnen aus der Rolle fällt, deren Geschichten aber ungemein anregend sind. Sie alle handeln ebenfalls mit Träumen, wenn es auch häufig Albträume sind.

Jeder Mensch ist voller Geheimnisse, aber wir sind meist zu kurzsichtig, um sie zu entdecken. Diese Schatzkammer für eine gewisse Zeit zu betreten ist ein Privileg. Als Psychiater, Psychotherapeut und Autor einer Theorie, die die bemerkenswerte Welt der Gedanken und den komplexen Prozess der Herausbildung von Denkern untersucht, habe ich von allen diesen Namenlosen viel gelernt und in ihrer Psyche verborgene Schätze entdeckt. Neben vielen von ihnen fühle ich mich klein und unbedeutend.

Der vorliegende Roman rückt die Namenlosen der Gesellschaft in den Mittelpunkt, um zu zeigen, dass die Geschichte der Menschheit mit Jubel ebenso wie mit Tränen, mit ruhiger wie mit nervöser Feder, in geistiger Gesundheit wie in geistiger Umnachtung geschrieben wird.

Ein umstrittener wie überraschender Zeitgenosse

Wir lebten in einer Zeit, in welcher die Menschen viel zu vorhersehbar waren – ihnen fehlte es an Kreativität und emotionaler Würze, sie saßen fest im Netz des ewig Gleichen. Schauspieler und andere Künstler des Showbusiness, Politiker, Wissenschaftler, Kirchenleute, leitende Angestellte großer Unternehmen – sie alle waren im Grunde farblos, langweilig und nicht selten unausstehlich. Nicht einmal sie selbst konnten sich ertragen. Ihre Worte und ihr Verhalten wiederholten sich, und ihre Gedanken waren abgedroschen. Weder verzauberten sie das Gefühl noch regten sie den Intellekt an. Sie brauchten die Verpackung durch Marketingstrategien und Medienschminke, um interessant zu scheinen. Aber sogar den Jugendlichen fehlte es an Begeisterung für ihre Ikonen.

Und plötzlich, als wir auf dem Ozean der Langeweile trieben, erschien ein Wellenreiter auf dem Kamm ungeahnt hoher Wellen. Er durchbrach die Gefängnisgitter der Routine und stellte unser Denken auf den Kopf, zumindest das meine und das derjenigen, die ihm zuhörten. Ohne jegliche Marketingstrategie wurde er zum größten soziologischen Phänomen unserer Zeit. Zwar mied er das Scheinwerferlicht und den Furor der Medien, konnte jedoch nicht unbemerkt bleiben oder Gleichgültigkeit gegenüber seinen Gedanken erwarten.

Ohne seine Identität preiszugeben, nannte er sich einen Traumhändler, fegte wie ein Hurrikan mitten durch die Millionenstadt und lud einige Menschen dazu ein, ihm zu folgen. Er war ein Fremder, dem es auf rätselhafte Weise gelang, eine Gefolgschaft von anderen Fremden an sich zu binden. Und das, obwohl er Forderungen stellte:

»Wer mir folgt, muss zunächst seinen Wahnsinn zugeben und sich der eigenen Idiotie stellen.«

Dann hob er die Stimme und verkündete den Passanten auf seinem Weg:

»Selig sind die Durchsichtigen, denn ihnen gehört das Reich der geistigen Gesundheit und Weisheit. Unselig sind diejenigen, die ihre Schwächen unter Kultur, Geld und gesellschaftlichem Prestige verstecken, denn ihnen gehört das Reich der Psychiatrie.«

Dann strich er sich über den Kopf, sah seinen Zuhörern tief in die Augen und sagte zu unserem Entsetzen:

»Aber seien wir ehrlich! Wir sind alle Spezialisten darin, Verstecke zu finden. Wir kriechen in unvorstellbare Löcher, um uns zu verstecken, und verbergen uns sogar unter der Fahne der Ehrlichkeit.«

Dieser Mann scheuchte die Gesellschaft auf. Seine Zuhörer waren sprachlos. Wo er auch vorbeikam, verursachte er Tumult. Wo war er zu Hause? Er wohnte unter Brücken und Viadukten und manchmal in Obdachlosenunterkünften. In diesen Zeiten war es noch nie geschehen, dass ein so verletzlicher Mensch derart direkt auftrat. Er hatte weder eine Krankenversicherung noch irgendeinen sozialen Schutz – ihm fehlte sogar das Geld für seine Mahlzeiten. Er gehörte zu den Verelendeten, war aber furchtlos genug, um zu sagen:

»Ich möchte nicht, dass ihr Streuner werdet wie ich. Wovon ich träume, ist, dass ihr auf dem Gebiet eures eigenen Selbst herumstreunt. Durchquert Landschaften, in die sich bisher erst wenige Intellektuelle getraut haben. Folgt weder Karte noch Kompass, sondern sucht nach euch selbst und verliert euch auch. Betrachtet jeden Tag als neues Kapitel und macht aus jeder Wendung eine ganz neue Geschichte.«

Er kritisierte die Mechanisierung des modernen Homo sapiens, der wie eine Maschine lebte, arbeitete und schlief, ohne über die Geheimnisse der Existenz nachzudenken und darüber, was es bedeutete, ein Sapiens zu sein. Er bewohnte die Oberfläche der Erde, wandelte an der Oberfläche der Existenz und atmete an der Oberfläche des Geistes. Einige Zuhörer protestierten: »Wer ist er, dass er sich mit solcher Dreistigkeit in die Privatsphäre anderer Leute einmischt? Aus welchem Irrenhaus ist er entwichen?«

Andere wiederum entdeckten, dass sie dem Wesentlichen, insbesondere sich selbst, bisher keine Zeit geschenkt hatten.

Nur eine kleine Gruppe engster Freunde schlief, wo er schlief, und lebte, wie er lebte. Ich, der Schreiber dieser Geschichte, war unter ihnen. Diejenigen, die mit ihm in Kontakt kamen, hatten das Gefühl, in einen surrealen Film geraten zu sein.

Woher dieser Mann kam, war ein Geheimnis, sogar für seine Jünger. Wenn er gefragt wurde, wer er sei, sagte er immer dasselbe:

»Ich bin ein Wanderer in der Zeit, auf der Suche nach mir selbst.«

Er war völlig mittellos, besaß aber mehr als jeder Millionär. Sein riesiges Wohnzimmer war weitläufig, licht und luftig: die Bänke in einem Park, die Freitreppe vor einem Gebäude, der Schatten unter einem großen Baum. Seine Gärten durchzogen die gesamte Stadt. Er betrachtete sie mit leuchtenden Augen wie die Hängenden Gärten von Babylon, so als seien sie nur zu seiner Freude angelegt. Aus jeder Blume machte er ein Gedicht, jedes Blatt führte ihn zum Quell der Empfindsamkeit, und jeder Baumstumpf verlieh seiner Fantasie Flügel.

»Morgen- und Abendröte ziehen nicht einfach vorüber, sondern laden mich dazu ein, mich zu sammeln und über meine Einfalt nachzudenken«, sagte der Traumhändler. Sein Verhalten war genau das Gegenteil dessen, was wir gewöhnt waren. Viele liebten das Eigenlob, er aber zog es vor, über seine Winzigkeit zu sinnieren.

Nach einer unbequemen Nacht im Gestank unter einer Brücke breitete er die Arme aus, atmete mehrmals tief ein und aus und ließ sich von den ersten Sonnenstrahlen durchfluten.

Nachdem er eine Weile in sich versunken gegrübelt hatte, begab er sich in den Zentralbereich einer nahe gelegenen Hochschule und wandte sich mit lauter Stimme an die anwesenden Studenten:

»Wir genießen Bewegungs-, aber keine Denkfreiheit. Unsere Gedanken und Entscheidungen sind begrenzt auf den schmalen Saum unserer Hirnrinde. Wie können wir frei sein, wenn wir zwar unseren Körper mit Kleidung schützen, aber unsere Psyche nackt ist? Wie können wir frei sein, wenn wir die Gegenwart mit der Zukunft vergiften, wenn wir bereits im Voraus leiden und der Gegenwart das Recht stehlen, sich am Quell von Ruhe und Frieden zu laben?«

Einmal kamen drei Psychiater an ihm vorbei und hörten ihn sprechen. Während einer von ihnen der zerlumpten Gestalt mit offenem Mund zuhörte, flüsterten sich die beiden anderen verärgert zu:

»Dieser Mann ist gemeingefährlich! Er muss dringend eingeliefert werden!«

Er las es auf ihren Lippen und erwiderte:

»Keine Sorge, Freunde, ich bin bereits eingeliefert – seht euch doch diese wunderbare, riesige Irrenanstalt an!« Dabei ließ er seinen Arm über die Dächer schweifen.

In den modernen Gesellschaften war Kinderarbeit zwar verboten, aber der Meister sagte, dass dieselben Gesellschaften sich an den Kindern versündigten, indem sie sie durch Massenkonsum, verfrühte Sorgen und ein Übermaß an Aktivitäten auszehrten und zu schnell zu Erwachsenen machten. Wie außer sich rief er:

»Unsere Kinder erleben zwar nicht die Schrecken des Krieges, sehen keine zerstörten Häuser und verstümmelten Körper, doch stattdessen wird ihre Unschuld ausgelöscht, ihre Fähigkeit zum Spiel unterdrückt und ihre Fantasie geraubt, indem man in ihnen Bedürfnisse nach unnötigen Dingen weckt. Ist das nicht auch eine Form des Schreckens?«

Dann merkte er an, und wir fragten uns, woher er diese Informationen hatte:

»Nicht ohne Grund ist die Zahl der Depressionen und anderer psychischer Störungen unter Kindern und Jugendlichen sprunghaft angestiegen.«

Er hatte jetzt Tränen in den Augen, so als hätte er sie alle adoptiert. Seine eigenen Kinder waren bei einem tragischen Unfall ums Leben gekommen – weitere Details seiner geheimnisvollen Vergangenheit waren uns damals nicht bekannt.

Er konnte sich mit der verfehlten Persönlichkeitsbildung der jungen Menschen nicht abfinden, und so drang er einmal am Ende des Tages in eine private Grundschule ein, die von Kindern der Oberschicht und oberen Mittelschicht besucht wurde. Der Boden war mit Granitplatten ausgelegt, das Deckengewölbe ruhte auf Marmorsäulen, die Fensterscheiben waren aus Rauchglas, und alles war klimatisiert. Jeder Schüler hatte seinen eigenen Computer. Alles schien perfekt.

Das einzige Problem bestand darin, dass die unruhigen Kinder keine Freude am Lernen hatten und kein kritisches Denken entwickelten. Für sie waren die Schule und die gesamte Lernumgebung fast unerträglich. Sobald die Klingel ertönte, flüchteten sie eilig aus ihren Klassenräumen, als ob sie darin eingesperrt gewesen wären.

Die Eltern, die ihre Kinder von der Schule abholten, hatten keine Minute zu verlieren. Sie schimpften mit den Kindern, wenn diese nicht pünktlich am Ausgang erschienen. In diesem Klima allgemeiner Nervosität huschte der Traumhändler an den Türstehern vorbei, setzte sich eine Clownsnase auf und begann, auf dem Schulhof umherzuhüpfen, zu tanzen und herumzualbern. Viele Kinder im Alter von neun, zehn und elf Jahren vergaßen, dass sie auf dem Heimweg waren, und machten mit.

Dann spielte er mit ausgebreiteten Armen Flugzeug und »flog« in einen kleinen Garten, wo er einen Frosch, eine Grille und eine Klapperschlange imitierte. Ringsum herrschte Begeisterung. Anschließend führte er Zaubertricks vor. Er zog eine Blume aus dem Ärmel und ein Häschen aus der Jackentasche. Nach ein paar Minuten Spaß sagte er zu den Kindern:

»Und hier kommt mein größter Zaubertrick!«

Er zog ein Samenkorn aus der Tasche und fragte:

»Wenn ihr ein Samenkorn wärt, welcher Baum würdet ihr gern werden?«

Er forderte die Kinder auf, die Augen zu schließen und sich den Baum vorzustellen. Jedes Kind stellte sich seinen eigenen Baum vor, vom Umfang des Baumstamms über die Form der Krone bis zur Länge der Zweige, der Gestalt der Blätter und Farbe der Blüten.

Mehrere Eltern suchten derweil verzweifelt nach ihren Kindern. Noch nie hatten diese zehn Minuten auf sich warten lassen. Einige dachten, sie wären entführt worden. Auch die Lehrer suchten, und diejenigen, die als Erstes in den Garten kamen, wo der Traumhändler seine Vorstellung gab, waren beeindruckt davon, wie still die Kinder waren und wie aufmerksam sie nach Schulschluss noch zuhörten. Sie sahen die zerlumpte Gestalt und verstanden, dass es sich um den Fremden handelte, der die Großstadt auf den Kopf stellte.

Nach dieser kurzen Fantasiereise erklärte er den Kindern:

»Ein Leben ohne Träume ist wie ein Samenkorn ohne Erde, eine Pflanze ohne Nährstoffe. Die Träume bestimmen nicht, welche Art Baum du sein wirst, aber geben dir Kraft, zu verstehen, dass es kein Wachstum ohne Stürme, Schwierigkeiten und Unverständnis gibt.«

Und er empfahl:

»Spielt mehr, lacht mehr, folgt eurer Fantasie. Habt keine Angst davor, euch mit der Erde eurer Träume schmutzig zu machen. Ohne Erde kann das Samenkorn nicht keimen.« Und er nahm eine Handvoll Erde und rieb sie sich ins Gesicht.

Beeindruckt taten es ihm einige Kinder nach, während andere ihre Kleidung mit Erde beschmutzten.

Als die Eltern eintrafen und sahen, wie schmutzig ihre Kinder waren und dass sie einem zerlumpten Sonderling zuhörten, gerieten sie in helle Aufregung. Einige forderten wütend von den Lehrern:

»Halten Sie diesen Verrückten von unseren Kindern fern!«

Andere protestierten lautstark:

»Wir zahlen ein Vermögen an Schulgebühren und dann bietet diese Schule nicht einmal ein Mindestmaß an Sicherheit. Es ist ein Skandal!«

Die Wachmänner wurden gerufen, welche den Traumhändler vor den Augen der Kinder unter Schlägen in Richtung Ausgang trieben. Da lief ein neunjähriges Mädchen namens Juliana, das sich das Gesicht über und über mit Erde beschmiert hatte, auf ihn zu und rief:

»Aufhören! Aufhören!«

Erstaunt hielten die Wachleute inne. Juliana reichte dem Meister eine Blume und sagte:

»Ich wäre gern ein Weinstock!«

»Und warum, meine Kleine?«

»Ein Weinstock ist zwar nicht so schön wie du, aber jeder Mensch kommt an seine Beeren heran.«

Entzückt sagte der Meister:

»Du wirst noch eine großartige Traumhändlerin!«

Einige Lehrer baten die Wachleute, den Mann, auch wenn sie ihn hinauswarfen, freundlich zu behandeln. Am Ausgang spendeten sie ihm Beifall. Er wandte sich ihnen zu und sagte:

»Eine Gesellschaft, die ihre Straforgane besser ausstattet als ihre Erzieher, kann nicht gesunden. Ich würde mich niemals vor Stars oder politischen Führern verneigen, aber ich verneige mich vor denjenigen, die unsere Kinder erziehen.«

Und tatsächlich verneigte er sich vor den erstaunten Lehrkräften. Dann brach er ohne festes Ziel auf.

Es war nicht leicht, diesen geheimnisvollen Mann zu begleiten. Er hielt Reden, auch wenn es empfehlenswerter war, zu schweigen, und er tanzte, auch wenn Zurückhaltung gefordert war. Er war einfach unberechenbar. Manchmal entfernte er sich von seinen Jüngern, um sie nicht in den Aufruhr hineinzuziehen, den er verursachte. Eine der Entwicklungen, die ihn am meisten bedrückten, war die Tatsache, dass die Menschen in den digitalen Gesellschaften nicht mehr genießen konnten – etwas, das Freud nicht vorhergesehen hatte. Als philosophischer Prophet sagte er häufig:

»Wir sind kraftlos, schwerfällig und chronisch unzufrieden. Während einerseits die Unterhaltungsindustrie immer neue Produkte auf den Markt wirft, wächst andererseits der Verbrauch an Beruhigungsmitteln. Gibt Ihnen das nicht zu denken, meine Damen und Herren?«

Seine Zuhörer, die er mit solchen Ausführungen kalt erwischte, wurden wirklich nachdenklich. In einigen rumorte es aufgrund der Worte, die sie hörten, in anderen wegen der beunruhigenden Gestalt, die sie aussprach.

Der Meister setzte seinen spitzfindigen Gedankengang fort:

»Es gibt zwar viele Comedyshows, aber wo ist das Lächeln, das bis zum nächsten Morgen andauert? Wir verfügen über Genussmöglichkeiten, wie sie sich die alten Griechen und Römer nicht haben träumen lassen, aber wo ist die Freude, die nicht versiegt? Und wo ist die Geduld? Welche Emotion trinkt aus ihrem Quell und lebt an ihren Ufern?«

Dem Mann, dem wir folgten, war es egal, ob seine Zuhörer ihm Beifall spendeten oder ihn auspfiffen. Er kümmerte sich einzig und allein darum, seinen Überzeugungen treu zu bleiben. Seiner Ansicht nach war das Leben zu kurz, um unter Vortäuschung falscher Tatsachen oberflächlich und mittelmäßig gelebt zu werden. Und eine der Mittelmäßigkeiten der modernen Welt, die er grimmig bekämpfte, war der Starkult.

»Diejenigen, die nicht im Scheinwerferlicht stehen – namenlose Tagelöhner, die um ihr Überleben kämpfen, Ärzte und Krankenpfleger, die Leben retten, Fabrikarbeiter, die sich die Hände schmutzig machen, Müllwerker –, sie sind die Stars auf der Bühne unserer Gesellschaft. Doch das System achtet diese Helden nicht, sondern pickt sich stattdessen Leute heraus, deren Verdienste nicht größer sind als die jener, um sie künstlich zu Stars aufzublasen. Eine Gesellschaft, die die Mehrheit ihrer

Mitglieder gering schätzt und stattdessen unechte Stars fabriziert, ist seelisch verkümmert und krank.«

Für die einen war der Meister verrückter als alle Verrückten zusammen, für die anderen ein Denker von unvergleichlicher Kühnheit. Für wieder andere war er ein Mann, der einmal groß gewesen war und von seinem Thron stürzte, um einfach zu einem Menschen zu werden, der sich seiner Fehler und Schwächen bewusst ist.

Für mich war er ein außergewöhnlicher, herausfordernder und inspirierender Mann. Seine Ideen waren mitreißend, seine Worte oft scharf wie Klingen. Wenn er den Mund aufmachte, hielten die Zuhörer vor Bewunderung den Atem an und waren sprachlos. Er wurde geliebt wie nur wenige und abgelehnt wie nur selten jemand.

Ich, ein hochmütiger Soziologe und egozentrischer Hochschullehrer mit dem krankhaften Bedürfnis nach Beifall und Macht, der nie den Mut aufgebracht hatte, sich jemandem anzuschließen, folgte nun schon ungefähr sechs Monate einem zerlumpten, unrasierten Mann mit zerzaustem, relativ langem Haar, der zerknitterte, abgeschabte Jacketts mit offenen Nähten trug, die nicht einmal in den billigsten Secondhandläden zu finden waren.

Doch dieser Mann war so fesselnd, dass ganze Horden von Jugendlichen am Wochenende frühmorgens durch die Straßen zogen, um ihn zu suchen, anstatt sich im Bett noch einmal umzudrehen. Sie wollten wissen, wo er sprechen würde und welchen Aufruhr er und seine Jünger diesmal verursachen würden. Und diese verursachten wirklich unglaubliche Tumulte! Manche von ihnen waren so irre, dass ihr Fall nicht einmal in Psychiatrie-Lehrbüchern beschrieben war. Sie waren so übergeschnappt, dass man sich besser nicht in ihrer Nähe aufhielt.

Ehrlich gesagt, hatte ich manchmal Lust, wegzulaufen und aus dem Projekt auszusteigen. Aber irgendetwas faszinierte mich daran und hielt mich zurück.

Mein Meister war weder ausgeglichen wie ein christlicher noch gleichmütig wie ein buddhistischer Mönch und erst recht nicht maßvoll wie ein Philosoph der griechischen Antike. Manchmal ruderten wir über den ungetrübten Wasserspiegel stiller Seen, aber er führte uns auch mitten ins Auge des Sturms. Wenn er hörte, wie die Leute ihn rühmten, konnte er sagen:

»Vorsicht! Ich bin nicht normal. Manche halten mich für einen Geisteskranken. Mir zu folgen ist äußerst riskant!«

Er war fähig, sich stundenlang mit einem blinden Bettler zu unterhalten und anschließend zu behaupten, dass dieser klarer sehen könne als er. Junge Leute mit Liebeskummer, mit schulischen oder familiären Problemen baten um Audienzen, um ihn um Rat zu fragen. Er war in der Lage, eine seiner glänzenden Reden unvermittelt abzubrechen und ohne ein erklärendes Wort an die Menge seiner Zuhörer wegzugehen, wenn er einen alten Menschen sah, der kaum mehr laufen konnte. Dann begleitete er ihn mit langsamem Schritt stundenlang durch die Straßen und freute sich an dem, was er dabei zu hören bekam.

Mich verwirrte sein Verhalten zutiefst, und ich fragte mich: »Was ist das für ein Mann, der seine Energie auf Angelegenheiten verwendet, die die meisten Leute für irrelevant halten?«

Sogar abgestandenes Wasser verwandelte sich in seinem Mund in ein köstliches Getränk. Er war fähig, sich von einem einfachen Glas Wasser zu einem Gedicht inspirieren zu lassen und es dann in einer Weise auszutrinken, wie es sonst niemand tat. Er hob das Glas ins Licht und sagte:

»Wasser, das du meinen Durst stillst! Eines Tages werde ich im Bett meines Grabes in winzige Teile zerfallen, und du wirst in ebenso winzigen Teilen in das Bett des Meeres zurückkehren. Aber da du ebenso unruhig wie großzügig bist, wirst du vor Sehnsucht nach der Menschheit weinen. Da du an nichts festhältst, wirst du verdampfen, den Himmelsrand küssen, an weit entfernte Orte reisen und wie Tränen herabregnen, um andere Menschen zu erfrischen …«

Er hatte nicht das neurotische Bedürfnis nach Macht und quälte sich nicht damit, sein Image zu pflegen und die Fassade aufrechtzuerhalten. Er stellte sich nicht absichtlich ins Rampenlicht, blies sich nicht auf oder machte sich wichtig. Wenn man mit ihm unterwegs war, waren die hundert Milliarden Neuronen, aus denen unser Gehirn besteht, permanent im Ausnahmezustand. Seine Ideen waren derart verstörend, dass sie zahllosen Menschen schlaflose Nächte bereiteten. Sie entlarvten, wie töricht und gestört wir im Grunde waren.

Dieser Mann hatte mich gerettet, als ich mich umbringen wollte. Danach hätte er seinen und ich meinen Weg fortsetzen können, und dann hätten wir uns vielleicht niemals wiedergesehen. Aber das, was er sagte, um mich von meinem Wunsch abzubringen, aus dem Leben zu scheiden, war so verblüffend, dass ich nicht anders konnte, als mich vor seiner Weisheit tief zu verneigen. Ich wollte unter mein Leben einen Schlussstrich ziehen, und er provozierte mich mit einem verstörenden Angebot:

»Ich will Ihnen ein Komma verkaufen!«

»Ein Komma?«, fragte ich überrascht.

»Ja, ein Komma, damit Sie weiter an Ihren Texten schreiben, denn ein Mann ohne Kommata ist ein Mann ohne Geschichte.«

Das öffnete mir die Augen. Ich verstand, dass ich in meinem Leben bisher immer nur Schlussstriche gezogen hatte, statt Kommata zu setzen. Bei Frustrationen wandte ich mich ab, bei Verletzungen wich ich zurück, bei Widerstand änderte ich die Richtung, bei Problemen gab ich mein Vorhaben auf und Schicksalsschlägen drehte ich einfach den Rücken zu.

Ich war ein Gelehrter, der die Bücher der anderen für die eigenen Theorien nutzte, der aber nicht in der Lage war, das Buch seines eigenen Lebens zu schreiben. Mein persönlicher Text war voller Brüche. Ich hielt mich für einen Engel und diejenigen, die mich enttäuschten, für Teufel, ohne jemals zuzugeben, dass ich meine Frau, meinen einzigen Sohn, meine Freunde und meine Studenten permanent quälte.

Wer alle um sich herum vernichtet, wird eines Tages auch sich selbst gegenüber unbarmherzig sein. Und dieser Tag kam auch für mich. Doch glücklicherweise traf ich auf diesen geheimnisvollen Mann und verstand, dass es zwar möglich ist, mit Hunden, Katzen und sogar Schlangen zusammenzuleben, ohne Kommata zu setzen, aber nicht mit Menschen. Enttäuschungen, Frust, Konflikte, Treuebrüche und Verletzungen sind Teil der existenziellen Speisekarte, zumindest meiner und aller, die ich kenne. Und dabei Kommata zu setzen ist unverzichtbar.

Ich hatte mich am Rednerpult des Hörsaals und in der kleinen Wohnung, die ich mir vom bescheidenen Dozentengehalt leisten konnte, behaglich eingerichtet. Und nun spürte ich – ein Marx-Spezialist und Sozialist, der sein Leben lang die Bourgeoisie kritisiert und die Elenden dieser Gesellschaft rhetorisch in den Mittelpunkt gestellt hatte – am eigenen Leib, wie es sich anfühlte, völlig mittellos zu sein.

Ich begann, einem Ideenhändler zu folgen, der rein gar nichts besaß außer sich selbst. Angesichts dieses Mannes wäre sogar Marx perplex gewesen, denn auch er, der große Theoretiker, hatte nie selbst das Leben derer geführt, deren Lage er verbessern wollte. Während ich dem Meister folgte, verstand ich, wie oberflächlich mein Sozialismus gewesen war – ich hatte mich mit Worten hervorgetan, ohne mich je wirklich zu Verelendeten herabzulassen. Nun durchbrach ich die Schranken der Theorie und wurde zu einem Wanderer im großen Welttheater, der den anderen Wanderern Kommata verkaufte, damit sie kritisches Denken entwickeln, ihrem Geist Flügel verleihen und ihre Geschichte neu schreiben konnten.

Verspottet, verlacht, für verrückt, irre oder unzurechnungsfähig erklärt zu werden war noch das geringste Risiko, das man als Jünger des Meisters einging. Das viel größere bestand darin, verprügelt, festgenommen, für einen Aufrührer, Entführer und Terroristen gehalten zu werden. Der Preis dafür, in einer Gesellschaft mit Träumen zu handeln, die dem menschlichen Geist die Luft abschnürt und die aufgehört hatte, zu träumen, war sehr hoch.

Aber es gab nichts, was derart aufregend war. Diejenigen, die sich unserem Team anschlossen, kannten weder Langeweile noch Verzweiflung oder Depressionen, sondern setzten sich stattdessen unvorhersehbaren Gefahren aus und stürzten sich in unglaubliche Konfusionen. Und was für Konfusionen!

Erlöse mich von diesen Jüngern!

Insbesondere für jemanden wie mich, der im Hörsaal Beifall geerntet hat und unter Hochschullehrern respektiert war, scheint es nicht unbedingt empfehlenswert zu sein, dem Traumhändler zu folgen.

Immerhin meinen tatsächlich einige meiner Rivalen – frühere Kollegen an der Universität –, ich sei verrückt geworden. Sie sind Experten darin, über mich zu urteilen, mich abzustempeln und auszuschließen, ohne mich vorher auch nur einmal anzusprechen. Ich machte die schmerzliche Erfahrung, gebrandmarkt zu werden wie ein Stück Vieh. Ich, der ich immer voller Vorurteile gewesen war, war nun selbst Opfer dieser giftigen Säure – ohne die Gelegenheit erhalten zu haben, mich dagegen zur Wehr zu setzen.

War es verrückt, einer zerlumpten Gestalt zu folgen? Wahrscheinlich schon. Doch diese Verrücktheit war geistesklarer als die sogenannter normaler Menschen, die täglich stundenlang vor dem Fernseher sitzen und auf den Tod warten, ohne jemals etwas zu wagen und zu erobern, ohne für die eigenen Ideale zu kämpfen und für einen Traum auch die andere Wange hinzuhalten. Sie war gesünder als die der Jugendlichen und Erwachsenen, die einen Großteil ihrer Zeit mit einem Handy in der Hand verschwenden und mit aller Welt kommunizieren, nur nicht mit sich selbst. Sie war auch fruchtbarer als die derjenigen, die Master- und Doktorarbeiten schreiben, mit denen sie zwar den wissenschaftlichen Regeln genügen, aber keinerlei

Risiko eingehen, obwohl doch gerade innere Unruhe, Risiko und Skandal die großen Ideen hervorbringen! Doch als Betreuer dieser Arbeiten verhinderte ich Skandale – und erstickte damit das eigenständige Denken.

Ich nehme an dem seit Langem größten soziologischen Experiment teil, einem Abenteuer, das auch die verrücktesten Jugendlichen nicht erleben. Natürlich hat eine solche Reise ihre Nebenwirkungen, und diese haben weder mit den Vorurteilen zu tun, denen ich begegne, noch mit den Schwierigkeiten, in die man gerät, wenn man einem so kritischen, kühnen und furchtlosen Mann folgt. Vielmehr sind jene seinem Team geschuldet – den Jüngern, die er eingeladen hat, ihm zu folgen. Sie bringen mich fast um den Verstand, insbesondere Bartholomäus und Barnabas.

Bartholomäus ist ein trockener Alkoholiker. Sein größtes Problem ist aber nicht sein Alkoholismus, sondern sein Redezwang. Er ist süchtig danach, seine Meinung kundzutun und sich überall einzumischen. Er liebt es, zu philosophieren, aber verheddert sich bei der Wortwahl. Nicht umsonst ist »Honigschnauze« sein Spitzname. Seine Zunge ist nicht zu bremsen – er hat eine große Klappe, aber nur Stroh im Kopf. Wahrscheinlich hat er schon bei seiner Geburt gefragt, wie er heißen solle, wer seine Mutter sei und wo er leben würde. Und dem Arzt gegenüber, der seine Mutter während der Geburt betreute, hat er wahrscheinlich lauthals protestiert: »Hey, Mann! Warum zerrst du mich aus dem warmen Nest, wo ich mich um nichts kümmern musste?« Im Gegensatz zum Meister ist er einfach unpassend, frech und penetrant, obwohl ich zugeben muss, dass sein Frohsinn ansteckend und sein Humor beneidenswert ist.

Auch Barnabas ist ein trockener Alkoholiker. Er und Bartholomäus sind jahrelang gemeinsam auf Sauftour gegangen. Ich verwechsle ständig ihre Namen, und wenn sie den Mund aufmachen, schwirrt mir erst recht der Kopf. Sie sind beide Experten darin, aus der Reihe zu tanzen.

Barnabas' Sucht bezieht sich nicht nur auf den Alkohol, sondern auch auf die politischen Reden, die er zwanghaft schwingt, und daher rührt sein ungewöhnlicher Spitzname »Bürgermeister«. Jedes Mal, wenn er einen Menschenauflauf sieht, gerät er aus dem Häuschen. Er bläst sich auf und versucht, die Leute mit lauter Stimme davon zu überzeugen, ihn zu wählen. Nur, dass der Elende für rein gar nichts kandidiert. Im Gegensatz zum Meister liebt er Beifall und Anerkennung, und während Honigschnauze schlank ist, ist der Bürgermeister übergewichtig, pausbäckig und ein Genussmensch, der in seinem Jackett immer irgendetwas zu kauen versteckt hat. Honigschnauze ist ein Straßenphilosoph und der Bürgermeister ein Straßenpolitiker.

Für sie sind Intellektuelle wie ich Vollidioten. Ihre Provokationen machen mich kirre. Vor ihnen ist niemand sicher. Deshalb sende ich manchmal ein Stoßgebet gen Himmel, obwohl ich gar nicht an Gott glaube: «Mein Gott, erlöse mich von diesen Jüngern!«

Zu allem Überfluss konkurrieren sie auch noch die ganze Zeit. Damit stellen sie meine sowieso schon minimale Geduld auf eine harte Probe, denn sie diskreditieren die philosophische Dimension der bemerkenswerten Ideen des Meisters. Jedes Mal, wenn sie die Bühne betreten, wird das Drama zur Komödie, die weitsichtigen Gedanken des Traumhändlers gehen den Bach runter, und ich bekomme einen Nervenzusammenbruch.

Die beiden sind derart kreativ, dass sie nur wenige Minuten brauchen, um sich Probleme zu schaffen, falls sie gerade mal keine haben. Und das Schlimme dabei ist, dass sie nicht nur ein Händchen dafür haben, sich Ärger einzuhandeln, sondern auch jeden in ihrer Nähe hineinziehen, sogar den Meister. Ehrlich gesagt, verstehe ich bis heute nicht, warum er gerade sie auserwählt hat. Meiner Meinung nach hätte er gebildete, erfahrene und kultivierte Menschen berufen sollen, wie Unternehmer, Psychologen, Pädagogen und Ärzte. Aber offensichtlich zog er ein paar Krawallmacher vor, und jetzt war Geduld gefragt.

Einmal sprach der Meister in poetischer Weise eine große Wahrheit über die menschliche Existenz aus, die jeden Sterblichen betrifft, ob er nun reich ist oder im Elend lebt: »Das Leben ist zyklisch: Kein Beifall dauert ewig, und auch Pfiffe und Buhrufe sind irgendwann vorbei.«

Dies brachte mich dazu, über die großen Männer der Geschichte nachzudenken. Christus war von vielen geliebt, doch von seinen engsten Freunden dem Tod ausgeliefert worden; Cäsar wurde trotz seiner Macht von seinen engsten Vertrauten Brutus und Cassius ermordet. Auf Napoleons steilen Aufstieg folgte der tiefe Fall, und das Leben von Lincoln, Kennedy und Martin Luther King hatte auf seinem Höhepunkt ein jähes, gewaltsames Ende. Während ich noch über dieses Phänomen grübelte, musste unsere Honigschnauze Bartholomäus, der es einfach nicht schaffte, den Mund zu halten, sich in der Menge Gehör verschaffen, indem er dem Meister widersprach:

»Großer Vorsitzender, auf meine Geschichte trifft deine Theorie aber nicht zu! Mein Leben ist überhaupt nicht zyklisch! Ich bin schon seit Jahren ganz unten! Ich werde ausgepfiffen, beschimpft und verachtet. Die Leute nennen mich einen Landstreicher, Gauner und Tagedieb! Ich taumle von einem Abgrund in den nächsten!«

Als Barnabas, unser Bürgermeister, sah, dass Bartholomäus die Aufmerksamkeit der Menge fesselte, wollte er nicht zurückstehen und gebärdete sich wie ein Politiker im Wahlkampf:

»Verehrter Meister, meine sehr verehrten Damen und Herren, wenn Honigschnauze von seinem jahrelangen Elend spricht, was soll ich erst sagen? Mein Leben ist miserabel, solange ich denken kann – ich kenne gar nichts anderes! Ohne ein Dach über dem Kopf irre ich umher, ohne Kompass und ohne Handy, ohne Kreditkarte und auch nur einen einzigen Cent!«

Und er fügte noch etwas lauter hinzu:

»Aber ich vertraue auf dein Wort, oh Meister! Der Tag wird kommen, an dem sich das Schicksalsrad gedreht hat und das Volk mich im Triumphzug durch die Stadt trägt! Denn in dieser Stadt sind alle für mich außer denjenigen, die mich noch nicht kennen!«

Anschließend rief er voller Stolz auf seine Wortgewalt: »Ich bin ein Genie!«, und spendete sich selber Beifall.

»Dann sind wir schon zu zweit!«, bestätigte ihn Bartholomäus und klatschte ebenfalls.

Die beiden Gauner waren derart unverschämt, dass sie nicht nur darum wetteiferten, wer der beste, sondern sogar, wer der schlechteste von beiden war – Hauptsache, sie standen im Mittelpunkt. Sie gefährdeten unser gesamtes Projekt; der Traumhändler konnte sie eigentlich nur aus Mitleid auserwählt haben. Er war vielleicht deshalb so nachsichtig gegenüber derart niveaulosen Banausen, weil auch ihn das Leben schon arg gebeutelt hatte.

Einmal bemerkte er über das geheimnisvolle Auf und Ab seines eigenen Lebens:

»Ich bin von Gipfel zu Gipfel gesprungen wie eine Gazelle, die sich nicht vorstellen kann, abzustürzen. Aber der Tag kam, an dem ich mich im kargen Tal der Verzweiflung wiederfand, an einem Ort, an dem sich vermutlich nur sehr wenige Spezialisten auf dem Gebiet geistiger Gesundheit jemals aufgehalten haben. In diesem Tal entdeckte ich, dass alles, was ich über mich wusste, nur die Oberfläche meiner Persönlichkeit betraf. Ich verstand, dass ich in meinem eigenen Haus ein Fremder und mir selbst ein Unbekannter war.«

Diese Entdeckung traf ihn wie der Blitz, und so zog sich der Traumhändler, von unermesslichem Leid tief erschüttert, für drei Jahre auf eine einsam gelegene Insel zurück. Dort blieb für ihn die Zeit stehen, und alles oder nichts wurden ein- und dasselbe. Er war zutiefst deprimiert, und obwohl sein Tisch immer üppig gedeckt war, hatte er keinen Appetit, außer nach Wissen.

»Ich verschlang Bücher, Tag und Nacht, im Sitzen, im Stehen und sogar im Gehen und Laufen. Ich sog sie gierig in mich ein wie ein Asthmatiker, der nach Luft schnappt, wie ein Verdurstender an der Quelle. Ich verschlang Bücher über Philosophie, Neurowissenschaften, Geschichte, Soziologie, Psychologie und Theologie. Die Bücher waren mein Flugticket in die unbekannte und doch so nahe Welt des Geistes.«

Nach dieser Reise hatte der Traumhändler die Scherben seiner selbst zusammengefügt und kehrte in die Gesellschaft zurück. Aber er war nicht mehr derselbe und sah das Leben mit anderen Augen. Er kam nicht als Held oder Messias, sondern als Mensch, der sich seiner Unzulänglichkeiten, seines Wahnsinns und auch des Wahnsinns der Gesellschaft bewusst ist. Er kam nicht als Umstürzler, sondern als Rufer, als Verkünder neuer Wege. Mit Träumen zu handeln wurde zu seinem Sauerstoff, seinem Lebenselixier und Lebenssinn.

Trotzdem quälen mich immer noch viele Fragen, wenn ich über seine Geschichte nachdenke. Was will er eigentlich von uns? Warum fordert er seine Mitmenschen geistig derart heraus? Läuft er womöglich vor irgendetwas davon? War er früher wirklich ein hohes Tier gewesen? Wie konnte jemand, der einmal so respektabel gewesen war, es zulassen, nun als Betrüger, Psychotiker und Aufrührer bezeichnet zu werden? Wer war er wirklich?

Nachdem der Traumhändler uns ein wenig von seiner Geschichte erzählt hatte, verfiel er in Schweigen. Wir wissen noch nicht einmal, ob das, was wir erfuhren, wörtlich oder im übertragenen Sinne gemeint war. Doch was uns am meisten verstört, ist, dass in letzter Zeit sein Leben auf dem Spiel stand.

Wer war es, der einen Mann ausradieren, vom Erdboden tilgen wollte, der eine solche Sanftheit und Großzügigkeit ausstrahlt? In Sorge um die Sicherheit seiner Freunde hatte er versucht, sich von uns fernzuhalten. Aber wir werden ihn niemals verlassen!

»Chef! Wenn du einen starken Mann brauchst, der dich beschützt – hier bin ich! Mit mir an der Seite ist noch niemand gestorben!«, spielte sich Bartholomäus auf.

Der Meister blickte ihn an und fragte:

»Wirklich?«

Bartholomäus rieb sich die Stirn und gab kleinlaut zu:

»Na ja, verprügelt und fertiggemacht worden schon … aber nicht umgebracht!«

Nun hob der Bürgermeister an, der Bartholomäus wieder einmal übertrumpfen wollte, und verkündete in feierlichem Ton:

»Meister, mit mir an der Seite trotzt du allen Gefahren, sogar denen, die Honigschnauze heraufbeschwört …«

Ich konnte kaum an mich halten. Die beiden hatten doch keine Ahnung, wovon sie sprachen! Ich hätte sie am liebsten geschüttelt, hielt mich aber zurück, denn es ging immerhin um den Schutz des Meisters.

Nun wollte Dimas, der Dieb und Betrüger in unseren Reihen, dem Meister seine Treue zeigen:

»Meister, Sicherheit steht bei mir an erster Stelle! Du kannst dich auf mich verlassen.«

Dabei war rein gar nichts vor ihm sicher, was nicht niet- und nagelfest war! Zugegeben: Er war auf dem Wege der Besserung. Aber seine Kleptomanie war noch lange nicht geheilt. Sobald gewisse Dinge in sein Sichtfeld gerieten, war er magisch von ihnen angezogen und versuchte zwanghaft, ihrer habhaft zu werden.

Und so hatte er kaum gesprochen, als Edson, der Frömmler unter uns, plötzlich rief:

»Hey, da steckt ja mein schöner Stift in deiner Tasche!«

Dimas antwortete ihm, ohne auch nur mit der Wimper zu zucken:

»Ich weiß! Ich hab ihn für dich aufbewahrt!«, und gab ihm den Stift zurück.

Edson war davon überzeugt, übernatürliche Fähigkeiten zu besitzen, und versuchte ständig, Wunder zu vollbringen, um sich in den Mittelpunkt zu stellen. Nachdem er seinen Stift wiederhatte, wandte er sich an den Meister und sagte:

»Meine Gebete werden dich beschützen!«

Doch er hatte bei Gott keinen Stein im Brett, und manch einer dachte: ›Sei lieber still, sonst geht der Schuss noch nach hinten los!‹

Angesichts dieser Spitzbuben, die sich um den Meister versammelt hatten, fragte ich mich, ob er unter ihnen wirklich sicherer war als unter seinen Feinden. Wir waren die ungewöhnlichste Familie aller Zeiten. Der Meister predigte Geduld und Besonnenheit, aber gerade diese Tugenden waren bei uns Mangelware. Wir sprengten alle Regeln eines gesitteten Zusammenlebens.

Wie lange noch würden wir ihm folgen? Wir wussten es nicht. Was für Überraschungen und Rückschläge erwarteten uns? Wir hatten keine Ahnung. Würden wir mit Träumen handeln oder den Zustand einer taumelnden Gesellschaft noch verschlimmern? Das war die große Frage. Die Zukunft stand in den Sternen.

Ein Marktplatz voller Irrer

Der Traumhändler servierte seine Ideen nicht auf dem Silbertablett. Er forderte uns stattdessen auf, selbst in die Küche zu gehen. Wer nicht in der Lage war, allein klarzukommen, war seiner Meinung auch nicht in der Lage, zu denken.

Einmal fanden wir uns wieder im wunderschönen, wenn auch ziemlich bevölkerten Innenhof des Landgerichts, in dessen Mitte sich ein gewaltiges Unabhängigkeitsdenkmal erhob: Auf einem zehn Meter hohen Betonpfeiler stand ein gusseisernes Pferd von noch einmal drei Metern, dessen ebenfalls eiserner Reiter mit einem Schwert in der Hand und offenem Mund zum Kampfe zu rufen schien. Der Meister deutete nach oben und sagte scharf:

»Hier haben wir ein gutes Beispiel dafür, dass die Menschen immer mehr an die Waffen geglaubt haben als an die Ideen.«

Er blickte uns an und fragte:

»Aber wer ist stärker? Diejenigen, die mit Waffen, oder diejenigen, die mit Ideen kämpfen?«

Aus Honigschnauze schoss es heraus:

»Natürlich die mit den Kanonen und Gewehren!«

»Aber haben nicht erst die Ideen die Waffen ersonnen?«, versuchte der Traumhändler ihn auf die richtige Spur zu bringen.

»Stimmt!«

Der Traumhändler fuhr fort:

»Wenn die Ideen so stark sind, dass sie die raffiniertesten Waffensysteme ersinnen können, dann sind sie auch stark genug, um Lösungen zu finden, die verhindern, dass wir sie gebrauchen. Aber sind sie erst einmal produziert, wenden sie sich gegen die Ideen, und das Geschöpf zerstört seinen Schöpfer.«

Er hob seinen Blick und begann, die vorbeieilenden Leute zu betrachten. Es war die juristische Elite des Landes: Rechtsanwälte, Richter, Staatsanwälte, hohe Justizbeamte in untadeligen Anzügen. Der Kontrast zu unseren Lumpen konnte nicht größer sein. So trug der Meister ein über und über geflicktes, zerknittertes Jackett mit einem langen Riss auf der linken Seite, der seinen Rücken lüftete.

Nun lud der Traumhändler die Passanten ein, sich im Hof zu einer Diskussion über den menschlichen Geist zu versammeln, und begann, sie mit Fragen zu bombardieren:

»Seid ihr gar nicht fasziniert von der Fähigkeit des menschlichen Gehirns, Gedanken zu formulieren? Wie schaffen wir es, in der Hirnrinde, deren Windungen millionenfach komplexer sind als das Straßengeflecht unserer Millionenstadt, die Einzelteile zu finden, aus denen sich auch noch der ärmste Gedanke zusammensetzt? Macht euch das nicht sprachlos? Ist nicht der simpelste aller Menschen allein aufgrund dieser Fähigkeit ein Genie, auch wenn er in der Schule sitzen geblieben ist oder einen unterdurchschnittlichen Intelligenzquotienten besitzt?

Wie finden wir uns im Labyrinth der Hirnrinde zurecht, um aus Milliarden von Möglichkeiten die richtigen Verben aus den mentalen Dateien herauszufischen und zu konjugieren, ohne im Voraus zu wissen, wo sie sich befinden und welchen Tempus wir verwenden werden? Findet ihr das nicht überaus beeindruckend? Unser Verhalten mag uns voneinander unterscheiden, doch das, was uns zum *Homo sapiens* macht, ist bei Richtern und Angeklagten, Staatsanwälten und Verbrechern genau dasselbe.«

Noch ganz benommen von diesem Kugelhagel fragte ich mich, woher der Meister die Geistesschärfe nahm, mit der er vielschichtige Fragen aufwarf, die einen Knoten im Hirn seiner Zuhörer verursachten.

Die anwesenden Juristen fühlten sich von seiner Fragenlawine erschlagen. Sie nutzten ihr Gehirn ständig, dachten aber nie über das Denken selbst nach. Die einen fragten gereizt: »Was ist das denn für ein Spinner?«, die anderen nachdenklich: »Aus welcher Universität stammt dieser Denker wohl?«, und wieder andere dachten, das Ganze wäre Straßentheater. Die Fragen des Traumhändlers drangen in die Gehirnwindungen dieser Männer ein, die vor lauter Arbeit keine Zeit fanden, um über die geistigen Phänomene nachzudenken, die sich hinter den Gedanken, Ängsten und Konflikten der Menschen verbergen. Nur wenige von ihnen unterbrachen ihre Schritte.

Der Bürgermeister flüsterte uns scherzhaft zu:

»Leute, wenn ich ein paar intus habe, kann ich diese Fragen alle beantworten.«

Worauf Honigschnauze bemerkte:

»Und ich war Professor auf diesem Fachgebiet.«

Ohne sich davon beeindrucken zu lassen, dass die meisten Leute einfach weitergingen, ohne ihm zuzuhören, fuhr der Meister mit lauter Stimme fort:

»Ich habe etwas äußerst Wertvolles zu verkaufen, meine Damen und Herren! Kommen Sie näher! Kommen Sie näher! Leihen Sie mir Ihr Ohr!« Er wollte in die geheimsten Winkel ihrer Psyche vordringen, und die Juristen drehten sich zu ihm um und waren überrascht, dass er gar nichts in Händen hielt.

Plötzlich durchbrach der anarchistischste seiner Jünger die Stille, riss das Maul auf und brüllte wie ein Verrückter:

»Ich kaufe! Ich zahle! Gib mir den Zuschlag!«

Bartholomäus wusste zwar nicht, was der Meister eigentlich zu verkaufen hatte, schaffte es aber nicht, einfach mal seinen Mund zu halten. Verwirrt fragte ein Passant den anderen: »Was verkauft der Mann da? Wie viel kostet es? Was geht hier eigentlich vor?«

Der Bürgermeister konnte nicht ertragen, dass Honigschnauze ins Zentrum der Aufmerksamkeit gerückt war. Also brüllte er noch lauter:

»Nein, gib mir den Zuschlag! Ich biete mehr! Ich biete tausend!«

Angesichts eines Exzentrikers, der ein unsichtbares Produkt verkaufte, und zweier Verrückter, die bereit waren, alles, was sie hatten, dafür zu geben, unterbrachen die Leute endlich ihre Geschäftigkeit, um sich das Spektakel anzusehen.

Herausgefordert schrie Honigschnauze: »Ich biete eine Million!«, und Barnabas noch ein bisschen lauter: »Ich biete eine Milliarde!«

Beim Anblick der beiden Spinner wollte ich, immerhin der erste der berufenen Jünger, mich am liebsten verkriechen. Schon wieder torpedierten die beiden die Gedanken des Traumhändlers, und der nüchterne Innenhof des Landgerichts wurde zum reinsten Turm zu Babel. Alles redete durcheinander, und keiner verstand den anderen.

Empört dachte ich inmitten dieses Spektakels:

›An diesen Typen beißt man sich wirklich die Zähne aus! Sie haben doch nicht einmal Geld für ihr Abendbrot und kommen sofort angeschlichen, um zu schnorren, wenn sie einen von uns kauen sehen! Wie können sie so viel für ein Produkt bieten, das sie gar nicht kennen? Sie wollen eine Million oder Milliarde bezahlen – in welcher Währung denn? In Dollar? Gott, schenk mir Geduld!‹

Da durchzuckte mich plötzlich ein verstörender Gedanke:

»Und wenn der Meister Bartholomäus und Barnabas auserwählt hat, damit sie als Spiegel dienen, in denen Leute wie ich ihren eigenen Wahnsinn erkennen? Das ist doch nicht möglich!«

Während ich noch gegen diesen Gedanken ankämpfte, bei dem ich mich fragte, aus welchen Tiefen meiner Gehirnwindungen er wohl aufgestiegen war, drängte sich schon der nächste auf. Diese beiden Spinner waren authentisch, während ich immer nur so tat, als ob. Sie erzählten, was ihnen gerade durch den Kopf schoss, während ich meine wahren Absichten verbarg. Sie lachten und weinten, wenn ihnen danach war, während ich lachte, obwohl ich weinen wollte. Niemand wusste etwas von meinem Gefühlschaos, bis es explodierte.

Ich verstand langsam, dass die Gesellschaft und später die Universität mich gelehrt hatten, meine Gefühle zu verbergen. Schauspieler arbeiten im Theater, Intellektuelle auf den Bühnen des Wissens, aber im Grunde sind wir alle Meister darin, uns zu maskieren.

Währenddessen hatte der Bürgermeister sein Gebot noch weiter erhöht, worauf Bartholomäus, der niemals klein beigab, schon gar nicht gegenüber dem Bürgermeister, brüllte:

»Ich biete eine Trillion!«

Der Bürgermeister blies sich auf, um ein noch höheres Gebot abzugeben, aber es fehlten ihm die Worte dafür, sodass er sich Hilfe suchend an den Traumhändler wandte:

»Edler Meister, Honigschnauze ist der größte Betrüger aller Zeiten! Er kauft, aber seine Schecks sind nicht gedeckt!«

»Das ist eine Lüge, meine Damen und Herren!«, rief Honigschnauze und wandte sich an die umherstehenden Rechtsanwälte, die die Szene verblüfft beobachteten:

»Wer hätte gern die Ehre, mich gegen die Verleumdungen dieses Mannes zu verteidigen?«

Aber niemand meldete sich. Stattdessen gab es großes Gelächter. Seit Langem fühlten sich die Juristen nicht so entspannt.

Ich begann zu zittern. Das vom Meister geschaffene philosophische Klima war dahin. Jesus wurde von Petrus dreimal verleugnet. Ich habe den Meister im Stillen aber jeden Tag verleugnet. Es fällt mir sehr schwer, zuzugeben, dass ich zu diesem Chaotentrupp gehöre.

Gerade als ich dachte, der Traumhändler wäre von seinen Jüngern enttäuscht, sah ich, wie er in sich hineinlächelte. Die Brise wehte ihm das Haar sanft ins Gesicht, und die Blätter an den Bäumen raschelten wie ein verstimmtes Orchester. Auch seine Jünger waren ein verstimmtes Orchester. Der Traumhändler schien alles zu nehmen wie ein Geschenk.

Es war gleichzeitig ein großer Zirkus und eine gute Schule. Der Traumhändler machte sich nichts aus Niederlagen. Heute Buhrufe und morgen Beifall – für ihn als Freigeist war alles eins. Er ließ sich nicht unterwerfen. Für mich war eine solche Freiheit ein Traum, denn ich war eingesperrt im Kerker meiner Irrtümer.

Was wirklich teuer ist

Inspiriert ließ der Meister seinen Blick über die fast fünfzig Personen schweifen, die sich im Innenhof des Landgerichts drängten. Dann wandte er sich an seine beiden anarchischen Jünger und erteilte ihnen eine große Lehre. Ich hing fasziniert an seinen Lippen.

»Lieber Barnabas, lieber Bartholomäus, liebe Freunde! Alles Verkäufliche ist billig, denn wenn es auch eine Milliarde Dollar kostet, gibt es doch immer noch jemanden, der sich das leisten kann. Nur das Unverkäufliche ist teuer. Mit Geld kann man Beruhigungsmittel kaufen, aber nicht die Fähigkeit, zu entspannen. Man kann Schmuck kaufen, aber nicht die Liebe einer Frau, ein Gemälde, aber nicht die Fähigkeit, es zu betrachten. Man kann Versicherungen abschließen, aber eine Versicherung, die unsere Gefühle schützt, gibt es nicht. Mit Geld kann man Informationen kaufen, aber keine Selbsterkenntnis, Kontaktlinsen, aber nicht die Fähigkeit, verborgene Gefühle zu sehen, ein Handbuch mit Regeln für eine gute Erziehung, aber kein Handbuch mit Regeln für ein gutes Leben.«

Diese einfachen, aber schneidenden Worte transportierten mich in meine Vergangenheit zu meinem Sohn João Marcos zurück. Wie viele Fehler hatte ich ihm gegenüber gemacht! Erst jetzt verstand ich, dass ich ihm nie das Unverkäufliche geschenkt hatte. Ich hatte ihn immer nur zur Rede gestellt, kritisiert, zurechtgestutzt, gestraft und ihm Grenzen gesetzt. Ich war nichts als ein seelenloses Regelwerk gewesen. Ich hatte ihn emotional misshandelt und ihn vor seinen Freunden getadelt.

Nie hatte ich ihm eine Schulter geboten, an die er sich hätte anlehnen können. Nie hatte ich ihm gegenüber zugegeben, dass auch sein Vater seine Ängste hatte, seine Fehler beging und manchmal unbeständig war. Das erste Gesetz des Traumhändlers lautete: Gib deinen Wahnsinn und deine Torheiten zu! Das tat ich aber nicht. Ich wollte einen Denker heranziehen und war dabei eher eine Maschine als ein Mensch gewesen. Und ich hatte mich bei der Erziehung eines Menschen für einen Gott gehalten.

Als Soziologe wusste ich, dass die schlimmsten Verbrechen von Menschen begangen werden, die sich für gottgleich halten. Sie unterwerfen, verletzen und töten, ohne sich der eigenen Schwäche zu stellen, so als würden sie ewig leben. Diese entsetzliche Haltung ist aber auch an Orten anzutreffen, an welchen wir sie nicht erwarten, nämlich in unserem Wohnzimmer, im Unterricht, im Büro oder im Gerichtssaal.

Ich schaute um mich und sah, dass einige illustre Richter und Staatsanwälte Tränen in den Augen hatten. Sie waren, wie ich selbst, gebildet, doch verletzlich, Riesen und Zwerge zugleich, eloquent, wenn es um die Außenwelt ging, aber zu schüchtern, um mit den geliebten Menschen über sich selbst zu sprechen.

Einige der anwesenden Rechtsanwälte waren extrem wohlhabend, hatten aber in ihrem bisherigen Leben nur gekauft, was billig war. Sie waren in Wirklichkeit nie Millionäre gewesen. Während sie ihren Kopf in den Wolken hatten und sich an der Weisheit dieses seltsamen Bettlers labten, trat Bartholomäus auf, um sie auf die Erde zurückzuholen. Er brüllte Barnabas zu:

»Ich wusste schon immer, dass ich ein Millionär bin! Ich bin reicher als die Wohlhabenden. Die Frauen lieben mich, obwohl ich ihnen keinen Schmuck kaufe. Ich kaufe auch keine Gemälde, sondern schaue in den Himmel! Ich habe keine Fans, aber dafür ein paar interessante Freunde!« Und um uns ein bisschen zu triezen, fügte er hinzu: »Julius Cäsar, Edson und Dimas schnarchen zwar wie die Holzfäller, aber ich brauche trotzdem keine Schlaftabletten!«

Der Bürgermeister wollte sich nicht lumpen lassen und versuchte, die aufmerksame Zuhörerschaft mit einem Terminus zu beeindrucken, dessen Bedeutung er gar nicht kannte, womit er jedoch gehörig ins Fettnäpfchen trat:

»Du Großmaul, ich bin viel reicher als du! Ich bin ruchlos!«

Er wusste nicht, dass »ruchlos« bedeutete, gemein und gewalttätig und somit eine Bedrohung für die Gesellschaft zu sein. Im Grunde traf er damit aber den Nagel auf den Kopf. Er fuhr fort: »Ah, geliebte Gesellschaft! Wenn du wüsstest, wer ich bin, würdest du mich lieben!«

Die Juristen lachten ihn aus. Das alles konnte nur eine Komödie sein! Doch dann fuhr der Meister mit einem Gedanken fort, der mir noch nie gekommen war. Laut und vernehmlich fragte er:

»Wenn wir den Mutterleib verlassen und der Leib der Gesellschaft uns aufnimmt, weinen wir. Wenn wir den Leib der Gesellschaft verlassen und der Leib des Grabes uns aufnimmt, weinen andere um uns. Sowohl der Anfang als auch das Ende des Lebens sind voller Tränen. Warum bloß, meine Damen und Herren?«

Ich fragte mich, wie er es schaffte, mitten in dieser Unruhe noch zu denken. Seine Jünger krakeelten, und der Straßenverkehr toste, doch er zeigte wie entrückt davon wieder einmal seine erstaunliche Fähigkeit, auch inmitten der größten Hektik ungewöhnliche Ideen zu entwickeln.

Der Traumhändler stellte die wichtigsten Fragen der Menschheit, welche wir zu stellen vergessen hatten. Trotz meiner sozialwissenschaftlichen Promotion und Habilitation fühlte ich mich ihm gegenüber wie ein Schüler.

Da wir schwiegen, provozierte er:

»Wer dem Phänomen der Existenz nicht vollster Verwunderung begegnet, ist wie ein Kind, das lebt, ohne auch nur das allergeringste Bewusstsein von der Bedeutung des Lebens zu haben.«

Statt uns in Erstaunen zu versetzen, war die Tatsache, zu leben, banal geworden. Die Jagd nach Firlefanz und Tand entzog unserer Intelligenz den Sauerstoff. Viele Menschen drückten Jahrzehnte die Schulbank, ohne sich ihrer Rolle als menschliche Wesen bewusst zu werden. Der Traumhändler nahm seine Frage wieder auf und warf sie den Juristen noch einmal vor die Füße:

»Warum, meine Damen und Herren, weinen wir, wenn wir den Mutterleib gegen den Leib der Gesellschaft eintauschen, und warum weinen andere, wenn wir den Leib der Gesellschaft gegen den Leib des Grabes eintauschen?«

Ich hoffte inständig, Bartholomäus und Barnabas würden diesmal den Mund halten und die intellektuelle Reise nicht schon wieder stören. Doch dann war es Salomon, der das Wort ergriff.

Salomon ist ein sensibler und intelligenter Jünger, aber gleichzeitig auch ein Hypochonder voller Obsessionen. Sein Zustand hatte sich zwar an der Seite des Meisters verbessert, doch er erlitt häufig Rückfälle. So fürchtete er bei Sonnenschein sofort einen Sonnenstich und bei Regen eine Erkältung. Seine sichtbarste Obsession bestand jedoch darin, dass er seinen Finger in jedes Loch steckte, das in sein Blickfeld geriet.

»Die Tränen in diesem Leben sind dem Krebs geschuldet, der Enzephalitis, Pankreatitis, Duodenitis, den Arterienerweiterungen, Herzinfarkten, Schlaganfällen ...« – und er zählte noch ein Dutzend weiterer Krankheiten auf.

Die Zuhörer rissen die Augen auf, ich runzelte die Stirn, und Bartholomäus und Barnabas kratzten sich am Kopf. Der Meister dankte dem jungen Mann für seinen Beitrag. Er fand die Tatsache des Austauschs wichtiger als das Niveau der Beiträge.

»Herzlichen Glückwunsch, Salomon! Ich will den Blick jedoch auf etwas anderes lenken. Die Tränen am Anfang und Ende des Lebens sind ein Zeichen der großen Emotionen, die das größte aller Spektakel, das Spektakel des Lebens mit sich bringt. Drama und Komödie, sanfte Brise und Sturm, Gesundheit und Krankheit wechseln sich darin ab und sind das Privileg der Lebenden. Wir alle, ob jung oder alt, im Norden, Süden, Westen und Osten, durchleben Erfolge und Niederlagen, erfahren Treue und Verrat, spüren Erleichterung und Schmerz.«

Seine Worte machten mich nachdenklich. Nie zuvor hatte ich Misserfolg und Leid als Privilegien betrachtet, doch tatsächlich waren sie den Lebenden vorbehalten. Ich hatte meine Studenten mit Informationen bombardiert, sie aber nicht auf das Wunder der Existenz vorbereitet, hatte sie zu Hochschulabschlüssen geführt, sie aber nicht befähigt, mit Widrigkeiten, Spott, Verrat, Frustrationen und Schicksalsschlägen umzugehen.

Es ging dem Meister ganz und gar nicht darum, uns zu Masochisten zu machen, die den Schmerz suchen, im Gegenteil. Doch naiv sollten wir auch nicht sein. Denn wer den Schmerz negiert oder flieht, vergrößert ihn – das war sein Standpunkt. Wer Schicksalsschlägen mit Angst begegnet, gießt Öl ins Feuer seiner Verzweiflung und macht aus dem großen Spektakel der Existenz eine Einöde.

Ich hatte den Verdacht, dass es die eigene Vergangenheit war, die den Traumhändler diese Einsicht gelehrt hatte. Er schien sagen zu wollen, dass er den Dämonen seiner Angst früher selbst den Rücken zugekehrt und sie dadurch erst genährt hatte.

In mir stieg eine Ahnung auf. Wollte er mit diesen Worten vielleicht nicht nur den Juristen Träume verkaufen, sondern auch uns, seine Jünger, auf die Drangsal vorbereiten, die uns an seiner Seite noch bevorstand? Ich bekam es mit der Angst zu tun und vergaß für einen Moment, was er uns gerade noch gelehrt hatte. Wie schwer es doch ist, die Sprache der Gefühle zu lernen!

Ich war noch mit diesen Gedanken beschäftigt, als Bartholomäus wieder auf den Plan trat. Diesmal rührte er jedoch sogar mich, denn er begann, furchtlos und voller Emotionalität seine Lebensgeschichte zu erzählen:

»Meister! Ich habe viele Tränen vergossen, seitdem ich aus dem Leib meiner Mutter gekrochen bin. Mein Vater war ein Säufer. Er hat mich oft grün und blau geschlagen. Als ich sieben war, ist er gestorben. Da hat meine Mutter mich vor einem Waisenhaus ausgesetzt. Sie sagte mir, sie hätte Krebs und könnte mich nicht großziehen. Drei oder vier Jahre zuvor hatte sie auch schon meinen einzigen Bruder in ein Waisenhaus oder eine Pflegefamilie gegeben – ich weiß es nicht genau. Später wurde mir erzählt, meine Mutter wäre gestorben. Niemand hatte mich über das Begräbnis informiert. Ich habe viele Tränen vergossen und nach ihr und meinem Bruder gerufen. Aber es hat mich keiner gehört. Später bin ich für kurze Zeit adoptiert worden, aber meine Adoptiveltern kamen nicht mit mir zurecht und haben mich wieder in ein Waisenhaus gegeben. Ich bin ohne Familie aufgewachsen und war immer einsam und allein. Mich hat der gesellschaftliche Leib arg gebeutelt. Wie ungerecht er doch sein kann!«

Ich war sehr verblüfft über die Offenheit, mit der Bartholomäus seine Wunden zeigte. War das der Bartholomäus, den ich kannte? Jetzt verstand ich, warum er sich ständig in den Vordergrund drängte, gesehen und gehört werden wollte. Er schloss seine Erzählung mit den Worten:

»Die einzige Zuneigung, die ich je bekommen habe, war die eines Hundes. Ich gab ihm den Namen ›Terrorist‹. Seine Begleiter waren die Flöhe, und mein Begleiter war er.«

Ich war zutiefst gerührt. Der Traumhändler hatte es oft gesagt: Das Leben ist eine Bühne, und hinter jedem gescheiterten Schauspieler verbirgt sich ein verwundeter Mensch.

Nun rieb sich der Bürgermeister die Tränen aus den Augen und erzählte seinerseits von seiner existenziellen Einöde:

»Ich verstehe dich, mein Freund!«, sagte er traurig. »Ich war das niedlichste dicke Baby auf der ganzen Welt, aber meine Eltern haben mich auf der Türschwelle eines extrem schlanken Paares ausgesetzt. Das Schlimmste war, dass es sich bei ihnen um überzeugte Vegetarier handelte. Ich bekam ausschließlich Spinat, Möhrensaft und anderes Gemüse und schlief jeden Abend hungrig ein. Sie waren sich zwar einig, was das Essen betraf, aber ansonsten stritten sie jeden Tag. Ich war ihr Prügelknabe. Jedes Mal, wenn ich weinte, stopften sie mir mit einer Möhre den Mund. Mich schaudert es bis heute, wenn ich Möhren nur sehe. Und als hätte das nicht gereicht, wurde mir der Hintern versohlt. Schließlich haben sie mich, als ich sechs war, in ein Waisenhaus gesteckt, das von Vegetariern geleitet wurde. Auch dort habe ich so gehungert, dass ich davon träumte, gebratene Ochsen zu verschlingen. Und wer adoptiert schon einen Jungen in diesem Alter, auch wenn er noch so süß ist? Ich bin aufgewachsen, ohne jemals in den Arm genommen und getröstet worden zu sein.«

Er umarmte Bartholomäus und schloss:

»Und genau wie bei dir kamen die einzigen Küsse, die ich im Waisenhaus je erhielt, von einem Hund. Er hieß ›das Gespenst‹. Ich schlief jeden Abend mit ›dem Gespenst‹ zu meinen Füßen ein.«

Barnabas hatte sich offenbart, ohne sich um die Blicke und das Urteil der Anwesenden zu kümmern. Jetzt verstand ich, warum er immer etwas zu kauen im Ärmel versteckt hatte. Er hatte hungern müssen.

Ich bekam ein schlechtes Gewissen, weil ich die beiden immer so kritisiert hatte. Die Umstehenden hatten Tränen in den Augen. Jemand legte die Hand auf Barnabas' Schulter. Der Traumhändler war gerührt.

Doch kaum hatten sie das Mitgefühl aller auf ihrer Seite, zeigten die beiden Unverbesserlichen wieder, wer sie waren. Honigschnauze rief:

»Was für ein deprimierendes Drama, teurer Freund! Da muss man sich ja geradezu volllaufen lassen!«, worauf Barnabas erwiderte:

»Du hast ja so recht, Honigschnauze! Im Leib der Gesellschaft ist es düster. Komm, wir trinken uns einen an! Der Fisch will schwimmen!«

Zu den Jüngern des Meisters gehörten auch Dona Jurema, pensionierte Hochschullehrerin und eine geduldige und intelligente Frau, sowie Monika, ein früheres Model. Die beiden begannen laut zu husten, um Barnabas und Bartholomäus zu übertönen. Ich schloss mich ihnen an. Wir drei waren noch die vernünftigsten der Jünger. Das Verhalten der beiden Trunkenbolde war mir unbegreiflich. Jedes Mal, wenn sie auf dem richtigen Weg waren, schafften sie es, ihren Erfolg wieder zunichtezumachen.

Aber das Publikum amüsierte sich. Die Richter, Rechts- und Staatsanwälte stiegen von den Höhen existenzieller Reflexionen hinab in die Tiefen des Kneipenhumors.

Jurema nahm ihren Gehstock, legte Bartholomäus den Griff um den Nacken und zog ihn zu sich heran, wobei sie ihren mittlerweile berühmten Satz wiederholte:

»Bartholomäus, du bist einfach unersetzlich – wenn du die Klappe hältst!«

Verschlagen redete sich Honigschnauze heraus:

»Immer mit der Ruhe, Leute! Ich meinte doch nicht Wodka oder Whisky! Nein! Wir müssen uns reichlich Philosophie, Wissen, Ideen zu Gemüte führen!«

Angeregt von dieser Bauernschläue, vergaß Barnabas seine leidvolle Jugend, warf einen Blick ins Publikum und donnerte wie ein Politiker im Wahlkampf:

»Jawoll, verehrte Freunde dieses herrschaftlichen Gerichts! Angesichts der Tränen, die im viel zu kurzen Drama des Lebens vergossen werden, ist es unsere Pflicht, uns an der Weisheit von Jesus Christus, Konfuzius, Augustinus, Rousseau und Auguste Comte zu berauschen!« Und mit einem Blick zu mir, als wollte er mir einen Stich versetzen, fügte er hinzu: »Und der von Cäsar, des großen Imperators!«

Die anwesenden Rechtsgelehrten applaudierten begeistert, aber ich flüsterte Dona Jurema empört zu:

»Die beiden haben in ihrem Leben doch wahrscheinlich noch kein einziges Buch gelesen! Aber sie wickeln mit diesen Namen das Publikum ein!«

Jurema nickte: »Frechheit siegt! Sie haben es gelernt, sich durchzuschlagen!«

Ich störte mich besonders daran, dass Barnabas Auguste Comte genannt hatte, den Begründer der Soziologie, immerhin die Wissenschaft, auf die ich spezialisiert war. Während ich noch vor mich hin schmollte, hatte Bartholomäus sich wieder auf einen Wettstreit mit Barnabas eingelassen, sodass er tatsächlich die Unverschämtheit besaß, zu rufen:

»Werter Bürgermeister! Hochgeschätzte Rechtsgelehrte! Wir sollten auch Montesquieu und sein großes Buch *Vom Geist der Gesetze* nicht vergessen!«

Selbstverständlich war den Juristen Montesquieu ein Begriff, sodass sie den beiden zerlumpten Gestalten noch begeisterter Beifall spendeten. Das Leben war wirklich eine Bühne, und die beiden liebten nichts so sehr, als im Rampenlicht zu stehen! Ich nahm an, der Meister würde es ihnen übel nehmen, dass sie ihm die Show gestohlen hatten. Immerhin war er es gewesen, der das Klavier auf die Bühne geschleppt, es gestimmt und darauf gespielt hatte. Und dann ernteten sie den Applaus? Doch dann sah ich, dass der Meister ihnen ebenfalls begeistert applaudierte. Ich lief rot an.

Ich war immer ein strenger und nüchterner Lehrmeister gewesen, der selten gelacht hatte, ganz im Gegensatz zum Traumhändler. Dieser gewährt seinen Jüngern auch die Freiheit, Dummheiten zu sagen, während ich andächtige Stille im Hörsaal verlangte. Respekt ging mir über alles. Der Meister will dagegen die Namenlosen in den Vordergrund stellen und hinter ihnen verschwinden. Und da ließ ich es nicht zu, dass ein Student in einer Diskussion das letzte Wort behielt oder im Mittelpunkt stand?! Ich war unnachgiebig und daher gefürchtet. Der Meister hingegen wird geliebt. In meiner Welt der Hörsäle hatte ich dem Drama zu viel Gewicht gegeben und die Komödie verachtet. Für den Meister ist indessen beides wichtig. Ich fürchte,

Diener des Systems ausgebildet zu haben und nicht menschliche Wesen, die das System korrigieren können. Der Meister tut das Gegenteil.

Plötzlich bemerkte ich, wie neben mir drei Männer tuschelten. Da ich in einiger Entfernung von der Jüngerschar stand, wussten sie nicht, dass ich dazugehörte. Sie sprachen über den Traumhändler. Dann klappte einer von ihnen einen Laptop auf. Ich glaubte, auf dem Bildschirm den Meister zu erkennen, rieb mir die Augen und versuchte, näher zu treten. Das Bild wurde sofort weggeklickt, aber ich konnte noch den Satz lesen, der darunter stand:

»Der Adler lebt. Er muss vom Himmel geholt werden.«

Dann verschwanden sie in der Menge.

Mir fielen die Enthüllungen des Meisters im vollbesetzten Stadion wieder ein. Er hatte behauptet, in der Welt der Hochfinanz einmal ein dicker Fisch und Teil der High Society gewesen zu sein. Da er jedoch unter Brücken hauste und kein gutes Haar am Gesellschaftssystem ließ, hatte ich seine Beichte nicht wörtlich genommen, sondern symbolisch aufgefasst. Ich hatte ihn vor Kälte zittern sehen, weil ihm warme Kleidung fehlte, wusste, dass er manchmal hungerte und dass er, falls er krank würde, noch nicht einmal Geld für die Apotheke hätte. Wie konnte er da Multimillionär gewesen sein? Sicher war er reich – an Weisheit! Aber er hatte keinen Ort, sein müdes Haupt zu betten.

Da rempelten mich ein paar Teenager an, die offensichtlich gerade aus der Schule kamen. Sie drängelten, um näher an den Traumhändler heranzukommen und das Spektakel der beiden Clowns aus der Nähe zu erleben.

Bartholomäus und Barnabas sonnten sich noch im Applaus und verbeugten sich vor der Menge. Dann wurde Barnabas endgültig von seinem inneren Politiker übermannt und verfiel in eine Art Trance. Er liebte es, Fremdwörter zu benutzen, bei denen er sich aber häufig verhaspelte. Wie bei einer Wahlkampfrede hob er an:

»Mein Volk! Bewohner dieser edlen Metropole!«

»Bravo! Sehr gut!«, brüllte Bartholomäus und forderte die Menge zu erneutem Applaus auf. Der Bürgermeister dankte und fuhr bestärkt fort:

»Gebt mir eure Stimme, und ich verspreche euch, den Saustall politischer Kropsion auszumisten!« Er grinste verlegen und versuchte, das Wort »Korruption« richtig auszusprechen: »Korpsion! Korputsion!« Und je mehr er redete, desto mehr bespuckte er dabei diejenigen, die in seiner Nähe standen.

Ein Richter sprang ihm zu Hilfe:

»Politische Korruption!«

»Mein Dank gilt meinem zukünftigen Justizminister!«, antwortete Barnabas hoheitsvoll.

Nun trat der Wunderheiler Edson auf den Plan. Er zog seine Schirmmütze aus der Jackentasche und rief:

»Liebes Publikum! Der Mensch lebt nicht vom Wort allein! Unser schmaler Bürgermeister muss essen. Wer kann einen Beitrag leisten?« Dann ging er umher und sammelte so viel Geld ein, dass es für ein üppiges Abendmahl für uns alle reichte.

Währenddessen zog sich der Meister unauffällig zurück. Er war ein Ideenschmied, doch seine beiden aufsässigen Jünger schmiedeten Verstiegenheiten.

Die anwesenden Rechtsgelehrten dürsteten weiter danach, diesem geheimnisvollen, zerlumpten Denker zu lauschen und sich über seine beiden Clowns zu amüsieren. Einige hatten bereits von ihm gehört, und nun hatten sie auch von seinen Gedanken gekostet. Doch verstanden hatten sie ihn noch lange nicht, genauso wenig wie wir.

Wenigstens für einen Moment hatten sie jedoch etwas Wichtiges erkannt: Obgleich die einen Gesetze machen und die anderen gehorchen, die einen Anzug und Krawatte, die anderen Lumpen tragen, die einen Bücher schreiben und die anderen sie lesen, sind alle im Grunde wie spielende Kinder, die die wichtigsten Phänomene des Lebens noch nicht verstanden haben.

Ein aufwühlender Meister

Im Laufe der folgenden Monate warnte der Meister immer wieder davor, dass der wissenschaftliche Fortschritt, statt uns zu befreien, uns am Ende eher gefangen nehmen würde. Technologie und Informationsüberschuss hatten unseren Geist lahmgelegt, und wie verstörte Kinder lebten wir im Schatten der »Väter des Wissens«.

Pythagoras war den Vorurteilen seiner Mitmenschen ausgesetzt gewesen, und Sokrates hatte sich dem Zorn der Athener Elite gebeugt und den Schierlingsbecher ausgetrunken.

Newton war die Welt in symbolischer Gestalt eines kleinen Apfels auf den Kopf gefallen, und Einstein hatte die Bombe der mechanischen Physik entschärft, während er im Patentamt arbeitete. Freud hatte schließlich die Handschellen der Medizin gelöst, welche nur den Körper behandelte, aber nicht den Geist.

So betonte der Meister häufig, dass alle großen Denker auf ihrem Weg zum Wissen Risiken eingegangen, Ungerechtigkeiten und Angriffen ausgesetzt waren und Widerstände überwinden mussten. Das hatten wir in den Tempeln unserer Hochschulen längst vergessen. Zwar applaudierten wir den Pionieren des Wissens für ihren Mut, waren selbst jedoch schüchtern und hatten eine primitive Angst davor, dem Chaos ins Auge zu sehen und frei zu denken.

»Folgt mir nicht blind! Akzeptiert meine Ideen nicht, ohne sie kritisch verdaut zu haben! Denn alle großen gesellschaftlichen und politischen Katastrophen sind auf den Kult der Wahrheit und die passive Übernahme der Ideen anderer zurückzuführen!«

Mit Nachdruck fuhr er fort:

»Meine Ideen unkritisch zu übernehmen ist schlimmer, als sie in der Luft zu zerreißen. Ich suche keine Diener, sondern Nachfolger, die selber denken. Wenn ihr nicht fähig seid, mich zu kritisieren, seid ihr nicht würdig, mir zu folgen!«

Wir waren schockiert.

Empört sprach der Meister weiter davon, dass die meisten Studenten in zwanzig Jahren Ausbildung von der Vorschule bis zum Hochschulabschluss nicht einen einzigen eigenen Gedanken formuliert, keine eigene Meinung und nicht den Mut hätten, anders zu denken als die Mehrheit. Wir kritisierten, dass die deutsche Jugend sich in der ersten Hälfte des zwanzigsten Jahrhunderts von Hitler zu den Verbrechen gegen die Juden, Zigeuner und Homosexuellen hatte verführen lassen, ohne uns darüber im Klaren zu sein, dass unser Gesellschaftssystem in diesem Jahrhundert die Jugend auf der ganzen Welt zum Schweigen brachte.

Einmal hatte der Traumhändler den Studenten auf dem Campus der größten Universität der Millionenstadt zugerufen:

»Venedig versinkt einen Zentimeter pro Jahr. Beunruhigt euch das nicht? Macht es jemandem etwas aus, dass die charmanteste aller Städte von der Adria verschluckt wird? Und wo sind die jungen Leute, die sich gegen die katastrophalen Folgen des Klimawandels erheben? Täglich fallen mehrere Tausend unterernährte Kinder dem Hunger zum Opfer. Wer nimmt sich die Zeit, ihr Wehgeschrei zu hören? Ein Bruchteil der finanziellen Mittel und Anstrengungen, die für die Stützung des Finanzsystems verwendet werden, könnte den Hunger auf der ganzen Welt beenden! Stört euch unsere Lethargie denn gar nicht?«

Aufgebracht wanderte er von Hochschule zu Hochschule und donnerte:

»Selig sind die, welche ihr Gehirn am Zweifel laben, denn ihrer wird das Reich neuen Wissens sein. Selig sind die, welche sich nicht mit armseligen Antworten und falschen Überzeugungen zufriedengeben, sondern unbekannte Wege einschlagen und Orte erreichen, die niemand zuvor betreten hat. Oh, wie pervers ist ein Gesellschaftssystem, das Andersdenkende steinigt! Wer von euch sucht nach Lösungen für die großen Probleme der Menschheit?«

Manche Studenten erregten sich bei diesen Worten:

»Der Typ ist ja nicht ganz bei Trost! Das Gehirn am Zweifel laben? Will er Regellosigkeit und Anarchie? Wir befinden uns im Zeitalter von Wissenschaft und Logik! Der lebt doch auf dem Mond!«

Da sich keiner der Studenten auf die Frage nach Lösungen für die großen Probleme der Menschheit meldete, stand Bartholomäus auf und rief:

»Ich, Meister! Ich werde versuchen, die Probleme der Menschheit zu lösen! Ich bin von der Gesellschaft gesteinigt worden. Ich habe mich nie angepasst. Ich bin ein vollkommen verschwendetes Talent!«

Seine Dreistigkeit war wirklich unglaublich.

Während Bartholomäus sprach, sah unser Bürgermeister, wie einem kleinen Jungen, Sohn eines Hochschullehrers, der einige Meter von uns entfernt stand, das Sandwich aus der Hand fiel. Barnabas stürzte sich auf das Sandwich, hob es vom Boden auf, spuckte darauf und rieb es danach an seinen schmutzigen Lumpen ab. Dann reichte er es mit verschlagenem Blick dem Jungen, welcher sich mit einem Ausdruck des Ekels abwandte. Darauf verschlang Barnabas das Sandwich wie ein ausgehungerter Straßenköter und pflichtete Honigschnauze mit vollem Mund begeistert bei:

»Unser Land sollte von Männern wie mir regiert werden, die sich um das Wohlergehen der Kinder sorgen und am eigenen Leib erfahren haben, was Hunger bedeutet!«

Er klaubte sich die Krümel von der Jacke und steckte sie auch noch in den Mund:

»Lasst euch nicht von Äußerlichkeiten täuschen! Ich bin ein hervorragendes Produkt in unansehnlicher Verpackung! Ich bin dazu gebenedeit, mich für die Menschheit zu opfern!«

Ich konnte sein blödsinniges Gerede nicht länger ertragen und verbesserte ihn:

»Es heißt auserwählt, nicht gebenedeit!«

Unverschämt, wie er war, schaute er mich an und rief:

»Heiliger Mann! Ich danke dir für die Zustimmung! Leute, dieser Mann hat die Perle entdeckt, die sich hinter dieser schönen Stirn verbirgt!« Dabei tippte er sich an die Schläfe.

Ich fasste mir an den Kopf und atmete tief durch, um mich nicht wütend auf ihn zu stürzen.

Ein paar Tage später schlenderten wir eine breite Straße entlang und stießen auf ein Kongresszentrum, in das weiß gekleidete Menschen strömten. Neben dem Eingang hing ein Plakat mit der Aufschrift *Internationaler Kardiologenkongress.*

Ohne zu zögern, begab sich der Meister in die Eingangshalle. Weiter konnten wir ohne Teilnehmerausweise nicht vordringen, abgesehen davon, dass wir schon wegen unseres zerlumpten Äußeren Gefahr liefen, hinausgeworfen zu werden. Angesichts der gepflegten Umgebung befürchtete ich, dass wir uns wieder einmal Ärger einhandeln würden, und versuchte, auf Abstand zu gehen.

In der Halle warb die Pharmaindustrie an aufwendig gestalteten Ausstellungsständen für ihre Produkte: Mittel gegen Bluthochdruck und Herzrhythmusstörungen, Blutverdünner und eine Reihe weiterer Medikamente und Apparaturen. Die anwesenden Ärzte, hoch angesehene Kardiologen aus allen Ländern der Welt, gingen von Stand zu Stand. Der Traumhändler beobachtete sie – ihre Bewegungen, ihre Gestik und Mimik und die Art, wie sie sprachen. Irgendetwas war ungewöhnlich.

Minuten später beschloss er, sich zu zeigen, und erhob seine Stimme, ohne sich um die Wirkung seiner Worte zu sorgen:

»Verehrte Kardiologen! Ihr behandelt Infarkte und andere Herzleiden. Aber wer von euch ist denn in seinem geistigen Herzen gesund?«

Sofort bildete sich eine Traube Schaulustiger, die den komischen Vogel mit der Donnerstimme neugierig beäugten. Einige glaubten, einen Schauspieler vor sich zu haben, der ein neues Medikament bewerben sollte. Doch dann kam die Bombe:

»Wie viele von euch haben denn geistige Rhythmusstörungen oder sogar einen Infarkt? Wessen Geist ist unruhig und hyperaktiv und rast genauso wie ein flimmerndes Herz? In wessen Gefühlshaushalt sind die ›Arterien‹ blockiert wie verschlossene Herzkranzgefäße, die das unversorgte Gewebe zum Absterben bringen? Wer unter euch entspannt seinen Geist mit Freude und versorgt ihn dadurch mit neuem Sauerstoff?«

Solche Fragen hatten sich die zuhörenden Kardiologen noch nie gestellt. Konnte sich denn der geistige Puls beschleunigen und infolgedessen eine krankhafte gedankliche Hochspannung und Überlastung herbeiführen? Nach Meinung des Traumhändlers ja. Konnte der Fluss der Gefühle blockiert werden und schließlich versiegen? Daran bestand für ihn kein Zweifel.

Die Schreitherapie

Ich war beeindruckt davon, wie viel Wissen der Meister besaß. Ob er studiert hatte, wusste ich nicht, aber ich sah, dass er las, wann immer er die Möglichkeit dazu hatte – selbst bei Kerzenlicht unter der Brücke verschlang er noch Zeitungen, Zeitschriften, Wissenschaftsjournale und ganze Bücher. Unter zwei Viadukten, die uns häufiger als Nachtlager dienten, hatte er sich sogar kleine Privatbibliotheken angelegt. Ein Stück Brot stillte seinen Hunger, aber nichts nährte ihn so wie ein gutes Buch.

Keiner der Anwesenden auf dem Kardiologenkongress antwortete auf die Fragen des Traumhändlers. Doch trotz der Stille konnte dieser den stummen Schrei im Geiste vieler seiner Zuhörer vernehmen, der anzeigte, dass in ihrem psychischen Herzen etwas nicht stimmte. Sie alle litten unter extremer innerer Unruhe: Ihre Gedanken rasten, Sorgen bedrückten sie, und sie waren völlig überarbeitet. Wie unter den Unternehmern zeigten neunzig Prozent von ihnen Symptome psychosomatischer Störungen wie Kopfschmerzen, Herzrasen, Gastritis, stressbedingten Haarausfall, Erschöpfung und Gedächtnisstörungen.

»Kann jemand, der unter dem Infarkt seiner Psyche leidet, wirklich Menschen mit Herzinfarkt helfen?«, fragte der Meister und beantwortete seine Frage selbst:

»Natürlich. Doch nicht sehr lange und nicht gut.«

Plötzlich hörte man unter den Anwesenden jemanden so laut brüllen, dass einigen das Herz einen Moment lang stillstand. Es war Honigschnauze, der es immer wieder schaffte, Geist und Herzen seiner Zuhörer zu verstören:

»Aaaaaahh! Uuuuuhh! Aaaaaahh! Uuuuuhh!«

Dann fiel er um.

Ich war zunächst wie gelähmt, ging dann aber doch ein paar Schritte auf ihn zu, um herauszufinden, was denn nun eigentlich los war. Einen Moment lang dachte ich wirklich: ›Bartholomäus hat einen Herzanfall! Und das in Anwesenheit dieser vielen Kardiologen! Unglaublich!‹

Salomon fing tatsächlich an, die linke Seite von Bartholomäus' Oberkörper energisch zu reiben, während Edson, unser Wunderheiler, auf die Knie fiel und begann, für unseren sterbenden Freund zu beten. Dimas schrie aufgelöst:

»Honigschnauze stirbt! Honigschnauze stirbt!«, während Monika und Jurema die umherstehenden Ärzte verzweifelt anflehten:

»Bitte helfen Sie ihm! Lassen Sie ihn nicht sterben!«

Sofort stürzten einige der Ärzte hinzu, legten Bartholomäus auf den Boden und begannen, seinen Herzschlag abzuhören. Einer der Ärzte kam mit einem Defibrillator herangeeilt, um ihm einen Elektroschock zu verpassen. Da aber alles so schnell ging und der Tumult groß war, schafften sie es nicht, Bartholomäus eingehend zu untersuchen.

Auch der Meister war sehr besorgt.

Plötzlich mischte sich der Bürgermeister ein. Mit der größten Sicherheit der Welt, so als wäre er der beste Arzt aller Zeiten, sagte er zu den Anwesenden:

»Immer mit der Ruhe, verehrte Doktoren! Ich weiß, was los ist! Der Herr hier ist mein Patient!«

Die Leute machten ihm Platz. Dann nahm er überraschend Professora Jurema bei den Händen und fügte hinzu:

»Diese wunderbare achtzigjährige Dame wird meinen Patienten mit Mund-zu-Mund-Beatmung wiederbeleben!«

»Ich?«, fragte Jurema entsetzt. Obwohl sie Bartholomäus sehr mochte, fand sie doch, dass es das nicht wert und es besser war, ihn seinem Herzinfarkt zu überlassen.

Als Bartholomäus nun hörte, dass Jurema ihn küssen sollte, sprang er sofort auf. Hätte Monika ihn küssen sollen, wäre er wie ein Stein auf dem Boden liegen geblieben, doch durch diesen Überraschungsschlag des Bürgermeisters musste er ohne Defibrillator wieder auferstehen. Wir standen alle ganz dicht gedrängt, um mitzubekommen, was geschah. Honigschnauze breitete tief atmend dreimal die Arme aus und ließ sie wieder fallen. Und um den Rhythmus nicht zu verlieren, stieß er ein paar Schreie aus: »Aaahhh! Aaaahhh!« Dann erklärte er sich endlich:

»Verehrte Doktoren! Ich habe gerade die Urschreitherapie durchgeführt. Ich und mein Freund, Doktor Bürgermeister, haben diese Therapie in den Krankenhäusern des Lebens entwickelt, um den Stress des Herzens abzubauen!«

Als sie merkten, dass sie hinters Licht geführt worden waren, fassten sich die Kardiologen entsetzt an den Kopf. Genau wie ich fühlten sie sich auf den Arm genommen. Einige fingen an, ihn zu beschimpfen, andere wollten ihn sogar verprügeln. Der Meister musste aktiv werden und sie wieder einmal vor dem Sturm retten, den sie selbst entfesselt hatten. Weise bemerkte er:

»Liebe Freunde, ist euch schon aufgefallen, dass unsere Emotionen im Bruchteil einer Sekunde von einem Extrem ins andere umschlagen können? Im ersten Augenblick sind wir noch seelenruhig, im zweiten explodieren wir. Ist das nicht ein Zeichen für psychischen Bankrott? Habt ihr schon mal bemerkt, dass unsere Psyche manchmal unter den kleinsten Enttäuschungen zusammenbricht und sich Probleme zu eigen macht, die sie gar nicht betreffen? Ist das nicht so etwas wie eine schwere geistige Rhythmusstörung? Warum also auf diese beiden Herren wütend sein? Sie haben wenigstens versucht, ihren Stress loszuwerden! Sie haben niemanden verletzt und ihre Spannungen auch nicht über böse Worte auf anderen abgeladen.«

Unter Soziologen machten wir uns gern über Chirurgen lustig, insbesondere über Kardiologen, die teilweise wahnsinnig aufgeblasen waren. Wenn sie den Operationssaal betraten, fühlten sie sich wie Götter, und wenn sie ihn wieder verließen, waren sie sich sicher, welche zu sein. Aber wie der Meister zeigen wollte, waren sie im Grunde einfach nur Menschen, die zwar andere achtsam behandelten, aber nicht sich selbst.

Die anwesenden Ärzte waren sprachlos. Ein Bettler, der auf einem Kardiologenkongress behauptete, sie litten unter schwerer geistiger Arrhythmie, war ihnen noch nicht untergekommen. Der Meister fuhr fort, die Namenlosen zu preisen, die sich um die Welt sorgen, obwohl diese ihnen gleichgültig gegenübersteht. Dann sagte er:

»Das Gesundheitssystem hat euch dazu gebracht, den hippokratischen Eid teilweise zu brechen, denn ihr sorgt euch zwar um die Patienten, aber nicht um euch selbst.«

Und tatsächlich hatten viele Ärzte eine Siebzig-Stunden-Woche. Sie konnten vor Arbeitsüberlastung das Leben nicht mehr genießen. Da ergriff ein älterer, sehr erfahrener französischer Kardiologieprofessor das Wort, der bereits vom Meister gehört hatte, um ihn zu bestätigen:

»Die Häufigkeit von Krebs, Herzrhythmusstörungen, Panikattacken und Depressionen unter Ärzten ist wirklich erstaunlich. Wir haben noch nicht einmal mehr Zeit, um uns zu beklagen.«

Ein brasilianischer Chirurg fügte bestürzt hinzu:

»Das Gesundheitssystem ist wirklich zu einem Vampir geworden, der unserem idealistischen Beruf das Blut aus den Adern saugt. Wir opfern uns für andere auf und haben schließlich kaum noch Zeit für uns selbst. Und die kurze Lebensspanne, die uns am Ende noch bleibt, verbrauchen wir dann auf der Suche nach der Gesundheit, die wir auf dem Weg verloren haben.«

Wenn sogar die Ärzte krank waren, wie stand es dann wohl um den Rest der Bevölkerung? Ich ließ meine Vergangenheit Revue passieren und konnte mich kaum daran erinnern, gesunden, ausgeglichenen und gelassenen Studenten oder Kollegen begegnet zu sein. Sogar die eher ruhigen Hochschullehrer, die ich kannte, hatten Wutanfälle, wenn sie auf Widerspruch stießen. Besonders ich selbst war immer angespannt, ungeduldig, nervös, aufbrausend und cholerisch, also in vielerlei Hinsicht unerträglich gewesen. Meine Stimmung schlug von einer Sekunde zur anderen von Ausgeglichenheit in extreme Reizbarkeit um. Um wenigstens im Hörsaal ruhig zu bleiben und nachts, wenn überhaupt, vier oder fünf Stunden schlafen zu können, nahm ich starke Beruhigungsmittel.

Gerade als sich das Gespräch zu vertiefen schien, stellte der Bürgermeister eine Frage, deren Antwort er eigentlich in- und auswendig kannte:

»Meister, was denkst du – bin ich normal?«

Ich lachte so laut auf, dass die Umstehenden mich erstaunt ansahen, und rief:

»Völlig normal!«

Immerhin bestand die Normalität ja offensichtlich gerade darin, krank zu sein.

Der Bürgermeister bedankte sich mit breitem Lächeln:

»Vielen Dank, großer Cäsar, Imperator der schweren Herzen! Wenn ich eines Tages an die Macht komme, ernenne ich dich zu meinem Berater für ›irrelevante‹ Angelegenheiten!«

Mir war nicht klar, ob ich mich geehrt oder beleidigt fühlen sollte. Verwirrt begann ich zu grübeln, als Bartholomäus dem Bürgermeister zurief:

»Wach auf! Unser ›Superego‹ hat dich als völlig durchgedreht, übergeschnappt und schwachsinnig bezeichnet!«

Ich hasste es, »Superego« genannt zu werden, denn mir war klar, dass dieser unverschämte Säufer den Begriff keinesfalls im Sinne Freuds benutzte, für den das »Über-Ich« der Verhaltensmaßstab für die Entwicklung der Persönlichkeit ist. Stattdessen wollte Bartholomäus damit auf meinen übermäßigen Stolz und Hochmut hinweisen.

»Geh mir weg, Honigschnauze! Du bist doch hier der Spinner! Und außerdem pupst du wie ein altes Nilpferd!«, neckte ihn der Bürgermeister, worauf Honigschnauze wütend ausrief:

»Pass bloß auf, ich habe den schwarzen Gürtel! Leute, haltet mich fest, sonst haue ich diesen Fresssack zu Brei!«

»Komm doch her, du Waschlappen!«

Einige der Umstehenden versuchten, die beiden Verrückten voneinander zu trennen, und im Handgemenge traf der schattenboxende Bürgermeister aus Versehen den älteren französischen Professor, welcher, da er sowieso schon übermüdet und gestresst war, in Ohnmacht fiel.

»Huiii! Ich habe den Doktor ins Himmelreich katapultiert!«, rief Barnabas erschrocken aus.

Ich hielt mir entsetzt den Kopf und fühlte mich ein wenig schuldig. Die Gesellschaft nahm den Ärzten die Luft, und wir trugen auch noch dazu bei, die Sache zu verschlimmern. Die Welt war doch bereits ein großes Irrenhaus, und die Jünger des

Meisters zündeten es auch noch an. Da wachte der französische Arzt wieder auf und begann zu brüllen:

»Aaaahh! Uuuhhh! Aaaahh! Uuuuhh!«

Bestürzt eilten ihm seine Kollegen zu Hilfe, doch plötzlich breitete dieser seine Arme aus, atmete tief durch und rief:

»Immer mit der Ruhe, Leute! Das war Schreitherapie! Wie gut es sich anfühlt, den Stress loszuwerden!«

Fünf Meter weiter begannen jetzt zwei weitere Ärzte zu schreien, denen sich ansonsten extrem förmliche und zurückhaltende Kollegen anschlossen. Daraufhin alarmierte das Sicherheitspersonal des Kongresses Feuerwehr und Rettungskräfte.

Auch ich hatte einen Augenblick lang große Lust zu schreien, um meinen Stress loszuwerden, und entdeckte dann, dass Wahnsinn ansteckend ist.

Ein Psychotiker mit bemerkenswerter Fantasie

Wir übernachteten unter einem großen Viadukt, der die Hauptstraßen der Großstadt miteinander verband. Es war nicht gerade der Ort, an dem wir wirklich Ruhe fanden, da der nächtliche Bus- und Lkw-Verkehr fast unerträglich war. Doch in diesem riesigen »Hotel« der Elenden nannten wir ein paar verschlissene Matratzen unser Eigen, die auch von niemandem angerührt wurden, da es unter den Obdachlosen Gesetz war, die wenigen Habseligkeiten der Leidensgenossen zu respektieren. Streitereien und Diebstähle gibt es nur unter denen, die auch etwas haben, was sie teilen könnten.

Hieronymus, ein freundlicher älterer Bettler, der bereits seit zwanzig Jahren dort übernachtete, mochte es, wenn wir auch dort schliefen. Jedes Mal, wenn wir auftauchten, servierte er uns ein paar alte Kekse und einen wunderbaren Kaffee, den er auf einem winzigen Campingkocher zubereitete. Er litt unter Schizophrenie und hatte manchmal Halluzinationen. Dann erzählte er uns mit blühender Fantasie von den schrecklichen Monstern, die hinter ihm her wären. Während wir Kaffee tranken, berichtete er, dass er am Abend zuvor dem schrecklichsten aller Ungeheuer begegnet wäre:

»Es hatte sieben Köpfe und sieben Hörner, ein Schwert in der Hand und ein anderes, das ihm aus dem Bauch wuchs. In seiner offenen Brust war ein riesiges schlagendes Herz zu sehen, das jedem, der in seine Nähe kam, das Blut aus den Adern saugte.

Es brüllte wie ein Dinosaurier und wollte mich bei lebendigem Leibe fressen. Es hatte mindestens genauso viel Hunger wie der Bürgermeister und war bestimmt so hässlich wie der Wunderheiler!« Dabei zeigte er auf Edson. Wir lachten schallend.

Hieronymus' Wortschwall folgte nicht immer einem roten Faden, sondern schwappte hin und her, ohne dass er seine Geschichten wirklich beendete. So fügte er diesmal an, ein Flugzeug sei unter der Brücke hindurchgeflogen, worauf Bartholomäus besorgt ausrief:

»Oh Mann! Und was hast du da gemacht?«

Wie ein Don Quijote, der sich seines Kampfes gegen die Windmühlen erinnert, baute sich Hieronymus jetzt vor uns auf und beendete mit stolzgeschwellter Brust die Schilderung seines Abenteuers:

»Zwei Stunden lang hab ich mit diesem Teufel gekämpft, er mit seinen zwei Schwertern und ich nur mit meinem kleinen Messer!« Dabei reckte er, als sei es eine Trophäe, ein Küchenmesser in die Luft.

»Die Bestie war schrecklich! Flink wie ein Äffchen wich sie mir aus und dabei brüllte sie mindestens so laut wie Honigschnauze: ›Ich bring dich um, Alter! Diese Brücke gehört mir!‹ Leute, es war ein Kampf der Giganten! Fast hat sie mir die Brust durchbohrt und den Kopf abgehauen! Aber nur fast, denn ich war schneller und hab ihr mein Messer in den Bauch gerammt. Da hat sie den Schwanz eingezogen und ist geflohen.«

Begeistert rief Honigschnauze:

»Sag mir nächstes Mal Bescheid, dann mach ich sie alle! Ich hab schon viele Bestien unter diesen Brücken gejagt!«

›Da hast du recht‹, dachte ich mir. Eines seiner Alkoholentzugsdelirien, bei denen er halluzinierte Monster bekämpfte, hatte ich bereits miterlebt.

»Auf mich kannst du auch zählen!«, sagte der Bürgermeister, stand auf und prahlte:

»Ich hab bestimmt schon zehn Tyrannosaurier gekillt!«

Um Hieronymus zu zeigen, wie er diese riesigen urzeitlichen Raubtiere niedergestreckt hatte, trat er in die Luft wie ein Karatekämpfer, fuchtelte wild mit den Armen herum und machte einen Satz nach vorn, wobei er strauchelte, auf den alten Mann fiel und ihn unter sich begrub. Nachdem wir Barnabas mit vereinten Kräften wieder hochgezogen hatten, halfen wir dem erschrockenen Hieronymus aus dem Schutt wieder auf die Beine. Dieser sagte:

»Bestimmt rufe ich euch zu Hilfe, wenn das Ungeheuer wiederkommt, aber …« Er machte eine Pause, bevor er schloss:

»Den Kampf gucke ich mir dann aber doch lieber im Fernsehen an!«

Ich kicherte in mich hinein. Sogar Hieronymus wollte sich die beiden vom Leib halten. Mir war nicht klar, ob sie seiner Geschichte auf den Leim gegangen waren, ob sie unter psychotischen Schüben litten oder ob sie sich einfach vor jeden Karren spannen ließen, wenn es darum ging, ein bisschen Spaß zu haben. Auf jeden Fall war deutlich, dass Verrückte sich gut verstehen.

Am nächsten Morgen stand ich früh auf. Ich hatte Rückenschmerzen: Mein Monster war die Matratze … Wir verabschiedeten uns von Hieronymus und setzten unsere Wanderung fort. Drei Häuserblocks weiter kam uns ein Mann entgegen, der ziemlich nervös wirkte. Er war etwa vierzig Jahre alt, hatte leicht gräuliches Haar und helle Haut und trug ein weißes Hemd und ein schwarzes Jackett. Er konnte genauso ein Bewunderer wie ein Kritiker der Ideen des Meisters sein.

Dieser war zusammen mit Barnabas und Bartholomäus der Gruppe ein paar Schritte voraus, während Jurema und Monika soeben zu uns gestoßen waren.

Wir berichteten ihnen gerade davon, wie der Bürgermeister Hieronymus niedergestreckt hatte, als der Fremde den Meister ansprach:

»Meister, ich habe ein Geschenk für Euch!«

Er steckte eine Hand in seine Jackentasche und zog einen Revolver heraus. Bevor er jedoch schießen konnte, schlug ihm der Meister in einem bewundernswerten Reflex die Waffe aus der Hand und fing sie auf. Wir waren sprachlos, und der entgeisterte Kriminelle rannte davon. Der Meister sagte zu Bartholomäus:

»Bitte vergrab das Ding.«

»Wie hast du das gemacht?«, fragte Edson.

Lächelnd antwortete der Meister:

»Übungssache! Ich bin zweikampftrainiert.«

»Soll das ein Scherz sein?«, fragte Salomon erstaunt.

»Das Leben ist ein großer Scherz.«

Nach diesen Worten setzte der Meister seinen Weg fort.

Nun trat der Bürgermeister wieder auf den Plan. Begeistert schilderte er denen, die es nicht gesehen hatten, was geschehen war, wobei er jedoch nicht an sich halten konnte und mit einem Kampfesschrei unvermittelt seine rechte Faust nach vorne und seinen linken Ellenbogen nach hinten schnellen ließ. Er traf Jurema in den Magen, die nach hinten fiel.

»Oh mein Gott! Ich hab Jurema gekillt!«

Aber Jurema hatte nicht das Bewusstsein verloren. Nach über dreißig Jahren Ballett-Training hatte sie gute Reflexe und war zurückgewichen, sodass der Schlag sie nicht so hart getroffen hatte. Wir eilten ihr zu Hilfe.

»Unser Bürgermeister wird noch einen von uns umbringen!«, sagte sie, während wir ihr auf die Beine halfen.

Ich pflichtete ihr bei und begann dann, darüber nachzudenken, welchen Gefahren sich der Meister aussetzte. Besonders besorgniserregend fand ich, dass der Mann mit dem Revolver nicht wie ein gewöhnlicher Straßenräuber gewirkt hatte, sondern eher wie ein gedungener Mörder. Aber wer wollte den Meister umbringen und warum? Ich hatte aber nicht viel Zeit, mir darüber Gedanken zu machen, denn wenige Schritte weiter erteilte uns der Meister wieder eine seiner wunderbaren Lektionen.

Er sah einen über dreihundertjährigen Olivenbaum mit knorrigem, verwittertem Stamm, der schon vielen Stürmen getrotzt hatte. Voller Freude betrachtete er ihn und sagte:

»Olivenbaum! Du bis stärker als der stärkste Mensch auf Erden. Wie viele Generäle sind hochmütig und arrogant an dir vorbeigeschritten, als wären sie unsterblich, und doch im Lebenskampf gefallen? Du aber bist geblieben. Wie viele Könige sind in majestätischen Prozessionen an dir vorübergezogen und doch am Ende als schwache Wesen zum Staub zurückgekehrt? Du aber, bescheiden und namenlos, schreibst immer noch an deiner Geschichte!«

Er sah uns an und sagte:

»Die besten Geschichten entstehen außerhalb des Rampenlichts, in der Anonymität. Es ist Zeit für die Revolution der Namenlosen!«

Ich hatte im Verlauf unserer Wanderschaft bereits den Eindruck bekommen, dass der Traumhändler eine soziale Revolution anstrebte, eine waffenlose, friedliche Revolution der Ideen, einfach, aber durchdringend, ohne Druck, Erpressungen, Manipulationen oder Gewalt. Doch angesichts der Mannschaft, die er dafür auserwählt hatte, war diese Revolution meiner Ansicht nach bereits gescheitert, bevor sie überhaupt begonnen hatte. Ob er gar nicht merkte, dass seine chaotische Jüngertruppe rein gar nichts zustande bringen würde? Wer sollte ihr zuhören und erst recht ihr Glauben schenken wollen? Würde auch nur ein Politiker dieser Bande Unruhestifter zuhören? Und der Kongress – würde er uns nicht eher wie Clowns behandeln anstatt wie Weise?

Während ich noch solche Gedanken hin- und herwälzte, war mir verborgen geblieben, dass der Funke dieser Revolution bereits übergesprungen war. Nicht nur wir Jünger waren mutiger in unseren Diskussionen, sondern auch die vielen Menschen, die uns zeitweise folgten, waren furchtloser geworden und senkten nicht mehr den Kopf, sondern übten ihre Rechte aus und fühlten sich als Bürger.

Die Ideen des Traumhändlers verbreiteten sich wie eine Epidemie. Nicht nur ich schrieb sie auf, sondern auch viele Journalisten und Studenten. Diese entwickelten kritisches Denken und hatten endlich den Mut, ihre eigenen Ideen laut auszusprechen.

Die große Mission

Zwei Wochen später kehrten wir auf den riesigen Innenhof des Landgerichts zurück. Wir standen an der linken Seite des Platzes etwa hundert Meter vom Unabhängigkeitsdenkmal entfernt. Aber diesmal hielt der Meister den anwesenden Juristen keine Rede. Er setzte sich einfach auf den Rasen neben eine alte Sitzbank aus Beton, deren Farbe bereits abgeblättert war, und schwieg. Dabei war sein Blick auf den Horizont gerichtet, und es schien, als sei er gleichzeitig in unserer Nähe und sehr weit von uns entfernt. Wir setzten uns um ihn herum, und ich fühlte mich erleichtert, auf diese Weise der Menschenmenge entkommen zu sein, die uns normalerweise umringte.

Der Mann, dem wir folgten, strich sich die Haare aus dem Gesicht und sagte dann mit sanfter Stimme:

»Rousseau war der Meinung, dass der Mensch als guter Mensch geboren, aber von der Gesellschaft korrumpiert wird. Dieser Gedanke muss meiner Meinung nach jedoch verfeinert werden: Für mich ist der Mensch, wenn er geboren wird, moralisch gesehen ein Neutrum, und die Gesellschaft kanalisiert oder verstärkt seine Instinkte, befreit seine Psyche oder engt sie ein. Normalerweise engt sie sie ein.«

Der Meister forderte uns immer wieder auf, nach dem Atem der Freiheit zu suchen. Wir waren erstickt – auch wenn wir nicht unter Depressionen, Panik oder Obsessionen litten – emotional erstickt durch die Unterdrückung von Genuss, Kreativität und Spontaneität. Der Meister fuhr fort:

»Jedes Baby wird mit instinktivem Egoismus und einem Aggressionstrieb geboren. Die Aufgabe der Eltern besteht darin, ihm Erfahrungen zu vermitteln, durch welche diese primären Instinkte abgeschwächt und Selbstlosigkeit, Mitgefühl, Freundlichkeit und Selbstbeherrschung gefördert werden.«

Bei diesen Worten musste ich daran denken, dass ich zwar viele gute Gesellschaftswissenschaftler kannte, aber noch nie jemandem begegnet war, der ein solches Format hatte. Ich fragte mich, ob ich nicht gerade Zeuge von Ereignissen war, die Geschichte machen würden. Wie weit würde der Traumhändler mit seinem Projekt gehen und würde das, was ich über ihn niederschrieb, die Menschen erreichen?

Plötzlich kam Edson, der Wunderheiler, keuchend angerannt. Er hatte den Platz überquert, um auf die Toilette zu gehen, und war bei seiner Rückkehr auf eine erschütternde Szene gestoßen. Atemlos und bestürzt berichtete er, dass ein junger Mann auf das über zehn Meter hohe Unabhängigkeitsdenkmal gestiegen war, und zwar wohl nicht, um auf dem riesigen Eisenpferd zu reiten, sondern, um sich von dort oben in den Tod zu stürzen. Eine Menschenmenge hatte sich um das Monument herum versammelt.

Mir lief es kalt den Rücken hinunter. Ich musste sofort daran denken, wie ich selbst auf dem Dach des Alpha-Gebäudes gestanden hatte, völlig deprimiert, hoffnungslos und ohne jeden Lebensmut. Die Bilder zogen an meinem inneren Auge vorbei – Bilder, die ich löschen wollte, die sich aber hartnäckig hielten. Die Vergangenheit lässt sich eben nicht löschen; in neuem Gewande holt sie einen immer wieder ein.

Edsons Bericht versetzte die Jüngerschar in Unruhe. Alle schauten den Traumhändler erwartungsvoll an. Wir dachten, er würde nun aufspringen, um den Selbstmörder von seinem Plan abzuhalten, wie er es auch mit mir getan hatte. Doch er rührte sich nicht. Wir erwarteten, dass er seine durchdringende Intelligenz nutzen würde, um den Widerstand des jungen Mannes zu brechen, der die Freude am Leben verloren hatte. Doch er reagierte überhaupt nicht. Wir wollten ihn am Arm hochziehen, doch er bestand darauf, sitzen zu bleiben.

Zu unserem Entsetzen sagte er, ohne mit der Wimper zu zucken:

»Geht hin und verkauft diesem Mann Träume!«

»Was? Wir? Meister, das geht nicht! Das Risiko ist viel zu groß!«, schoss es aus Monika heraus, der die Anspannung anzumerken war. Wir pflichteten ihr bei.

Die Vorstellung, dass jemand sich vor unseren Augen umbringen könnte, weil wir womöglich nicht in der Lage waren, das zu verhindern, zog uns den Boden unter den Füßen weg. Wir waren starr vor Angst.

Wenn ein Leben beginnt oder endet, werden immer Tränen vergossen, doch zuzusehen, wie ein junger Mann seinem Leben freiwillig selbst ein Ende setzt, war kaum erträglich. Wer war er? Wer stand ihm nahe? Was quälte ihn? Wir hatten nicht das Gefühl, mit einer derart schwierigen Situation richtig umgehen zu können. Was, wenn wir einen Fehler machten?

Der Meister saß weiter regungslos da, und weil auch wir uns nicht rührten, rezitierte er sein Gedicht der Träume:

»Träume wecken Gefühle. Träume befreien die Fantasie. Träume nähren die Intelligenz. Wer träumt, schreibt seine Geschichte neu.«

Jetzt hatte es ihn gepackt, sodass er aufsprang und seinen Gedanken mit den Worten zu Ende brachte:

»Ohne Träume sind wir Sklaven von Selbstsucht, Individualismus und Instinkt. Und der größte Traum, der in dieser

Gesellschaft verkauft werden muss, ist der Traum eines freien Geistes!«

Dann brüllte er lautstark, sodass die Passanten vor Schreck zusammenzuckten:

»Träumt ihr nicht von einem freien Geist? Warum geht ihr dann kein Risiko ein, um diesen jungen Mann zu retten? Das Risiko, zu scheitern, lächerlich gemacht zu werden oder sich selbst lächerlich zu machen, Tränen zu vergießen und als Idiot, Psychotiker oder Betrüger abgestempelt zu werden, gehört dazu, wenn man ein Traumhändler ist. Und genau dafür habe ich euch zu mir gerufen!«

Er schöpfte tief Luft und forderte uns heraus:

»Dieser junge Mann will sich nicht umbringen. Eigentlich dürstet es ihn danach, zu leben, nur weiß er nicht, wie. Nutzt seine selbstzerstörerische Energie, um ihm diesen Durst bewusst zu machen! Wie? Ich weiß es auch nicht! Lasst eurer Fantasie freien Lauf! Tanzt den Walzer des Lebens mit einem beweglichen, fantasievollen, freien Geist.«

Ich spürte einen Kloß im Hals und schluckte. Ich hatte zwar schon zu vielerlei Pfeifen getanzt, aber diesen Walzer hatte mir niemand beigebracht.

»Wenn es ums Tanzen geht – da weiß ich Bescheid!«, rief Honigschnauze. Genau das hatte ich befürchtet.

»Hey Mann! Und ich erst!«, rief der Bürgermeister und zog Monika an sich, um mit ihr zu tanzen. Verdattert ließ sie sich kurz mitziehen, um sich dann seinen Armen zu entwinden. Ein Mann starb, und die beiden Taugenichtse hatten nichts Besseres zu tun, als zu spielen?

Gute Samariter oder Sargtischler?

Wir waren weder Priester noch Ärzte und erst recht keine Psychologen. Wir waren weder perfekt noch selbstsicher und erst recht nicht erfahren in der Rettung von Depressiven. Wir waren einfach Menschen, die von einem Fremden fasziniert waren, der jede Möglichkeit nutzte, um uns aus dem Kerker zu befreien, in dem wir gefangen waren.

Die Worte des Meisters klangen mir in den Ohren. Wir mussten seinen Auftrag ausführen. Besonders ich durfte nicht untätig bleiben, denn ich war, wie der junge Mann, kurz davor gewesen, mich umzubringen. Doch ich war paralysiert. »Warum bloß?«, fragte ich mich. »Ist es die Angst davor, dass der Mann sich umbringt, oder davor, dass ich beim Versuch, ihm zu helfen, scheitere?«

Ich musste mir eingestehen, dass meine Angst, zu scheitern und das Gesicht zu verlieren, größer war als meine Sorge um das Leben meines Mitmenschen. Ich war ein Gefangener des Systems, obwohl ich in meinen Vorlesungen ständig über die Freiheit gesprochen hatte. Ich war ein kritischer Intellektueller und der Ansicht gewesen, dass kritische Menschen frei wären. Doch Kritiker zeigen selten ihr Gesicht, sondern verstecken ihre Fehler hinter der Kritik, die sie äußern. Ich musste es einfach versuchen, musste aus dem Kerker meines Egoismus ausbrechen, doch meine Beine wollten nicht gehorchen. Der Stress hatte mich ganz durcheinandergebracht und das Gleichgewicht zwischen meinem Geist und meinem Körper erschüttert.

»Und nun?«, fragte ich mich. »Reagiere ich oder halte ich mich fern? Strecke ich meine Hand aus oder ziehe ich sie zurück? Gehe ich das Risiko einer Blamage ein oder verstecke ich mich?« Ich sehnte mich an die Universität zurück, die mein Refugium gewesen war und sich wie ein schützender Schleier über all meine Irrtümer gelegt hatte. Nun musste ich mich entscheiden und die Konsequenzen tragen. Ich hatte tausenderlei Entschuldigungen vorgebracht, um den Elenden, die mir in der Vergangenheit begegnet waren, nicht die Hand zu reichen, doch jetzt waren sie mir ausgegangen.

Salomon schnappte nach Luft und forderte den Bürgermeister auf, mit dem Blödsinn aufzuhören und sich zu setzen. Immerhin kam dieser zur Vernunft und gehorchte. Angesichts unseres Zögerns sagte der Meister noch einmal:

»Wen soll ich aussenden?«

Jurema rieb sich die Stirn, und ich blickte zu Boden. Edson meditierte, und Dimas schnaufte. Während wir noch versuchten, uns vor dem Sturm in Sicherheit zu bringen, rief Bartholomäus plötzlich:

»Chef! Schick mich! Ich übernehme den Auftrag!«

Daraufhin erhob sich Barnabas und sagte:

»Meister, hier bin ich. Wie sollte ich als Freidenker es ablehnen, den Geist anderer zu befreien?«

Ich stand kurz vor einem Nervenzusammenbruch. Obwohl ich eigentlich Atheist war, konnte ich nicht anders, als lauthals Gott anzurufen:

»Oh Gott! Nicht diese beiden!«

Die waren ja überhaupt nicht in der Lage, im Voraus die möglichen Folgen unüberlegter Handlungen zu bedenken!

Da ich das Schlimmste befürchtete, versuchte ich nun, den Meister zu warnen.

»Meister, Bartholomäus und Barnabas sind wirklich gute Menschen, die ihren Mitmenschen mit den besten Absichten helfen wollen, aber es ist besser, wenn sie hierbleiben.«

Das gefiel den beiden gar nicht.

»Was soll das, Superego?«

Ich hielt es nicht mehr aus. Und dabei hatte ich den jungen Mann, der gerade kurz davorstand, sich umzubringen, völlig vergessen.

»Was das soll?«, rief ich ärgerlich. »Ihr könnt ja eure Zunge nicht zügeln! Ihr seid vorlaut, respektlos und rebellisch. Mit euch wird die Aufgabe, die schwierig genug ist, zur Mission Impossible!«

»Oh, den Film kenne ich!«, rief der Bürgermeister.

Und Honigschnauze war dreist genug, um hinzuzufügen:

»Klar! Das ist doch der mit Tommy Kruse!«

Jurema korrigierte ihn: »Tom Cruise!«

Worauf Honigschnauze noch einen draufsetzte:

»Meine liebe Jurema, Tom Cruise für die Außenstehenden. Die engen Vertrauten nennen ihn Tommy!«

Jetzt ertrug auch Jurema die beiden nicht länger, obwohl sie eigentlich geduldiger war als ich. Doch sie fürchtete, dass das Verhalten der beiden ehemaligen Säufer und unverbesserlichen Chaoten das große Projekt des Meisters gefährden könnte und die Revolution der Namenlosen Schiffbruch erleiden würde. Daher schlug sie vor:

»Meister! Ich mag Bartholomäus und Barnabas gerne, aber nur du hast genug Erfahrung und daher eine Chance, den Lebensmüden von seinem Vorhaben abzubringen!«

Nun waren die beiden eigentlich genügend Gegenwind ausgesetzt, um endlich den Mund zu halten und sich nicht weiter einzumischen, doch stattdessen hatten die Argumente sie erst recht angestachelt. Es war unglaublich, aber Honigschnauze erwiderte nun mit größter Überzeugung:

»Beruhigt euch, liebste Jurema und verehrtestes Superego! Ich und Barnabas sind auf den Umgang mit Lebensmüden spezialisiert!«

»Sind wir das?«, fragte Barnabas, hüstelte und fügte eilig hinzu: »Ja klar! Wir sind Experten! Wir haben schon zehn den Weg in den Himmel gewiesen!«

»Nur zehn?«, fragte ich, da ich meinte, es handelte sich um einen Scherz.

»Ja, zehn!«, bestätigte der unverbesserliche Aufschneider und hob dabei seine zehn Finger in die Luft.

Er meinte es ernst, und wir kippten vor Schreck fast um. Mit einem Knoten im Hals fragte ich mich, was wohl passiert wäre, wenn die beiden versucht hätten, mich zu retten, als ich meinem Leben ein Ende bereiten wollte. Dann hätte ich jetzt wohl nicht hier gestanden. Ich fuhr mir über den Kopf, um mich zu vergewissern, dass ich nicht träumte.

Monika, deren Geduld und gute Laune unerschöpflich schienen, mochte die beiden Ganoven besonders gerne, doch wusste sie auch, dass es in Situationen, die Ausgeglichenheit und Überlegung verlangten, besser war, auf die beiden zu verzichten:

»Meister! Ich hätte erwartet, dass deine Jünger mit der Zeit zurückhaltender und ausgeglichener würden. Aber manche sind wohl ziemlich störrisch!«

»Danke, liebe Monika!«, sagte Bartholomäus, und es war nicht klar, ob er es ironisch meinte oder die Kritik gar nicht verstanden hatte.

Geduldig antwortete der Meister:

»Monika, niemand kann einen anderen ändern. Man kann sich nur selbst ändern. Mein Projekt besteht nicht darin, die

Menschen zu ändern, sondern sie dazu anzuregen, ihre Geschichte umzuschreiben. Weisheit bedeutet nicht, seinen Nächsten zu verändern, sondern seine Andersartigkeit zu achten.«

Unser Wunderheiler saß derweil auf glühenden Kohlen. Er dachte an den Lebensmüden in zehn Meter Höhe und sandte Stoßgebete gen Himmel. Nun versuchte er es gegenüber Bartholomäus und Barnabas mit Schmeichelei:

»Liebe Freunde! Ihr seid von uns allen mit den größten Begabungen gesegnet. Deshalb solltet ihr nicht von der Seite des Meisters weichen. Wir anderen können versuchen, dem Lebensmüden zu helfen ...«

Sogar Dimas, genannt Engelskralle, geübter Taschendieb auf dem Wege der Besserung, versuchte die beiden aufzuhalten. Vor lauter Nervosität begann er sogar wieder zu stottern:

»I-ich b-b-bleibe bei euch, l-l-liebe F-f-freunde.«

Aber das kämpferische Duo war durch nichts aufzuhalten. Der Bürgermeister blies sich auf wie ein drittklassiger Politiker, ging ein paar Schritte auf das Unabhängigkeitsdenkmal zu und dröhnte:

»Oppositionelle Stimmen wollen mich gerade zum Schweigen bringen!«

»Dass du in deinem Delirium Stimmen hörst, wissen wir ja alle!«, sagte ich. Es war wirklich nicht mehr zum Aushalten.

Daraufhin provozierte Honigschnauze:

»Habt Gottvertrauen! Und zählt auf uns!«

Der Traumhändler schüttelte unzufrieden den Kopf. Wir verloren zu viel Zeit mit unseren Streitigkeiten.

»Argumente sind ein Vorwand für Untätigkeit. Lasst die beiden ziehen! Ihr seid eine Familie!«

Dann sagte er etwas, was uns wie ein Pfeil mitten ins Herz traf:

»Wisset, dass der Elende nicht nur unter seinem Elend leidet, sondern auch darunter, dass Leute schlaue Reden darüber halten, um ihr Standing zu verbessern. Ihr seid aber aufgerufen, soziale Akteure zu sein! Also handelt!«

Zum ersten Mal wurde mir klar, dass das Virus der Demagogie, welches ich in meinen Artikeln so verbissen bekämpfte, auch mich befallen hatte. Armut, Hunger, Kriege, Drogen, Umweltzerstörung und Selbstmorde lieferten mir das Material für den Versuch, mein eigenes Standing zu verbessern. Es war wirklich Zeit, endlich zu handeln!

Schließlich versuchte Bartholomäus, uns den Wind aus den Segeln zu nehmen:

»Immer mit der Ruhe, meine Lieben! Wir sind zwar kompliziert, aber wir wollen keine Komplikationen. Wir eilen nur zu Hilfe, falls ihr scheitert.«

Ich dachte: ›Ihr werdet es nie schaffen, keine Komplikationen zu verursachen.‹ Dann fragte ich an Monika und Jurema gerichtet:

»Wer von uns schafft es, die beiden zu bremsen? Die bringen uns noch in Teufels Küche!«

Und damit behielt ich leider recht. Es wurde nur noch viel schlimmer, als wir uns je hätten vorstellen können.

Vor Furcht erstarrt

Das Leben in dieser ungewöhnlichen Familie bescherte einem täglich neue Überraschungen, die manchmal spektakulär, manchmal aber auch nur pathetisch waren. Salomon und Edson zogen mich am Arm. Wir mussten uns beeilen, um mit unserem Versuch, den Selbstmörder von seinem Vorhaben abzubringen, nicht zu spät zu kommen.

Auf dem Weg über den riesigen Platz gingen wir unter Pinien, Palmen und Akazienbäumen hindurch, die das Blickfeld auf das Eisenpferd in zehn Metern Höhe versperrten, von welchem sich der junge Mann offensichtlich hinunterstürzen wollte.

Plötzlich sagte Bartholomäus zu meinem Schrecken:

»Hey, Superego! Du bist unser Anführer!«

»Ich?! Auf keinen Fall!« Das Herz schlug mir bis zum Hals. Doch alle waren der Meinung, dass ich die Mission leiten sollte. Immerhin hatte ich auf diesem Gebiet die meiste Erfahrung. Doch meine Gedanken rasten, und ich hatte jeden Mut verloren. Was sollte ich sagen? In welchem Ton sollte ich mich an den Selbstmörder wenden? Wie sollte ich auf ihn reagieren? Das würde doch niemals klappen!

Hinter mir keuchte Barnabas. Durch sein Übergewicht kam er nicht so schnell hinterher.

Nun nutzte er meine Eitelkeit, um mich noch ein bisschen mehr zu piesacken:

»Ein Verrückter kann nur von einem noch Verrückteren gerettet werden. Also beeil dich, teurer Freund!«

Am liebsten hätte ich mich auf ihn gestürzt, aber ich hielt mich zurück, um nicht völlig die Kontrolle zu verlieren. Ich wusste sowieso schon nicht mehr, wo mir der Kopf stand. Jahrelang hatte ich jede Vorlesung minutiös vorbereitet, und jetzt musste ich ohne Kompass unbekannte Wege beschreiten. Nur der Text unseres gemeinsamen Liedes schwirrte mir im Kopf herum: »Ein einfacher Wandersmann bin ich … Ich habe weder Kompass noch Agenda …«

Plötzlich sagte Bartholomäus:

»Leute, lasst uns einfach so tun, als wären wir normal!«

Angespannt erwiderte Monika:

»Dann zieh besser den Kopf ein und beiß dir auf die Zunge, Bartholomäus!«

Während ich kurz vor einem Nervenzusammenbruch stand, waren Don Quichotte (Honigschnauze) und sein treuer Knappe Sancho Panza (der Bürgermeister) so fröhlich wie eh und je. ›Verrückt zu sein hat seine Vorteile!‹, dachte ich bei mir.

Als wir dem Ort des Geschehens näher kamen, stießen wir auf eine aufgeregte Menschenmenge. Ich schaute nach oben und sah einen unter dreißigjährigen Mann, der gerade dabei war, das Monument bis zum höchsten Punkt zu erklimmen. Da ich wusste, dass der Meister sich in großer Entfernung befand und ich nicht auf seine Unterstützung hoffen konnte, war ich vor Furcht derart blockiert, dass ich keinen klaren Gedanken mehr fassen konnte.

Hinter mir stockte auch Monika und Jurema der Atem, während Bartholomäus und Barnabas doch tatsächlich mit Trivialitäten beschäftigt waren. Honigschnauze wollte ein Stück vom Sandwich, das der Bürgermeister gerade in sich hineinstopfte, doch da kaum noch etwas davon übrig war, passte dieser mit Argusaugen darauf auf. Wie die beiden in einer solchen Situation noch Appetit haben konnten, war mir unerklärlich. Offensichtlich kapierten sie den Ernst der Lage gar nicht!

Über hundert Zuschauer standen im Halbkreis um das Monument herum. Die Feuerwehr war noch nicht in Sicht. Ein paar Polizisten patrouillierten vor dem Gerichtsgebäude, wussten aber nicht, was sie tun sollten. Der Lebensmüde hatte den zwanzig Meter hohen Sockel des Denkmals bereits erstiegen und versuchte jetzt, sich nur mithilfe eines Hakens und eines Seils auf das riesige Eisenpferd hinaufzuziehen. Dabei rutschte er immer wieder ab, was die Nervosität der Zuschauer noch steigerte. Er wirkte nicht wie ein geübter Kletterer oder Abenteurer, sondern wie ein Mensch auf dem Höhepunkt der Verzweiflung.

Barnabas und Bartholomäus sahen mich an:

»Hey, Anführer! Was machen wir jetzt?«

In meinem Kopf wirbelte alles durcheinander. Meine eigene Geschichte war wieder sehr lebendig geworden – ich sah mich selbst im Verzweifelten und konnte keinen klaren Gedanken fassen. Vor allem hatte ich keine Ahnung, wie ich den Mann dazu bewegen konnte, von dort oben herunterzukommen. Einen Moment lang war ich zutiefst deprimiert. Die Ungeheuer, die in meinem Unterbewusstsein schliefen, waren erwacht. Auch wenn sie mir nicht mehr so auflauerten wie früher, war es unangenehm, ihnen erneut zu begegnen.

Ich wusste, dass der junge Mann nach einem Ort suchte, den es nur in seiner begrenzten Fantasie gab, einem Ort ohne Leid, ohne Tränen, ohne Erinnerungen. Er hatte sicher versucht, über seine Probleme hinwegzukommen – vielleicht stand er unter dem Einfluss von Medikamenten oder Alkohol. Wahrscheinlich hatte er genügend gut gemeinte Ratschläge gehört und auch ernsthaft nach Auswegen aus seiner seelischen Bedrängnis gesucht. Doch offenbar hatte nichts davon ihn von seinem Vorhaben abhalten können.

Keine schwere Krise kann mit den Mitteln der Sprache angemessen erfasst werden. So war auch ich mir selbst ein Fremder, als ich das dunkle Tal der Depression durchquerte.

Monika packte mich am Arm. Sie war esssüchtig gewesen, hatte abwechselnd unkontrolliert alles Essbare in sich hineingestopft, dann Schuldgefühle bekommen und sich heimlich übergeben. Obwohl sie als attraktives Model sehr erfolgreich war, hatte sie keinerlei Selbstwertgefühl gehabt. Nun drängte sie mich, etwas zu unternehmen:

»Schnell, sprich mit ihm! Der stürzt sich jeden Moment von da oben runter!«

Ich wollte die Bürde des Anführers aber nicht tragen. Ich konnte ja noch nicht einmal mich selber führen! Ich bin zwar ein Genie, aber wie viele Genies vertraue ich ausschließlich auf Wissenschaft und Zahlen – nicht auf das Leben. Zwar habe ich einen beneidenswert hohen Intelligenzquotienten von 140, was weit über dem Durchschnitt ist, aber das hat mich nicht menschlicher gemacht. Ich schaffte es einfach nicht, für den jungen Mann etwas zu riskieren. Was nützt also ein hoher IQ, wenn man nicht mehr denken kann und hilflos ist wie ein Kleinkind, sobald die Welt um einen herum ins Wanken gerät?

Ich drehte mich um und sah, dass Edson betete. Er wurde zur Zielscheibe meiner Hilflosigkeit:

»Hör auf zu beten und zeig lieber deine Wunderkräfte!«

Die Menschenmenge wurde immer nervöser, und einige der Anwesenden, deren Menschlichkeit nicht so verschüttet war wie meine, brachten den Mut auf, den jungen Mann anzusprechen, während ich weiterhin untätig herumstand. Doch niemand hatte Erfolg. Bartholomäus schaffte es in dieser dramatischen Situation sogar kurzzeitig, sich zu benehmen. Er hatte gemerkt, dass er nicht viel tun konnte. Um meine geistige Blockade zu lösen, fragte er mich:

»Wie hat der Meister denn dich gerettet?«

Ich erinnerte mich daran, wie der Traumhändler die Absperrung der Feuerwehr durchbrochen hatte, ins Dachgeschoss des Alpha-Gebäudes hochgefahren und am Psychiater und Polizeichef vorbei bis zu mir vorgedrungen war. Als er auf mich zukam, hatte ich geschrien, dass ich mich umbringen würde. Zu meiner Bestürzung hatte er sich daraufhin in aller Seelenruhe auf das Geländer gesetzt und in ein Sandwich gebissen. Ich hatte noch einmal gebrüllt, dass ich meinem Leben jetzt ein Ende setzen würde, woraufhin er mich tatsächlich aufgefordert hatte, ihm den Gefallen zu tun, ihn nicht beim Essen zu stören. Das hatte mich völlig aus dem Konzept gebracht. Dieser Mann war ja durchgedrehter als ich!

Als ich Bartholomäus antwortete, dass der Meister seine Rettungsaktion mit einem lächerlichen Sandwich in der Hand begonnen hatte, mischte sich der Bürgermeister ein. Er zog ein Sandwich aus der Tasche seiner ausgebeulten Jacke, hielt es mir unter die Nase und sagte:

»Hier! Und jetzt sieh zu!«

Es war, als hätte ich einen Stromschlag bekommen. Ich schluckte. Ich hatte keine Ahnung, was ich mit dem Sandwich anstellen und wie ich meinen Eingriff beginnen sollte. Nur eines wusste ich: Jedes meiner Worte konnte dazu führen, dass der junge Mann sich in die Tiefe stürzte. Die Story kannte ich – ich wusste aus eigener Erfahrung, dass banale Formeln aus psychiatrischen Lehrbüchern in einer solchen Situation völlig unnütz waren.

Stattdessen musste ich mir etwas Überraschendes einfallen lassen, um den jungen Mann im Innersten zu treffen und aufzurütteln, wie es der Meister mit mir getan hatte. Aber mir fiel nichts ein! Ich war vor Furcht erstarrt, meine Augenlider begannen zu zucken, und ich fuhr mir wie wild immer wieder mit den Händen über das Gesicht. Die Augen aller waren auf mich gerichtet: Ich war entblößt, denn meine Fassade war in sich zusammengebrochen.

Ein wildes Durcheinander

Während ich im Netz meiner Gedanken verheddert war, versuchten die Umstehenden weiterhin, den Lebensmüden von seinem Plan abzubringen. Alle kämpften um sein Leben, nur er selbst nicht. Jurema, die mit ihren achtzig Jahren beherzter war als ich, rief ihm zu:

»Mein Sohn, das Leben ist wirklich nicht leicht! Aber gib nicht auf, sondern kämpfe!«

Doch auch sie hatte keinen Erfolg. Der junge Mann reagierte überhaupt nicht. Eine etwa fünfundsechzigjährige Dame rief:

»Denken Sie doch an die Menschen, von denen Sie geliebt werden!«

Aber die dunkle Wolke der Depression hatte Geist und Gefühle des Mannes völlig umschlossen. Er war taub und blind für die Außenwelt und wollte nur noch seinem Leid ein Ende bereiten.

Ein Psychologe trat aus der Menge hervor, ging auf das Denkmal zu und versuchte, die Aufmerksamkeit des Mannes auf sich zu ziehen:

»Bitte, erlauben Sie mir, Sie anzuhören! Vor Ihnen steht ein Freund! Lassen Sie uns miteinander sprechen!«

Die Worte waren respektvoll und intelligent, doch der junge Mann wollte nichts mehr von Freunden wissen und auch nicht mehr über seine Probleme sprechen. Er war fest entschlossen, zu sterben. Er suchte nicht mehr nach Erleichterung. Zu häufig war er schon enttäuscht worden. Als er gerade dabei war, sich auf den Rücken des gusseisernen Pferdes zu ziehen, rutschte er ab und wäre fast abgestürzt. Entsetzt schlossen die Zuschauer die Augen, um das Unglück nicht mit ansehen zu müssen.

Zwei Psychiater, deren Können hauptsächlich darin bestand, Antidepressiva und Beruhigungsmittel zu verschreiben, kamen am Ort des Geschehens vorbei und blieben stehen, um zu helfen. Sie besprachen sich, konnten sich aber nicht auf eine Vorgehensweise einigen. Bei der medikamentösen Behandlung von kooperativen Patienten waren sie recht erfolgreich, aber in Situationen wie dieser waren auch sie hilflos.

Einer der beiden, ein schon etwas gesetzter grauhaariger Mann, versuchte es mit dem Offensichtlichen:

»Nehmen Sie sich nicht das Leben! Kein Schmerz ist so groß, dass er nicht überwunden werden könnte!«

Doch dem Selbstmörder dröhnten nur die Stimmen seines Albtraums in den Ohren.

Auch ein Polizeibeamter, ein Kardiologe und eine Sozialarbeiterin versuchten ihr Glück. Aber auch sie stießen auf taube Ohren. Stattdessen schaute der junge Mann auf sie herab und brüllte wütend:

»Hauen Sie ab! Oder wollen Sie unbedingt einen Menschen sterben sehen?«

Der Mann hatte es inzwischen auf den Rücken des Pferdes geschafft und versuchte nun, auf die Schultern des Reiters zu klettern. Plötzlich verlor er das Gleichgewicht und klammerte sich in letzter Sekunde am Schwert des Befreiungskämpfers fest. Die Menschenmenge schrie entsetzt auf. Mich durchzuckte es: Er hatte sich festgehalten! Erst vom allerhöchsten Punkt wollte er sich in die Tiefe stürzen! Es schien, als wollte er unbewusst den Gipfel seiner Verzweiflung bezwingen. Das war ein Funken der Hoffnung, den ich unbedingt nutzen musste!

Ich schob meine Befürchtungen beiseite und versuchte, ihn zu überzeugen, indem ich ihm deutlich machte, wie sehr ich seine Lage nachvollziehen konnte. Ich holte tief Luft und brüllte:

»Mein Freund! Hören Sie zu! Das, was Sie gerade erleben, habe ich auch schon durchgemacht! Ich kann mir vorstellen, wie Sie sich fühlen! Erzählen Sie mir Ihre Geschichte! Es lohnt sich, zu leben!«

Der Lebensmüde hielt tatsächlich inne, sodass ich schon dachte, ich hätte ihn auf meiner Seite. Doch sofort wurde ich enttäuscht:

»Sei still, sonst muss ich kotzen!«

Ich war erschüttert und musste zugeben, dass ich noch erfolgloser war als alle anderen. Offensichtlich war der Mann durch rein gar nichts zu bremsen. Er hatte es schließlich bis auf die Spitze des Denkmals geschafft und balancierte jetzt auf den Schultern des eisernen Kämpfers, wo er das Gleichgewicht kaum länger würde halten können.

Wir schlugen uns alle die Hände vors Gesicht, um das Schreckliche nicht mit ansehen zu müssen. Gerade als er sich hinunterstürzen wollte, riefen zwei etwa zwölfjährige Kinder, ein Junge und ein Mädchen, unter Tränen:

»So helft ihm doch! So helft ihm doch!«

Da konnten unsere beiden Totengräber, Honigschnauze und der Bürgermeister, sich nicht mehr beherrschen. Sie kamen dem Monument gefährlich nahe und, anstatt sich an den Lebensmüden zu wenden, versuchten zunächst, die Menge zu beruhigen:

»Leute, immer mit der Ruhe! Keine Panik!«, dröhnte Honigschnauze.

»Den Typen holen wir im Handumdrehen von da oben runter!«, polterte der Bürgermeister.

Die Menschenmenge verstummte; der Lebensmüde schaute verdattert nach unten und zwinkerte ungläubig. ›Die wollen Blut sehen!‹, muss er gedacht haben. Ich sah kurz zu ihm hoch, um mein Gesicht dann wieder in den Händen zu vergraben.

Unwirsch brüllte Honigschnauze, und ich dachte wirklich, er wäre verrückt geworden:

»Komm da sofort runter, du Flasche, damit ich dir in den Hintern treten kann!«

Der lebensmüde Mann wie die gaffende Menge waren schockiert und sprachlos. Um ja keinen Zweifel an ihrer Kopflosigkeit aufkommen zu lassen, fügte der Bürgermeister noch laut und vernehmlich hinzu:

»Genau! Du hältst dich wohl für cool, nur weil du da oben raufgeklettert bist! Komm runter, damit ich dir ein paar verpassen kann!« Dabei hüpfte er wie ein Karatekämpfer auf und ab.

Die Szene war derart absurd, dass der Selbstmörder wohl zu träumen glaubte. Er schüttelte den Kopf, um zu überprüfen, ob er wirklich richtig gehört hatte.

Honigschnauze ließ ihm aber keine Zeit, zu sich zu kommen, und rief:

»Du Weichei! Der Schmerz ist ein Privileg der Lebenden! Sieh dem Leben ins Auge, du Waschlappen! Komm her, damit ich dich schütteln kann, bis du endlich aufwachst!«

Wir fielen fast in Ohnmacht, als wir das hörten. Jurema, Monika, Edson und Salomon wurden weiß wie eine Wand. Alle waren entsetzt, und ich fragte mich wieder einmal, was ich eigentlich in einer Gruppe zusammen mit diesen beiden Knallköpfen suchte.

Ich war überzeugt davon, dass die beiden keine Träume verkauften, sondern Särge. Mit gesenktem Blick, um den Ausgang des Dramas nicht mit ansehen zu müssen, stellte ich mir vor, wie der Mann sprang und genau vor unseren Füßen aufschlug. Ich hatte nicht übel Lust, mich auf die beiden Querulanten zu stürzen und ihnen das vorlaute Maul zu stopfen.

Der Bürgermeister spannte den Bogen noch weiter, indem er sich nun darüber lustig machte, aus welchen Gründen sich manche Menschen umbringen:

»Wovor hast du denn Schiss, du Angsthase? Hast du etwa Geldprobleme? Was soll ich da erst sagen? Mir sind ganze Horden von Geldeintreibern auf den Fersen!«

Der Lebensmüde kniff wütend die Lippen zusammen und ballte die Fäuste. Nun begann Honigschnauze doch tatsächlich, mit dem Bürgermeister herumzublödeln, so als hätte er den Mann, der dort oben bedrohlich balancierte, völlig vergessen. Dieser verfolgte aufmerksam das muntere Treiben der beiden Possenreißer, was angesichts ihrer Lautstärke nun nicht allzu schwer war.

»Hey, Bürgermeister! Jedes Mal, wenn ich an einer Bank vorbeikomme, schlage ich das Kreuzzeichen und will ein paar Blumen vor dem Eingang niederlegen.«

Verwundert fragte ihn der Bürgermeister nach dem Grund, und Honigschnauze antwortete:

»Weil ich da begraben bin!«

Sie brachen in schallendes Gelächter aus und steckten damit die Umstehenden an, die für einen Augenblick vergaßen, dass sie sich in einem Horrorfilm befanden.

»Mann, ich brauch 'nen ganzen Blumenladen!«, rief der Bürgermeister.

Der angehende Selbstmörder bebte vor Wut angesichts des Theaters, das die beiden am Fuße des Denkmals veranstalteten. Sollte er sich hinabstürzen? Sollte er sich nicht hinabstürzen?

Sie hatten ihm die Show gestohlen, und Honigschnauze reichte es immer noch nicht. Er wandte sich nach oben und rief:

»Wach auf, Junge! Bist du ausgelacht, verleumdet oder ungerecht behandelt worden? Was soll ich denn sagen! Ich bin verjagt, gefesselt und ins Gefängnis geworfen worden, nur weil ich ein Stromer, ein Spinner und ein Säufer sein soll!«

»Das bist du doch wirklich, Honigschnauze!«

»Meinst du? Stimmt, ich hatt's vergessen.« Dann fuhr er fort, seine Munition auf den Selbstmörder abzufeuern:

»Willst du etwa nicht mehr, weil du 'n bisschen deprimiert bist? Was glaubst du, was ich schon für Depressionen hatte! Nicht mal mein Psychiater hat mich mehr ausgehalten! Hat deine Frau vielleicht 'nen andern? Mir sind schon fünf Frauen abgehauen!«

Der junge Mann dort oben war kurz vor dem Nervenzusammenbruch. Nervös und laut schnaufend kratzte er sich immer wieder den Kopf und wünschte wohl, er hätte Flügel, um herunterzufliegen und den beiden an die Gurgel zu gehen.

»Fünf Frauen haben dir Hörner aufgesetzt?«, fragte der Bürgermeister.

»Ja, fünf! Die Frauen haben einfach keine Ahnung, was sie an mir haben! Na ja – *c'est la vie*!«

Nun setzte Barnabas den Beschuss fort:

»Läufst du vor deiner Schwiegermutter davon? Ich hab schon von drei Schwiegermüttern Prügel bekommen! Die eine hat mir fast den Kopf in die Mikrowelle gesteckt!«

Die Zuschauer vergaßen den jungen Mann erneut und lachten. Einige dachten inzwischen, das Ganze wäre eine Art Straßentheater.

»Aber du bist ja wirklich ein Taugenichts! Du hättest es verdient, bei lebendigem Leibe gebraten zu werden!«, sagte Bartholomäus und wandte dem jungen Mann, der sterben wollte, den Rücken zu.

Barnabas protestierte und gab als Beweis für seine Unschuld ein paar Einzelheiten seiner Zusammenstöße mit seinen Exschwiegermüttern zum Besten. Anschließend rief er:

»Lieber ziehe ich in den Krieg, als einer hysterischen Schwiegermutter gegenüberzustehen!«

Der junge Mann auf dem Denkmal sah aus, als wollte er laut losbrüllen, doch Honigschnauze schien seinen Spaß daran zu haben, den Löwen noch weiter zu piesacken, und die Menschenmenge wusste nicht, ob sie lachen oder weinen sollte.

»Sind dir deine Liebsten weggestorben und deshalb willst du auch nicht mehr? Was meinst du, wen ich alles verloren habe, du Jammerlappen! Ich hab' keinen Vater und keine Mutter mehr, hab Bruder, Frau, Onkel, Cousins, Freunde, Arbeit, Achtung und Haus verloren!«

»Und deine Scham!«, fügte Barnabas hinzu.

»Aber nicht den Lebensmut!«, erwiderte Bartholomäus frech.

Nun begann der Bürgermeister auf- und abzuhüpfen und in die Luft zu boxen. Dabei rief er:

»Du Schlappschwanz, stell dich diesen Fäusten!«

Dabei stolperte er über die eigenen Füße und gab Honigschnauze aus Versehen einen Kinnhaken. Dieser geriet ins Wanken und fragte:

»Wo bin ich?«

Dann zwinkerte er mit den Augen, sah Monika vor sich und rief:

»Oh, ein Engel! Ich bin im Himmel!«

Sein Blick wanderte weiter zu mir, und er fand wieder zu sich:

»Ey, Superego! Was ist daran so lustig? Hast du noch nie eine in die Fresse gekriegt?« Dabei hielt er sich das Kinn.

Derweil wurde Salomon wieder von seinem Tick übermannt, den Zeigefinger in irgendwelche Löcher zu stecken. Er schaute sich suchend um, und Edson geriet in sein Blickfeld, der um die Herabkunft eines rettenden Engels für den jungen Mann betete. Wie besessen stürzte Salomon sich auf ihn und steckte den Finger in sein Ohr.

Der Wunderheiler fuhr erschrocken auf und brüllte:

»Weiche von diesem Körper, du böser Geist!«

Er dachte, irgendein Teufel wollte sich seiner bemächtigen.

Es war zwar völlig unangemessen, aber ich musste mir die Hand vor den Mund halten, um nicht laut loszulachen.

Glücklicherweise mischten sich endlich die Polizeibeamten ein, um dem Spaß ein Ende zu bereiten. Sie packten die beiden Unruhestifter und legten ihnen Handschellen an, um sie abzuführen. Der Lebensmüde war entzückt – jetzt konnte er sich endlich in Ruhe umbringen!

Doch da trat Jurema hervor, und mir stockte das Herz.

Mit ihrem weißen Haar, dem von den Spuren der Zeit gezeichneten, doch dezent und geschmackvoll geschminkten Gesicht, ihrem untadeligen hellen Hosenanzug und einer äußerst seriösen Miene unterbrach sie die Polizisten mit lauten Rufen:

»Halt! Halt! Die beiden gehören zur Familie!«

Die Polizeibeamten verstanden zwar nicht, was sie damit meinte, hielten aber inne.

Jurema verdeutlichte:

»Wir sind alle eine große Familie.«

»Was? Sie, die beiden Verdächtigen und der junge Mann da oben auf dem Denkmal sind alle aus der gleichen Familie?«, fragten die Polizisten ungläubig.

Daraufhin legte Jurema ihre Arme um Bartholomäus und Barnabas und bestätigte energisch:

»Ja! Sehen Sie nicht, wie ähnlich wir uns sehen? Wir sind alle eine Familie!«

Dann wandte sie sich an die beiden durchgedrehten Jünger:

»Jungs, macht euch keine Sorgen! Ich bin ja bei euch!«

Der größere und muskulösere, dunkelhäutige Polizist fragte Honigschnauze ungläubig:

»Ist der Lebensmüde da oben wirklich mit dir verwandt?«

»Klar doch! Das ist mein kleiner Bruder!«, erwiderte Honigschnauze treuherzig.

Als er das hörte, bekam der Selbstmörder vor Entsetzen fast einen Herzanfall.

Doch genau auf diese Weise wurden wir zur unglaublichsten Familie, die die Welt je gesehen hat.

Eine verrückte Familie

Wohl oder übel ließen die Polizeibeamten die beiden Unruhestifter wieder frei. Sie trauten ihnen zwar nicht über den Weg, aber der alten Dame mussten sie Glauben schenken. Barnabas nahm Bartholomäus beim Arm und flüsterte dann Jurema ins Ohr:

»Der da oben gehört zur Familie?«

»Jawohl!«

»Aber zu welcher Familie?«, fragte Bartholomäus neugierig.

»Natürlich zur Familie der Verrückten!«, erklärte die pensionierte Hochschullehrerin.

»Klar! Stimmt ja!« Bartholomäus schaute nach oben.

»Den Typen kenne ich doch!«

Der Selbstmörder wollte unbedingt wissen, was zu seinen Füßen vor sich ging, und spitzte die Ohren. Irgendetwas führten die da unten im Schilde!

Jetzt bedankten sich unsere Chaoten bei Jurema:

»Danke, Oma!«

Jurema war zwar schon ziemlich alt, aber das gefiel ihr gar nicht:

»Oma bitte nicht! Wenn schon, dann Mama!«

Damit hatte sie bei den beiden einen Nerv getroffen. Sowohl Bartholomäus als auch Barnabas waren ja als Kinder von den Eltern verlassen worden, sodass sie nach dieser öffentlichen Adoption durch Jurema nun begannen, diese gerührt von oben bis unten abzuküssen. Vielleicht dachten sie aber auch an das

Erbe, das ihnen bei Juremas Ableben wohl zufallen würde. Jedenfalls riefen sie:

»Mama, wir lieben dich! Du hast uns gerettet! Du bist wunderbar!«

Die alte Dame versuchte nun verzweifelt, ihren Küssen auszuweichen. Um ihnen den Wind aus den Segeln zu nehmen, rief sie:

»Ist ja gut! Ist ja gut! Dann bin ich eben eine Oma.«

Der Bürgermeister küsste sie in dem Gerangel auch noch versehentlich auf den Mund, worauf die beiden kreischend auseinanderstoben. Die ganze Szenerie war derart bizarr, dass der Selbstmörder, welcher ja eigentlich der Hauptdarsteller gewesen war, dem Durcheinander, das vom wilden Traumhändlerteam veranstaltet wurde, nun genauso zusah wie das restliche Publikum.

Nachdem Jurema sich zur Großmutter von Bartholomäus und Barnabas erklärt hatte, begannen nun auch Salomon, Dimas, Monika und Edson sie zu umarmen, zu küssen und »Omi« zu nennen. Ich war der Einzige, der das Treiben weiterhin von außen verfolgte.

Da packte es Barnabas, und er wandte sich wie ein Politiker im Wahlkampf an die Menge, da er meinte, das Unerklärliche erklären zu müssen:

»Hochverehrtes Publikum! Wie Sie sehen, hat diese wilde Bande edle Wurzeln!« Dabei zeigte er auf Jurema. »Es gibt also nichts zu befürchten! Wir klären hier nur eine familiäre Angelegenheit. Der junge Mann ist unser Bruder.«

Der so zu Ehren Gekommene glaubte abermals zu träumen. Er schnaubte vor Wut. Als Weichei beschimpft zu werden war das eine, aber von einer derart durchgeknallten Familie auch noch adoptiert zu werden, war einfach zu viel. Er hatte die Lust zu sterben völlig verloren und wollte stattdessen nur noch um sich schlagen, um diesem Spuk ein Ende zu bereiten. Doch er fand, dass er schon zu weit gegangen war, um seinen Plan einfach aufzugeben, und beschloss daher, abzuwarten, wie sich das Geschehen weiterentwickeln würde.

Um die ganze Sache noch zu verschlimmern, wollte sich Jurema plötzlich auf die Schultern der beiden Aufrührer stellen, die aber als ehemalige Säufer kaum das Gleichgewicht halten konnten, sodass sie mehrmals fast wieder herunterfiel. Doch da sie selbst früher Ballett getanzt hatte, schaffte sie es irgendwie, sich auszubalancieren, und stand nun dem Mann auf den Schultern des eisernen Reiters wie eine Kriegerin ebenbürtig gegenüber.

Mit dem, was sie dann sagte, hatte ich, ehrlich gesagt, nicht gerechnet:

»Komm da runter, du kleiner Ausreißer! Komm her, damit dir die Oma hier ein paar Klapse auf den süßen Hintern geben kann!«

Ich traute meinen Ohren nicht. Ausgerechnet Jurema, die in akademischen Kreisen immer noch hoch angesehene emeritierte Psychologieprofessorin, begab sich auf das gleiche Niveau wie Honigschnauze und der Bürgermeister?

Dem jungen Mann wurde bei diesen Worten derart schwindelig, dass ihm die Beine wegsackten und er mit seinen vier Buchstaben hart auf dem eisernen Pferderücken aufschlug.

Erschrocken rief Salomon:

»D-der Arme! Jetzt h-hat er sich auch noch die E-eier gequetscht!«

Einen kurzen Augenblick war der Gesichtsausdruck des jungen Mannes noch unergründlich, um sich dann vor Schmerz zu einer wilden Grimasse zu verzerren.

»Aaaahhh!!!«

Es klang wie Kriegsgeheul.

»Hey, Honigschnauze! Er macht unsere Schreitherapie!«, bemerkte der Bürgermeister.

Der Mann wusste nicht, ob er weiterheulen, wie ein Besessener brüllen, sich die Haare ausreißen oder sich umbringen sollte. Er konnte vor lauter Schmerzen überhaupt nicht mehr denken und saß so reglos da wie der eiserne Reiter, an dem er sich festhielt.

»Gib's ihm, Oma!«, feuerten Honigschnauze und der Bürgermeister Jurema an und gerieten dabei vor lauter Begeisterung ins Torkeln, sodass die alte Dame ihnen von den Schultern direkt in die Arme fiel.

Dann rief Honigschnauze:

»Komm endlich da runter, Brüderchen, sonst komm ich hoch und hol dich!«

Und mit einem Blick auf Jurema fügte er in dramatischem Tonfall hinzu:

»Halt mich fest, Oma, sonst kletter ich da hoch!«

»Bitte nicht!«, rief Jurema erschrocken.

»Nein! Das ist zu gefährlich!«, mischte sich Edson ein.

Die Umstehenden wichen ängstlich einen Schritt zurück. Womöglich mussten sie bald nicht nur den Tod eines, sondern gleich zweier Menschen mit ansehen!

»Bürgermeister! Ich mach der Sache jetzt ein Ende!«, erklärte Honigschnauze großspurig.

Da für Barnabas nichts schlimmer war, als Bartholomäus im Mittelpunkt zu sehen, ließ er ihn auflaufen:

»Superidee! Geh, und Gott schütze dich!«

Honigschnauze schluckte.

»Na ja, wenn die Oma drauf besteht, dann bleibe ich eben

hier. Ich bleibe hiiiiieeer!«, brüllte er nach oben, bevor er Barnabas zuzischte:

»Das wirst du mir bezahlen, du Aas!«

Die beiden begannen miteinander zu kabbeln und bemerkten dabei nicht, dass der junge Mann endlich wutentbrannt vom Denkmal heruntergeklettert kam, um mit ihnen abzurechnen. Während Jurema sich ängstlich hinter Monika und mir verbarg, spendete die Menge dem Mann Applaus, der wieder festen Boden unter den Füßen hatte und sich Bartholomäus und Barnabas bedrohlich näherte. Diese hatten ihm jedoch den Rücken zugewandt und glaubten, der Beifall gälte ihrem Heldenmut, sodass sie sich verneigten und in Barnabas wieder einmal der Provinzpolitiker erwachte:

»Bürger! Es ist mir eine Ehre, versichern zu können, dass ich für die Schleifung aller Denkmäler dieser Stadt sorgen werde, damit kein Schwachkopf sich mehr von ihnen hinunterstürzen kann!«

Er wusste nicht, dass der junge Mann bereits neben ihm stand und so geladen war, dass alle die Augen schlossen, um die Explosion nicht mit ansehen zu müssen. Honigschnauze goss noch mehr Öl ins Feuer:

»Schwachkopf? Du meinst wohl Vollidiot!«

Dabei legte er seinem Nebenmann die Hand auf die Schulter, ohne zu bemerken, dass dieser der so Betitelte selbst war, der nun bebend vor Wut fragte:

»Wer bist du?«

Für die Antwort, die unser kleiner Straßenphilosoph Honigschnauze nun mit den Worten des Traumhändlers gab, konnte die Situation wirklich nicht unpassender sein:

»Ich? Wer ich bin? Ich weiß es nicht. Ich bin auf der Suche nach mir selbst und habe mich noch nicht gefunden.«

»Das wird sich jetzt ändern!«, stieß der junge Mann hervor, doch bevor er sich rühren konnte, blickte der Bürgermeister nach oben, sah ihn nicht mehr auf der Statue und rief traurig:

»Honigschnauze! Unser Bruder ist in den Himmel geflogen!«

Dass sie gerade das Ticket für die eigene Himmelfahrt in Händen hielten, ahnte er nicht …

Eine große Überraschung

Der junge Mann war eins fünfundachtzig groß und äußerst massiv, mit muskulösen Armen und durchtrainiertem Oberkörper. Er war, wie sich später herausstellte, Profiboxer und wog fünfundneunzig Kilo. Nun packte er die beiden Provokateure beim Kragen und brüllte:

»Jetzt könnt ihr was erleben! Ich verfrachte euch ins Jenseits!«

Und er begann, die beiden mit Fausthieben zu traktieren.

Die Zuschauer wussten nicht, was vor sich ging. Die meisten glaubten, es wäre eine Schlägerei unter Brüdern. Nachdem unsere Freunde schon einiges eingesteckt hatten, gelang es uns, den Angreifer festzuhalten und so ein Massaker zu verhindern. Sogar die Polizeibeamten hatten sich dazwischengeworfen. Honigschnauze blutete und war völlig durcheinander. Er fragte:

»Bürgermeister! Sind wir im Himmel?«

»Wohl eher in der Hölle!«, vermutete Barnabas.

Dann hoben sie den Blick und merkten plötzlich, dass der Muskelprotz, der sie verprügelt hatte, der junge Mann war, der auf dem Denkmal gestanden hatte. Ihre Reaktion war überraschend: Sie fielen auf die Knie, so als wollten sie Gott dafür danken, dass sie noch lebten.

Ich sah, wie Jurema sich zu Monika beugte, um ihr etwas ins Ohr zu flüstern, und las von ihren Lippen: »Das war alles geplant!«

›Lächerlich!‹, dachte ich. Die Frauen hatten wohl zu viel Fantasie! Dass diese völlig respektlosen Jünger sich bewusst so verhalten hatten, um den Lebensmüden aus dem Sumpf zu ziehen, in dem er zu versinken drohte, konnte ich einfach nicht glauben. Waren sie nicht völlig kulturlos? Quasselten sie nicht ständig gedankenloses Zeug daher? Waren sie etwa nicht unfähig, erst zu denken und dann zu handeln? Wie sollten sie da sämtliche Anwesenden übertrumpft und mit Bedacht strategisch gehandelt haben, um den Mann zu retten?

Da fiel mein Blick auf sie, gerade als sie, immer noch auf Knien, murmelten: »Der elfte!«

Ich war wie vor den Kopf gestoßen. Plötzlich öffneten sich die Fenster meines Geistes, und ich sah ihr Verhalten in neuem Licht. Jenseits der Mauer meiner Vorurteile fiel es mir wie Schuppen von den Augen: Indem sie ihn zur Weißglut gebracht hatten, war es ihnen gelungen, seinen Willen zur Selbstzerstörung umzulenken, sodass er nun nicht mehr sich selbst strafen wollte, sondern seine Provokateure! Auf diese geniale Idee wäre ich nie gekommen.

Sie hatten keine philosophischen Gedanken geäußert, wie es der Meister getan hatte, um mich davon abzuhalten, vom Alpha-Gebäude zu springen, doch dieselbe Leidenschaft an den Tag gelegt, dieselbe Taktik des Überraschungsangriffs eingesetzt und mit derselben Geschicklichkeit vorgeschobene Gedankenkonstrukte zum Einsturz gebracht und Argumentationsketten zerrissen. Ich fasste mir an den Kopf und war perplex.

Später erfuhren wir, dass Honigschnauze und der Bürgermeister mitnichten zehn Leute unter die Erde gebracht, sondern bereits zehn Lebensmüde davon abgehalten hatten, sich von der Kennedybrücke zu stürzen, die in der Nähe der Kneipe lag, in welcher sie sich für gewöhnlich volllaufen ließen. Doch traten sie immer erst auf den Plan, wenn Polizeibeamte, Feuerwehrleute, Psychiater, Psychologen und sogar spirituelle Führer gescheitert waren; sie setzten ihre Strategie immer erst ein, wenn all die sogenannten Experten nicht mehr weiterwussten.

Zwar waren sie Unruhestifter und Provokateure, doch sie kannten die Höhen und Tiefen des Lebens so gut wie kaum jemand. Sie wussten, dass der psychologische Jargon wenig ausrichten konnte bei jemandem, der sich selbst zum Tode verurteilt hatte. Deshalb provozierten sie den Betreffenden so lange, bis er seine zerstörerischen Gefühle an ihnen entlud.

Diese Erkenntnis rührte mich zutiefst. Obwohl auch ich früher unter einer tiefen Depression gelitten hatte, war ich immer noch ein gefühlsleerer Intellektueller, ein Feigling und unsensibler Kopfmensch, der an seiner Bequemlichkeit klebte und es vermied, sich für andere einzusetzen, wenn er damit womöglich seinen Ruf riskierte. Der Traumhändler hatte es gesagt: Wir sind Spezialisten darin, Ausflüchte zu finden und uns zu verstecken. Vielleicht war ich derjenige, der besser Sargtischler geworden wäre.

Der junge Mann, den die beiden gerettet hatten, schäumte immer noch vor Wut. Er versuchte sich loszureißen, um sich wieder auf sie zu stürzen. Da rief ich ihm zu:

»Warum willst du diejenigen verprügeln, die alles für dich gegeben haben, die dich geliebt haben, ohne dich zu kennen?«

Meine Stimme durchschnitt die Luft, und der junge Mann hielt inne. Auch in der Menschenmenge wurde es ruhig, und ich fuhr fort:

»Merkst du denn gar nicht, dass sie dich bewusst bis zur Weißglut gereizt haben? Verstehst du nicht, dass sie dich dazu gebracht haben, sie zu hassen, damit du dich selbst nicht mehr hasst? Du wolltest dich strafen, aber sie haben nicht zugelassen, dass du unter dein Leben einen Schlusspunkt setzt. Stattdessen haben sie dir ein Komma verkauft, damit du deine Geschichte weiterschreibst!«

Meine Worte brachten den jungen Boxkämpfer zur Besinnung. Er hieß Felipe, wurde aber wegen seiner Brutalität im Ring »Zerstörer« genannt. Nun war er selbst k.o. geschlagen worden, und zwar durch das Leben, was jedem Menschen früher oder später mal passiert. Doch Felipe hatte diese Niederlage nicht akzeptiert. Ein Mann, der anderen gegenüber immer gewalttätig gewesen war, konnte auch zu sich selber nur brutal sein.

Aber jetzt verstand er doch, dass die beiden Unruhestifter sich mit ihm angelegt hatten, um ihm als Prügelknaben zu dienen. Sie hatten sich ihm ohne jede Schutzmaßnahme ausgeliefert.

Felipe sah seine beiden Gegner an. Bartholomäus hatte ein blaues Auge, und seine Braue blutete so stark, dass das Blut ihm ins Auge lief und er nicht mehr richtig sehen konnte. Der Bürgermeister hatte geschwollene Lippen davongetragen, sein Kiefer blutete, und das Blut floss ihm aus dem Mundwinkel.

Nun brach der junge Boxer zusammen, und er begann, hemmungslos zu weinen – ohne Angst vor Zuschauern, Kritik und den eigenen Gefühlen. Das Publikum verstummte völlig. Jede Träne war ein Ausdruck des tiefen Schmerzes, den dieser junge Mann mit sich herumtrug.

Wie oft hatte der Traumhändler uns schon darauf hingewiesen, dass jeder Mensch seine Last zu tragen hat! Und das Leben ist zyklisch. Niemand ist auf ewig ein Held. Jeder Mensch hat Gründe, um zu weinen, und die einen tun es öffentlich, die anderen im Geheimen. Auch der Zerstörer hatte seine Gründe. Es waren nicht wenige. Aber er hatte endlich von der Selbstzerstörung abgelassen und das Mitgefühl entdeckt.

So ging er nun auf Honigschnauze und den Bürgermeister zu und umarmte sie reuig. Da die beiden, bis sie zu uns gestoßen waren, keinerlei Familie gehabt hatten, wurden sie sofort weich. Felipe legte seine Brust an die ihre und dachte, dass zwar niemand ihn davon abhalten würde, sterben zu wollen, er aber zwei Verrückten begegnet war, die das Leben liebten und die sein Vorhaben erfolgreich torpediert hatten.

Dann küsste er die beiden, denen nun ebenfalls Tränen über die Wangen liefen, die sich mit dem Blut mischten wie die Tinte für eine neue Geschichte. Der Anblick von einander fremden Menschen, die sich tränenüberströmt in den Armen lagen und sich küssten, war mir noch nicht untergekommen. Es war ein Phänomen, das in psychologischen Lehrbüchern nicht vorkam, sondern allein im Handbuch des Traumhändlers zu finden war.

Anschließend drückte der Zerstörer auch Jurema an seine Brust und rief:

»Danke für die Schläge, Omi!«

Auch sie hatte Tränen in den Augen. Erlebnisse wie diese zeigten, dass es sich lohnte, dem Traumhändler, diesem provozierenden Fremden, zu folgen. Einst hatte Professora Jurema am Rednerpult der Hörsaale geglänzt, und jetzt, als alte Dame, verwendete sie die ihr verbleibende Lebenszeit darauf, beim Verkaufen von Träumen zu glänzen.

Die Strategie, die Bartholomäus und Barnabas anwandten, um Selbstmörder davon abzuhalten, von der Brücke zu springen, hatte die beiden schon mehrmals fast den Kopf gekostet; sie waren krankenhausreif geschlagen worden und hatten Knochenbrüche davongetragen.

Nachdem Felipe sich bei ihnen entschuldigt hatte, war ich an der Reihe:

»Bitte verzeiht mir meine Vorurteile!«

Diesmal verschonte mich Honigschnauze:

»An deiner Stelle hätte ich wohl genauso reagiert.«

Dann wandte er sich an Felipe:

»Bitte entschuldige, dass ich dich zur Weißglut getrieben habe. Ich lag ja schon unter den Banken begraben, und jetzt hast du mich fast auf den Friedhof geschickt.«

Wir mussten lachen, und der Bürgermeister rief:

»Hey, so wie du mir die Fresse poliert hast, kann ich erst mal 'ne Stunde nur noch Flüssignahrung zu mir nehmen!«

Das Eis war endgültig gebrochen, und Felipe begann, uns von den Problemen zu erzählen, die ihn fast in den Selbstmord getrieben hätten. »Ich bin Profiboxer, aber wegen Dopings für ein halbes Jahr gesperrt worden. Die Presse hat mich in Grund und Boden gestampft. Zwei Monate nach der Sperre ist mein Vater, mein bester Freund, an einem Herzanfall gestorben. Und vor einer Woche habe ich mein ganzes Geld an der Börse verloren. Ich wollte heiraten, aber meine Freundin hat mich daraufhin verlassen.«

Gerade als Honigschnauze ansetzte, um wieder eine seiner Respektlosigkeiten loszuwerden, kam ihm der Meister zuvor, der zwar von Anfang an zugegen gewesen war, seinen Jüngern aber den Vortritt gelassen hatte. Liebevoll sagte er zu Felipe:

»Mein Sohn! Obwohl der Zellkern bei jedem Menschen genau sechsundvierzig Chromosomen enthält, gehen wir sehr unterschiedlich mit Rückschlägen um. Wir brauchen ein dickes Fell, denn an jedem Himmel zieht auch mal ein Unwetter auf.«

Dann erschütterte er seine Jünger und insbesondere mich mit folgenden Worten:

»Auch ich saß auf dem Höhepunkt meiner Verzweiflung einmal auf der Brüstung einer Brücke. Ich wollte eigentlich nicht sterben, hatte aber auch keinen Lebenswillen mehr. Dann aber tauchten zwei Betrunkene auf, die mich provozierten und wüst beschimpften. Es hätte nicht viel gefehlt, und sie hätten mir auch noch den Whiskey aus ihrer Literflasche ins Gesicht geschüttet.«

Ungläubig rissen Bartholomäus und Barnabas die Augen auf. Sie hatten keine Ahnung, dass der Meister einer von jenen gewesen war, denen sie geholfen hatten. Da sie ja meistens betrunken waren, konnten sie sich nicht an die Menschen erinnern, die sie gerettet hatten. Ich war fassungslos und fragte mich: Haben diese beiden etwa dazu beigetragen, dass der Meister zum Traumhändler geworden ist? Kann ein Schüler seinen Meister lehren? Kann ein Patient den Arzt kurieren?

»Nach diesem Schock habe ich mich in die Einsamkeit zurückgezogen und lange über mein bisheriges Leben nachgedacht. Schließlich habe ich verstanden, dass Frustrationen ein Privileg der Lebenden sind und sie zu transzendieren das Privileg der Weisen.«

Einige Umstehende schrieben sich diesen Gedanken auf. Dann begann der Meister, Felipe, Bartholomäus, Barnabas und Dona Jurema zu applaudieren, und die Menge fiel in den Beifall ein. Doch Applaus war für den Bürgermeister Gift, und trotz der Verletzungen, die er bei der Prügelei davongetragen hatte, stützte er sich auf einen der Zuschauer und hob zu einer seiner salbungsvollen Reden an:

»Danke, danke, hochverehrtes, wunderbares Publikum! Schenkt eure Stimme bei diesen Wahlen mir!«

Er nuschelte, als wäre er betrunken, und inzwischen waren bereits drei Leute damit beschäftigt, seinen voluminösen Körper vor dem Umfallen zu bewahren.

»Und für welches Amt kandidierst du?«, rief ihm jemand zu, dem aufgefallen war, dass überhaupt keine Wahlen anstanden.

Honigschnauze antwortete an seiner Stelle:

»Für das des größten aller Verrückten in diesem riesigen Irrenhaus!«

Dabei deutete er mit ausgebreiteten Armen auf die Stadt.

Wir brachen in Gelächter aus, und sogar Felipe ließ sich anstecken. Er hatte die Botschaft verstanden. Er war ein Verrückter mehr, der gerade lernte, über sich selbst zu lachen, einer mehr in dieser großen Familie der Durchgeknallten. Aufgekratzt rief er Barnabas zu:

»Meine Stimme ist dir sicher!«

Auch der Meister versprach Barnabas seine Stimme, und die Umstehenden schlossen sich ihm an.

Dann blickte der Meister dem Zerstörer in die Augen und lud ihn ein, sich uns anzuschließen, worauf Honigschnauze Barnabas zurief:

»Hey, *brother*! Ich bin dann dein Finanzminister!«

»Alles außer Finanzminister, du alter Taschendieb!«

»Warum sagst du das?«, empörte sich Bartholomäus. »Ich bin ein aufrechter Bürger!« Dann fiel sein Blick auf den Meister, und er bekam ein schlechtes Gewissen. »Meister, bevor ich dir begegnet bin, hatte ich so eine Ahnung, dass ich alles andere als ein Heiliger sein könnte. Tja, und heute … heute bin ich mir sicher, dass ich keiner bin.«

Keiner von uns war ein Heiliger, das wussten wir alle. Und auch wenn weder der Traumhändler noch unsere beiden Aufrührer die Welt vor dem Wahnsinn retten konnten, so wurde sie in ihrer Gegenwart zumindest lustiger.

Arm in Arm brachen wir auf und ließen über hundert Menschen zurück, die sich danach sehnten, ein bisschen von diesem Abenteuer zu kosten.

Auf dem Weg stimmten wir unser Lied an:

Ein einfacher Wandersmann bin ich,
der keine Angst mehr hat, sich zu verlaufen.
Meine Unzulänglichkeiten kenne ich.
Nennt mich ruhig verrückt
und macht euch über mich lustig!
Was soll's!
Was zählt, ist, dass ich ein Wandersmann bin,
der den Passanten Träume verkauft.
Ich habe weder Kompass noch Agenda,
ich habe nichts, doch habe ich alles.
Ein einfacher Wandersmann bin ich
auf der Suche nach mir selbst.

Außergewöhnliche Anführer

Ein paar Tage später flatterte dem Meister ein Flyer gegen die Brust, der für eine Vortragsreihe über Führungspersönlichkeiten der Zukunft warb, die genau an jenem Abend stattfinden würde. Der Meister überlegte kurz und schlug dann vor, daran teilzunehmen. Die Veranstaltung wurde durch die Stiftung Megasoft gesponsert, und der Eintritt war frei, sodass wir gar nicht daran zweifelten, problemlos eingelassen zu werden. Doch wie immer gerieten wir wegen unserer abgetragenen Kleidung ins Visier der Sicherheitskräfte.

Leute jeden Alters und jeder Nationalität gingen ungehindert hinein, aber wir Wanderer wurden wieder einmal zurückgehalten. Die Sicherheitsbeamten musterten uns von oben bis unten, forderten uns auf, die Arme auszubreiten, und fuhren mit einem Scanner über unseren Körper, um uns auf Waffen, Bomben und verbotene Chemikalien zu überprüfen.

»Diese Typen sind wirklich großzügig. Die Gratismassage ist super!«, scherzte der Bürgermeister.

Dann durften wir durch und setzten uns mitten in den Saal in die dreizehnte Reihe. Wir befanden uns ungefähr fünfzehn Meter von den illustren Rednern entfernt, die über die Ausbildung der Führungspersönlichkeiten in Politik und Wirtschaft sprachen, die die Zukunft der Menschheit verändern würden.

Die Vorträge waren so abstrakt und langweilig, dass Bartholomäus und Barnabas einschliefen. Nicht von allen Jüngern war ein feiner intellektueller Appetit zu erwarten. Sie hatten ja nie gelernt, die Freuden der akademischen Welt zu schätzen. Es war mir schleierhaft, woher der Bürgermeister und Honigschnauze, die es liebten, eine Szene zu provozieren, diese innere Ruhe hatten, die es ihnen ermöglichte, auf Schritt und Tritt einfach einzuschlafen. In einem Artikel hatte ich kürzlich gelesen, dass die mächtigsten Politiker und Wirtschaftsbosse nur noch mit Schlaftabletten einschlafen können. Ohne sie kommt ihr Geist nicht zur Ruhe.

Das Schnarchen des Bürgermeisters lärmte wie ein verstimmtes Orchester und war mindestens fünf Sitzreihen vor und hinter uns deutlich zu hören. Manchmal schauten sogar die Redner irritiert auf. Ich stieß ihm mehrmals den Ellenbogen in die Seite. Aber Barnabas war auf Wolke sieben. Er träumte, er wäre in einen Riesentopf mit Spaghetti *al sugo* gefallen, und murmelte: »Köstlich! Lecker! Deliziös!« Die Zuhörer, die vor uns saßen, drehten sich um. Ich stopfte Barnabas ein Taschentuch in den Mund, und er begann, darauf herumzukauen und sich zu beruhigen.

Honigschnauze war so entspannt, dass er träumte, er ritte auf einem geflügelten Pferd durch die Wolken. Er fuchtelte leicht mit den Händen herum, so als hätte er Zügel in der Hand, und berührte die Köpfe der Zuhörer in der Reihe vor ihm. Monika, Jurema und ich versuchten, seine Hände im Zaum zu halten.

›Wenn wir von denen abhängen, sieht es um die Zukunft der Menschheit aber düster aus!‹, dachte ich.

Nach einer Weile entspannten sich die beiden endlich, und wir konnten mehreren Vorträgen folgen. Während des letzten Vortrags aber träumte ihnen gleichzeitig, dass sie sich um ein wunderschönes Mädchen stritten. Ich kannte diesen Traum bereits. Sie hatten ihn schon des Öfteren gehabt und damit unsere Nachtlager aufgemischt.

Der letzte Vortrag handelte von den wichtigsten Eigenschaften der großen Führungspersönlichkeiten der Vergangenheit und begann genau in dem Moment, als Barnabas und Bartholomäus träumten, dass sie sich die Hand der Prinzessin streitig machten. Der Redner sprach von der Selbstsicherheit, Entschlossenheit, Konzentration und Transparenz von König Salomon, Napoleon, Henry Ford, Thomas Edison, John F. Kennedy und anderen.

Plötzlich brüllten Bartholomäus und Barnabas im Schlaf: »Du Schuft! Du Halunke! Ich reiß dir den Kopf ab!« Die Leute dachten, der Redner wäre gemeint, und einige drehten sich um und zischten erbost, sie sollten die Klappe halten. Ich wäre am liebsten im Boden versunken. Glücklicherweise konnten wir die beiden mit weiteren Rippenstößen zum Schweigen bringen.

Dann begannen sie aber, sich gegenseitig den Nacken zu kraulen im Glauben, die Prinzessin im Arm zu halten. Und plötzlich überfiel sie die Panik. Sie rissen die Augen auf, starrten sich an und brüllten gleichzeitig aus voller Kehle: »Hilfe!«, so als wäre ihnen ein schreckliches Ungeheuer auf den Fersen oder als wären die Psychopathen, die in den vorherigen Redebeiträgen erwähnt worden waren, wieder auferstanden. Der Redner und einige Zuhörer dachten, es sei Feuer ausgebrochen. Er unterbrach seinen Vortrag, und ich versank in meinem Sessel und versuchte, mich unsichtbar zu machen.

Im Saal waren politische und gesellschaftliche Größen aus mehreren Ländern versammelt. Nun näherte sich uns der Organisator der Veranstaltung in Begleitung dreier Sicherheitsbeamter. Da er mich mit hängendem Kopf dasitzen sah, hielt er mich für den Verantwortlichen des Tumults und forderte mich auf, ihn anzusehen, was ich widerwillig tat. Er erkannte mich und rief entgeistert:

»Julio?«

Es war Túlio Campos, einer meiner Hochschulkollegen. Túlio war einer der Professoren, die ich wiederholt heftig kritisiert hatte, als ich noch Dekan des Instituts für Soziologie war. Sein Ego war genauso groß wie meines, und bekanntermaßen stoßen sich gleich große Egos gegenseitig ab. Wir konnten uns einfach nicht ausstehen. Da er gehört hatte, dass ich mit einem merkwürdigen Mann durch die Straßen zog, nutzte er nun die Gelegenheit, um sich zu rächen. Er erniedrigte mich in aller Öffentlichkeit, indem er mich verantwortungslos nannte und als Unruhestifter und Pseudointellektuellen betitelte. Er machte mich genauso nieder, wie ich es mit ihm knapp zwei Jahre zuvor getan hatte. Schließlich sagte er noch:

»Es ist doch allseits bekannt, dass du durchgedreht bist, Julio! Und jetzt willst du meine Arbeit unterminieren?«

»Stimmt! Der Junge spinnt! Aber er ist ein guter Junge!«, bestätigte Honigschnauze, und ich schämte mich in Grund und Boden.

Túlio warf einen Blick auf die Sippe, die mich umgab, und sagte mit schneidender Stimme:

»Das ist also dein berühmter Trupp Imbeziler? Verlasst sofort den Raum!«

»Hey! Was soll das!«, rief der Bürgermeister. »Wir sind verrückt, durchgeknallt, verschroben, aber im… imbe… imbezil nicht!«

Mit einer Handbewegung wandte er sich an Professora Jurema, die ihm das Wort erklären sollte.

»Imbezil bedeutet verrückt, unzurechnungsfähig, irre«, erläuterte diese.

»Ach so! Ja dann … hat der Mann den Nagel echt auf den Kopf getroffen!«

Er hob den Daumen und nickte Túlio zustimmend zu, was dessen Ärger noch steigerte.

Plötzlich ergriff der Meister das Wort:

»Mein Herr, diese Männer sind alles andere als vollkommen, aber jeder ist auf seine Weise bewundernswert. Und wenn wir schon über Führungspersönlichkeiten sprechen, zu denen ja auch Sie als Organisator dieser herausragenden Veranstaltung gehören ...« Er machte eine kurze Pause und fuhr dann fort:

»... so muss eine Führungspersönlichkeit, um nicht schon in jungen Jahren einen Herzinfarkt zu erleiden, vor allem zwei Fähigkeiten haben: Humor und Toleranz. Humor, um sich nicht über die eigene Dummheit zu ärgern, und Toleranz, um sich nicht über die Dummheit der anderen zu ärgern.«

Das war für Túlio ein unerwarteter Schlag. Für einen Augenblick wurde ihm bewusst, dass er sich selbst und anderen gegenüber keinesfalls tolerant und humorvoll, sondern vielmehr streng und strafend war. Er fühlte sich ertappt und gab uns daher noch eine Chance:

»Aber bei der nächsten Unruhe fliegt ihr raus!«

Ich spürte den bitteren Geschmack der Erniedrigung auf den Lippen. In einem solchen Ton hatte bisher noch niemand mit mir gesprochen. In meiner früheren Position hatte ich wegen vergleichsweise lächerlicher Meinungsverschiedenheiten sogar fünf Dozenten gefeuert. Aber jetzt war ich in der schwächeren Position. Es war hart, in Túlio mich selbst wiederzuerkennen.

Nachdem sich die Lage beruhigt hatte, fuhr der Redner fort, fand aber den Faden nicht mehr. Wie viele seiner Zunft war er nur dann souverän, wenn alles perfekt funktionierte, von der Computerpräsentation bis zur Aufmerksamkeit des Publikums. Alle atmeten auf, als er seine Rede mehr schlecht als recht zu Ende gebracht hatte.

Nun trat ein Vertreter der Megasoft-Holding ans Mikrofon:

»Ich danke allen Anwesenden …«

Er hüstelte und fuhr fort:

»Na ja, fast allen – für ihre Teilnahme.«

Dann pries er seine Unternehmensgruppe, die sich lobenswerterweise zum Ziel gesetzt hätte, Bildung, Bürgerrechte und gesellschaftlichen Wohlstand zu fördern. So würde auch diese Veranstaltung sicher dazu beitragen, den Lauf der Geschichte zum Guten zu verändern.

Als sich der Applaus gelegt hatte, dachte ich, dass wir den Saal nun ohne weiteres Aufsehen verlassen würden, doch da erhob sich der Meister aus seinem Sessel, um mit lauter Stimme die über zweihundert Anwesenden wachzurütteln:

»Wie können wir zukünftige Führungspersönlichkeiten heranbilden, ohne das Schulsystem zu reformieren? Eine Gesellschaft, die ihren Richtern ungleich mehr zahlt als ihren Lehrern, wird kaum bedeutende Führungspersönlichkeiten hervorbringen. Unser System ist krank. Es formt kranke Menschen für eine kranke Gesellschaft. Wie sieht die Zukunft aus, die uns erwartet?«

Die Zuhörer waren überrascht von der Courage dieses schäbig gekleideten Mannes. Wer war er? Wollte er etwa die gerade beendete Veranstaltung fortsetzen? Ja, in gewisser Weise wollte er genau das. Einige der Anwesenden erkannten ihn und verkündeten, der Mann sei der Wanderer, der die Stadt seit einiger Zeit in Atem hielt.

Zeitungen als Quell geistiger Nahrung

Nun betonte der Meister die große Bedeutung einer guten Ausbildung der Jugend, da aus ihr immerhin die Führungspersönlichkeiten erwüchsen, von denen dann eines Tages Lösungen für die großen Probleme der Menschheit erwartet würden.

»Leider nährt unsere Jugend ihren Geist aber nicht mit der intellektuellen Diät, die ihr wirklich dazu verhelfen würde, kritisches Bewusstsein zu entwickeln und in ihre Rolle als gesellschaftliche Akteure zu finden.«

Das, was er dann sagte, traf mitten ins Herz meiner Vorurteile als Universitätsprofessor: Anstatt das akademische Wissen als Diät zu empfehlen, pries er tatsächlich die Zeitungen als bedeutenden Wissensquell!

»Heutzutage sind unabhängige Zeitungen der größte Quell geistiger Nahrung für jedermann, ein viel bedeutenderer Quell als die veralteten akademischen Curricula. Doch die meisten Jugendlichen haben weder Zugang zu Zeitungen noch Interesse daran, sie zu lesen. Obwohl es doch faszinierend ist, wie Redakteure, Journalisten und Herausgeber tagtäglich aufs Neue ihre Kräfte vereinen, um das Gehirn einer Zeitung zu bilden. Für mich sind Zeitungen genauso wichtig oder sogar wichtiger als Bücher. Aber unglücklicherweise liegen sie im Sterben. Das Ritual, eine Zeitung durchzublättern, die Lust daran, sich zu informieren und die Tatsachen zu durchdringen, die die Nationen bewegen, ist unvergleichlich. Doch die neuen Technologien, allen voran das Internet, sind dabei, diese Lust zu ersticken. Wie wollen wir junge Führungspersönlichkeiten heranbilden, wenn die Jugend täglich stundenlang vor dem Fernseher hockt oder auf Unterhaltungsseiten im Internet herumsurft und noch nicht einmal wenige Minuten pro Woche darauf verwendet, sich über die neuesten politischen, sozialen und wirtschaftlichen Ereignisse zu informieren, welche in einer globalisierten Welt am Ende alle betreffen? Auf diese Weise bilden wir keine Führungspersönlichkeiten aus, sondern Untertanen.«

Der Meister beeindruckte mich immer wieder. Ich hatte früher selbst häufig das kritische Denken gepredigt, mir aber nie vorgestellt, dass er der Meinung sein könnte, dass Zeitungen mehr zum kritischen Denken beitrügen als die »verstaubten« Lehrpläne. Jetzt verstand ich, warum der Meister bis zum Morgengrauen Zeitung las und seine Jünger anhielt, dasselbe zu tun, selbst wenn es sich um Zeitungen vom Vortag oder um noch ältere Ausgaben handelte. Mir wurde klar, dass meine beiden ungehobelten Freunde Barnabas und Bartholomäus schon längst dabei waren, ihr Hirn zu bereichern.

Dann kommentierte der Meister eine weitere Verirrung unseres Gesellschaftssystems:

»Es ist ein Bildungsverbrechen, dass unsere Schüler Jahre damit verbringen, ein winziges Atom zu studieren, das sie nie mit eigenen Augen sehen werden, und ein unendlich weites All, das sie nie betreten werden, statt Zeit darauf zu verwenden, die geistig-seelische Welt kennenzulernen, die in ihnen selbst liegt, und die soziale Welt, die sie umgibt. Sie müssen lernen, wie das Denken entsteht und wie große Denker herangebildet werden; sie müssen lernen, mit der eigenen Psyche umzugehen und sich in der Gesellschaft zurechtzufinden.«

Beifall brandete auf. Plötzlich wollte keiner mehr gehen, sondern alle wollten hören, was dieser provokante Prophet und Philosoph der Straßen noch zu sagen hatte.

»Denjenigen, die Führungspositionen anstreben, empfehle ich, ihre Zeit darauf zu verwenden, die Gedankenwelt der vielen Namenlosen unserer Gesellschaft kennenzulernen. Die Politiker sollten sich vor ihren ärmsten Wählern verneigen, die Psychiater von ihren Patienten lernen und die Intellektuellen von der Fantasie der Ungebildeten. Und die Berühmtheiten? Diese sollten den Namenlosen das Scheinwerferlicht überlassen. Übt euch darin, die Welt durch die Augen eurer Mitmenschen zu betrachten!«

Im Publikum breitete sich Unverständnis aus. Wie gewöhnlich verzichtete der Meister auf weitere Erklärungen, denn er wollte, dass seine Zuhörer ihre eigenen Schlussfolgerungen zogen. Deren Stimmung schlug nun in weniger als einer Minute von Zustimmung in Spott um. Viele lachten im Glauben, es handelte sich um einen schlechten Scherz. Schließlich wurden seit den Zeiten der alten Griechen und Römer die Kleinen von den Großen gelenkt, regiert und beherrscht. Dass die Großen sich nun vor den Kleinen beugen sollten, erschien ihnen absurd.

Im Grunde hatten sich die Überzeugungen in der Moderne nicht geändert, sondern nur einen neuen Anstrich bekommen. Ich lief rot an, als ich das Gelächter neben mir hörte. Ich hoffte, dass der Traumhändler seine Gedanken nicht weiterführen würde, doch nun meldeten sich wieder einmal seine Jünger, um ihnen Gewicht zu verleihen. Ich schluckte und wünschte, ich wäre unsichtbar.

»Hey, Meister! Ich fand schon immer, dass die Stars sich vor uns verneigen sollten!«, brüllte Bartholomäus euphorisch und deutete auf uns. Ich schaute zur Seite und tat so, als gehörte ich nicht dazu. »Jetzt sind wir an der Reihe, das elende Pack, die Namenlosen, Unterprivilegierten! Wir sollten endlich aufstehen, um der Gesellschaft zu zeigen, wie viele wir sind!«

Jetzt plusterte sich auch der Bürgermeister auf:

»Genau! Die Imbezilen machen jetzt Revolution! Wir, die Verrückten, die Übergeschnappten und Durchgeknallten! Ich fand schon immer, dass die Psychiater sich meine bemerkenswerten Ideen zu Herzen nehmen sollten!«

Ich wollte ihm den Mund zuhalten, um ihn daran zu hindern, weiteren Unsinn von sich zu geben, doch er war aufgestanden, und ich wollte auf keinen Fall mit dieser Bande selbst ernannter Revolutionäre in einen Topf geworfen werden. Diese Verrückten hatten kein Wort von dem begriffen, was der Meister unter Revolution verstand! Sie hatten nicht erfasst, dass er die Narren der Gesellschaft auserwählt hatte, um sie zu lehren, auf dass sie die Gebildeten und Mächtigen mit ihrer gewonnenen Weisheit beschämten. Stattdessen beschämten sie sie mit ihren Flausen!

Nun mischte sich auch noch der Gauner Dimas ein:

»Genau! Jetzt sind die Hochstapler, Betrüger und Diebe an der Reihe!«

Schnell verbesserte er sich:

»Natürlich nur diejenigen, die sich gebessert haben!«

Da hatte er gerade noch mal die Kurve gekriegt.

»Und die Zwangsneurotiker und Hypochonder!«, rief Salomon aufgekratzt.

»Halleluja! Die Zeit ist gekommen, um die Wunderkraft des Glaubens zu zeigen!«, flötete Edson.

Würde ich in des Meisters Haut stecken, wäre ich bereits geflüchtet, doch er hörte seine Jünger geduldig an. Tief in meinem Inneren flüsterte mir eine Stimme zu, dass ich genauso krank war wie alle anderen Insassen des weltweiten Irrenhauses.

Plötzlich ergriff die hübsche Monika das Wort, die sich als erste Frau dem Meister angeschlossen hatte:

»Ja, es ist die Stunde der Frauen, die nicht auf den Hochglanzseiten der Modezeitschriften erscheinen, der Frauen, die von den Medien verachtet werden, weil sie nicht dem Schönheitsdiktat entsprechen!«, sagte sie wie eine Jeanne d'Arc im Kampf für die Befreiung ihrer Schwestern vom tyrannischen Joch der Modewelt mit ihren Magermodels. Sie wusste, wovon sie sprach, denn sie war selbst ein international gefragtes Model gewesen, bevor sie wegen ein paar Pfund Gewichtszunahme nicht mehr engagiert wurde.

»So ist es! Und auch die Stunde der Alten, auf dass sie die Gesellschaft mit dem Faktor A bombardieren!«, rief Dona Jurema, die mit ihren über achtzig Jahren die älteste unter den Jüngern und zugleich die mutigste war.

»Ihr jungen Leute seid einfach feige; ihr seid lasch und schwach, verwöhnt, schüchtern und kleinmütig! Ihr redet viel und tut wenig!«

Das saß. Mehr brauchte sie nicht zu sagen.

»Faktor A wie Alzheimer! Die Alte ist doch plemplem!«, nuschelte ein junger Student mit Kaugummi im Mund.

Jurema zog ihm eins mit dem Krückstock über.

»A wie Altersweisheit. Wissen ohne Erfahrung ist nutzlos.«

Von allen Jüngern hielten nur Felipe und ich uns zurück. Der Zerstörer schwieg aus Furcht, sonst gelyncht zu werden, und mir war der Unsinn, der geredet worden war, nur noch peinlich. Kein Mensch hatte uns nach unserer Meinung gefragt. Das war es also, das Team des Traumhändlers – ein Team, das allen die Haare zu Berge stehen ließ, denen es über den Weg lief.

Nun brach der Meister auf, ohne sich weiter zu äußern, und wir anderen folgten ihm. Das Publikum im Saal brauchte noch einen Moment, um das, was es gehört hatte, zu verdauen. Einigen würde es noch sauer aufstoßen.

Nachdem wir durch ein paar Straßen gelaufen waren, rief mich der Meister zu sich. Er war ein Experte darin, Ermahnungen im privaten Kreis und Lob in der Öffentlichkeit auszusprechen, niemals umgekehrt.

»Julio, was bedrückt dich?«

»Meister, deine Jünger verstehen deine Philosophie nicht.«

»Sie verstehen so viel, wie sie im Rahmen ihrer Beschränkungen verstehen können. Und warum sollten wir das nicht respektieren?«

»Sie diskreditieren dich und könnten dein Image ruinieren und damit dein Projekt, Träume zu verkaufen! Es liegt an ihnen, dass die Leute nicht wissen, was sie von dir halten sollen, ob du ein Weiser bist oder ein Spinner!«

Da sagte er mir wie ein Vater, der seinen Sohn ermahnt:

»Ich habe gelernt, damit zu leben, geehrt und gleichzeitig ausgepfiffen zu werden, geliebt und gehasst, verstanden und missverstanden. Was glaubst du, bleibt von mir, wenn ich mein Leben aushauche? Keine noch so üble Nachrede kann etwas von mir nehmen, wenn ich es nicht zulasse. Ideen sind Samenkörner, und den größten Gefallen, den man einem Samenkorn tun kann, ist, es zu vergraben. Ein Mann ohne Freunde ist wie Erde ohne Wasser, wie der Morgen ohne Tau, wie der Himmel ohne Wolken. Freunde sind nicht diejenigen, die uns schmeicheln, sondern diejenigen, die uns entzaubern und unsere Schwächen ans Licht holen. Ein Intellektueller ohne Freunde ist wie ein Buch ohne Inhalt.«

Ich musste zugeben, dass ich zwar Bewunderer hatte, aber keine Freunde. Ich hatte nie jemanden gehabt, an dessen Schulter ich mich hätte ausweinen können oder dem ich meine Schulter geliehen hätte. Mein Ego war aufgebläht und mein Stolz unermesslich, meine Solidarität dagegen war winzig. Ich war ein Mensch voller Widersprüche.

Über die Jahre war ich von einer Reihe Studenten gebeten worden, ihre Master- und Doktorarbeiten zu betreuen, aber nie hatten wir unser Verhältnis vertieft. Im letzten Jahr meiner Lehrtätigkeit hatten drei Studenten versucht, sich umzubringen. Zehn litten unter Depressionen und mehrere Dutzend unter psychosomatischen Störungen. Doch ich hatte nie auch nur einen von ihnen besucht. Der Professor war von seinen Studenten meilenweit entfernt.

Und beide Seiten hatten im Grunde keine Ahnung davon, was wahres Denken bedeutete und was einen Denker ausmachte. Ich war krank und ich bildete kranke Menschen für eine kranke Gesellschaft aus. Während ich vorgab, zu lehren, gaben sie vor, zu lernen. Und die Diplome heiligten diesen Mummenschanz.

Arm, aber intelligent

Sowohl in ihrer Kleidung als auch in Ausdrucksweise und Auftreten richteten sich die meisten jungen Leute nach irgendwelchen Moden. Sie hatten Angst davor, sich von der Gruppe zu unterscheiden, und überhaupt keinen eigenen Stil. Stattdessen wurden sie von der Werbung manipuliert, die jede Faser der Gesellschaft durchdrang. Und einige von ihnen folgten nicht nur dem jeweiligen Trend, sondern lehnten auch jeden ab, der nicht in ihre engstirnige Weltsicht passte. Sie hassten Homosexuelle, Bettler und andere Minderheiten.

Fünf Tage nachdem wir auf der Vortragsveranstaltung so viel Aufsehen erregt hatten, geschah etwas Bemerkenswertes. Der Meister hatte seine Jüngerschar allein gelassen und sich zum Meditieren zurückgezogen. Manche Menschen können gar nicht allein sein, aber für den Meister war die Einsamkeit eine Einladung, sich selbst kennenzulernen und dem Flug seiner Gedanken durch die Welt der Ideen zu folgen.

Eine Gruppe von etwa fünfzehn Studenten kam auf uns zu, denen man ansah, dass sie aus wohlhabenden Familien stammten. Als wir in unseren abgerissenen Klamotten in ihr Blickfeld gerieten, begannen sie, sich über uns lustig zu machen. Offensichtlich hielten sie Obdachlose für einen gesellschaftlichen Schandfleck, der eliminiert werden musste.

Dann kreuzten sich unsere Wege, und plötzlich schlug der Bürgermeister der Länge nach hin. Erschrocken halfen wir ihm wieder auf und waren froh, dass er nicht verletzt war. Zunächst glaubten wir, er wäre gestolpert, doch dann hörten wir sie lachen und rufen:

»Aus dem Weg, ihr Penner!«

Einer von ihnen hatte Barnabas absichtlich ein Bein gestellt.

Wir drehten uns um und standen ihnen nun genau gegenüber. Sie schienen auf der Suche nach einer Schlägerei zu sein. Ich war so angespannt, dass ich unwillkürlich in meine alte Rolle als Professor verfiel und ihnen, als stünden wir auf dem Campus, mit schneidender Stimme einen Platzverweis erteilte: »Raus hier!«

Aber ich war nur noch ein zerlumpter Landstreicher, und so wurde ich zum ersten Mal in meinem Leben von Studenten ausgelacht.

Einer von ihnen näherte sich mir bedrohlich und sagte höhnisch:

»Hört, hört! Da spricht wohl der Anführer der Deppen!«

Das wollte Bartholomäus nicht auf uns sitzen lassen. Furchtlos baute er sich auf und polterte:

»Guckt euch mal diese Zukunft der Gesellschaft an! Grünschnäbel, denen der Pappi alles auf dem Silbertablett serviert! Haben sich noch nie die Hände schmutzig gemacht und glauben, sie könnten die Welt verändern!«

Er brach in schallendes Gelächter aus.

Seine Dreistigkeit versetzte einige der Studenten derart in Rage, dass sie sich auf ihn stürzen wollten. Einer rief:

»Große Führer säubern die Gesellschaft von ihrem Abschaum!«

Darauf sah der Bürgermeister seine Stunde gekommen und verkündete großzügig:

»Gebt mir bei den nächsten Wahlen eure Stimme, und ihr bleibt verschont!«

Die jungen Männer fühlten sich auf den Arm genommen. Ein derart unverschämter Haufen Penner war ihnen noch nicht untergekommen. Sie wussten ja nicht, dass der Meister uns trainiert hatte.

Felipe, der Zerstörer, kochte vor Wut. Um einer Schlägerei zuvorzukommen, kam ich auf die Idee, den Kriegsschauplatz zu wechseln:

»Lasst uns doch sehen, wer schlauer ist, ihr oder wir! Wir machen ein Quiz, und wenn ihr auf die Fragen die richtige Antwort wisst, dürft ihr jedem von uns einen gehörigen Tritt in den Hintern verpassen. Aber wenn nicht, treten wir euch in den Allerwertesten.«

Und da die Studenten als Teil der Bildungselite glaubten, uns haushoch überlegen zu sein, gingen sie spöttisch auf meinen Vorschlag ein:

»Ja, dann schieß mal los, Alter!«

Ich holte tief Luft und begann, sie in schneller Folge mit Fragen zu bombardieren:

»Wofür steht Spinoza? Wie lautet der Kerngedanke von Montaigne? Welchen Beitrag hat Immanuel Kant zur Erkenntnistheorie geleistet?«

Sie wichen einen Schritt zurück und runzelten die Stirn. Keiner konnte antworten. Nervös flüsterten sie sich zu:

»Wo hat der Typ diese Namen her?«

Ich nutzte ihre Schwäche und überschüttete sie mit weiteren Fragen:

»Was könnt ihr mir über die Phönizier und die Perser erzählen? Über die minoische Welt, die mykenische Kultur und das Zeitalter Homers?«

Entgeistert schauten die Studenten sich gegenseitig an. Sie begannen zu schwitzen, denn ihnen wurde klar, dass Obdachlosigkeit nicht mit Kulturlosigkeit gleichzusetzen war und die Penner sie tatsächlich in die Enge getrieben hatten.

Die meisten von ihnen lasen so gut wie nichts außer dem, was sie für ihr Studium lesen mussten. Sie waren die Harry-Potter-Generation und daran gewöhnt, dass ihnen alles wie durch Zauberei in den Schoß fiel. Sie behandelten ihre Eltern wie Bedienstete und erwarteten, dass jedes ihrer Bedürfnisse sofort befriedigt wurde. Sie waren Meister darin, sich zu beklagen, und hatten nie gelernt, sich zu bedanken. Ihnen fehlten Wille, Ehrgeiz und die nötigen Fähigkeiten, um miteinander zu wetteifern und in der Welt zu überleben. Sie waren im Internet zu Hause, aber ihre Kultur war so flach wie eine Pfütze. Geschichte und Philosophie hielten sie für überflüssig. Dass ein klarer Blick auf die Zukunft die Kenntnis der Vergangenheit voraussetzt, war ihnen unbekannt.

Plötzlich mischte sich unser kleiner Gauner Dimas ein, um auch Fragen beizusteuern:

»Was ist eine Subprime-Hypothek? Wisst ihr, was die Finanzkrise verursacht hat?«

Er hatte die Wirtschaftsseite einer Tageszeitung studiert und wahrscheinlich so gut wie nichts verstanden. Doch dass er überhaupt begonnen hatte, Interesse für Buchstaben zu entwickeln, war dem Beispiel des Meisters zu verdanken, der zwar völlig mittellos war, aber las, wo er ging und stand.

Auch Edson, unser Theologe, steuerte noch eine Frage bei:

»Was ist der Gazastreifen?«

Nach kurzer Überlegung antwortete einer der Studenten:

»Da gibt's doch jetzt diese Hosen mit dem Streifen an der Seite …«

Offenbar hatte keiner von ihnen je versucht, etwas mehr über die Konflikte zwischen Palästinensern und Juden zu erfahren.

Der Bürgermeister konnte nicht mehr an sich halten und rief:
»Also entschuldigt mal, aber ihr seid wohl von einem anderen Stern!«

»Das gefällt mir!«, polterte Honigschnauze freudig. »Das sind kleine grüne Männchen! Aber wir sind auch von einem anderen Stern und wir lassen uns nicht veräppeln! Es ist Zeit, zu unserer Vereinbarung zurückzukehren. Also dreht euch um und zeigt uns euren Allerwertesten!«

Die Studenten legten schützend die Hände auf ihre Rückseiten und wichen zurück. Da erinnerte sich Honigschnauze an den Meister und sagte beschwichtigend:

»Keine Angst, wir treten euch nicht! Nur die Schwachen kämpfen mit Gewalt – die Starken kämpfen mit Ideen. Es war mir eine Ehre, euch kennenzulernen! Nicht von uns Trotteln, sondern von euch hängt die Zukunft der Welt ab!«

Während wir ihnen zum Abschied zuwinkten, zogen die Studenten wortlos ab. In dieser Nacht würde kaum einer von ihnen schlafen. Sie waren reich, wir waren arm, doch wir besaßen etwas, das man nicht kaufen konnte. Nach dieser Begegnung würden einige von ihnen anfangen, ihre Rolle in der Gesellschaft zu überdenken. Sie hatten uns den Traum vom kritischen Denken abgekauft und schauten nun hinter die Fassaden.

Auch ich als Jünger des Traumhändlers lernte aus diesem und anderen Erlebnissen. Ich verstand, dass es nicht nur unter jungen Leuten Vorurteile und Ausgrenzung gibt, sondern auch unter Intellektuellen, besonders unter den Anhängern gewisser Ideologien, den »Ianern« (z. B. Freudianern) und »Isten«.

Ich gehörte der Sparte der »Isten« an, denn ich war ein rabiater Sozialist und schaute im Grunde nicht über meinen Tellerrand hinaus. Erst die Wanderschaft mit dem Traumhändler und seiner anstrengenden Jüngerschar ließ meine geistigen Mauern einstürzen, und ich lernte unter Schweiß und Tränen, dass die radikalsten Anhänger einer Theorie gleichzeitig ihre schlimmsten Feinde sind, weil sie nicht den Schneid haben, um sie zu relativieren und über sie hinauszuschauen.

Ich kannte mich bestens in der Gedankenwelt von Marx, Engels, Hegel und Lenin aus, aber ich tat eigentlich nichts, um die Gesellschaft und mich selbst wirklich zu verändern. Ich bildete Studenten aus, damit sie die Prüfungen bestanden, nicht etwa, um mit ihnen zu diskutieren. Ob sie frei und kreativ oder Modediktaten unterworfen und depressiv waren, interessierte mich nicht. Ich war ein starrer Professor, der eine starre Gesellschaft kritisierte.

Nie hatte ich meine Studenten angeregt, sich in Geschichte und Philosophie zu vertiefen und über die Grenzen des Fachs hinauszusehen. Ich war ein Totengräber ihrer Fantasie und Empfindsamkeit gewesen. Psychopathen habe ich so nicht verhindert. Immerhin haben einige Psychopathen einen hohen Intelligenzquotienten!

Eine der erschütternden Lehren des Meisters besagt, dass jede Schuld beglichen oder verziehen werden kann, außer der Schuld des Gewissens: *Wer seinem Gewissen nicht treu bleibt, steht sich selbst gegenüber in unlösbarer Schuld.*

Ich möchte die Schulden gegenüber meinem Gewissen abbezahlen. Es ist nicht leicht, meine Unreife zuzugeben und von dem zu sprechen, wofür ich mich schäme. Aber vor mir selbst zu flüchten würde bedeuten, meine Schwächen und Probleme mit ins Grab zu nehmen.

Mit Hühnchenflügeln fliegen

Wir durchwanderten einen armen Bezirk im Süden der Stadt. Der Traumhändler hielt sich dort gerne auf, denn er hatte in der Gegend viele Freunde: Bauarbeiter, Fabrikarbeiter, Chauffeure, Reinigungskräfte, Arbeitslose. Sie waren zwar alle arm, aber reich an Herzlichkeit. Gern teilten sie das wenige, was sie besaßen.

Manchmal luden sie uns zum Mittag- oder Abendessen ein. Der Traumhändler war besonders eng mit einem gewissen Herrn Lemos befreundet, den wir später als einen Menschen kennenlernten, der, obwohl er in seinem Leben schon einiges durchgemacht hatte, fröhlich, ausgeglichen und vor allem unkompliziert war. Er war seit einem Verkehrsunfall querschnittsgelähmt, und seine Frau, Dona Mercedes, hatte wegen eines Arbeitsunfalls nur noch ein Bein. Trotzdem war sie sehr flink und außerordentlich hilfsbereit. Das Ehepaar hatte selbst keine Kinder, kümmerte sich jedoch trotz seiner Einschränkungen um die Kinder aus der Nachbarschaft. Der Meister war schon häufiger bei ihnen zu Gast gewesen, und sie empfingen ihn immer wieder mit offenen Armen. Er und Luiz Lemos schienen seit langer Zeit enge Freunde zu sein.

Nun hatten die beiden unsere ganze Bande zum Mittagessen eingeladen. Da sie in einem winzigen Häuschen – das Wohnzimmer war nur acht bis neun Quadratmeter groß – ohne Hinterhof oder Garten wohnten, hatten wir uns ohne die Menschenmenge, die uns teilweise begleitete, auf den Weg gemacht.

Wir nahmen die U-Bahn, mussten zweimal umsteigen und mehr als zehn Stationen fahren, um endlich im Stadtteil »Corujas« anzukommen, wo die beiden wohnten. Dann hatten wir noch einen größeren Fußmarsch vor uns. Wir mussten zunächst eine lange Steigung überwinden, anschließend um mehrere Ecken biegen, um nach zwanzig Minuten mit hängender Zunge bei ihnen einzutreffen.

»Das Mittagessen haben wir uns aber verdient!«, keuchte der Bürgermeister, der wegen seiner Korpulenz zu größeren Anstrengungen kaum in der Lage war. Er zog es vor, dass sein Essen zu ihm käme statt umgekehrt.

Als Honigschnauze die äußerst einfachen Häuschen sah, bemerkte er gut gelaunt:

»Wie viele arme Leute es auf der Welt gibt! Da ziehe ich doch unsere Kennedy-Villa vor!« Er bezog sich auf den Viadukt, unter dem wir häufig unser Nachtlager aufschlugen.

Im Vergleich mit uns war Herr Lemos Millionär. Wir hatten nichts, weder ein Wohnzimmer mit Sofa und Sesseln noch ein Schlafzimmer und erst recht keinen Kleiderschrank. Diejenigen, die dem Meister folgen wollten, mussten nicht nur ihre Unwissenheit und Widersprüchlichkeit eingestehen, sondern durften außerdem höchstens so viel Geld in der Tasche haben, wie für ihr Überleben an einem Tag unbedingt nötig war. Nicht ohne Grund wirkten wir wie ein Rudel unglückseliger, gottverlassener Vagabunden. Wenn wir auf einem öffentlichen Platz übernachteten, war unser Dach der sternenübersäte Himmel. Glücklicherweise gab es in der Stadt Ärzte, die in den kalten Nächten Wolldecken an die halb Erfrierenden auf der Straße verteilten.

Es gab aber auch Jünger unter uns, die in ihren Wohnungen übernachteten, um dann morgens wieder zu uns zu stoßen. Da der Meister jedoch keine festgelegte Wegstrecke hatte, fanden sie uns nicht immer. Monika und Professora Jurema gehörten zu denen, die wie »normale Menschen« lebten, aber sie waren eigentlich immer dabei, wie auch an jenem Tag.

Das Haus unserer Gastgeber war alles andere als glamourös. Die Farbe blätterte von den rissigen Wänden und den rostigen Fensterrahmen. Das Dach war teilweise verrottet und undicht. Im Wohnzimmer stand ein einfacher Tisch mit vier Stühlen. Es war so winzig, dass sogar das Ehepaar fast nicht hineinpasste.

Die Wohnzimmertür ging direkt auf den Gehsteig. Als wir uns dem Haus näherten, sahen wir, dass Herr Lemos uns schon ungeduldig im Rollstuhl erwartete. Wir waren noch zehn Meter entfernt, und der Meister rief:

»Luiz Lemos, großer Freund! Wie geht es dem Mann, der sich frei dort bewegt, wo sich andere gar nicht hinwagen?«

Dann umarmte und küsste er ihn.

Der Gastgeber antwortete mit ungewöhnlichem Respekt: »Meister, ich bin nicht würdig, dass du mein Haus betrittst.«

Darauf erwiderte der Meister:

»Ich bin es, der nicht würdig ist, dein Heim zu betreten.«

Dann legte er Dona Mercedes die Hände auf die Schultern und fragte:

»Wie geht es der bezaubernden Dame? Wie schön, Sie zu sehen!«

Er umarmte sie und gab ihr behutsam einen Kuss auf die Stirn.

»Welch eine Ehre, euch in unseren bescheidenen vier Wänden aufzunehmen!«, sagten die beiden voller Freude, so als würden sie einen König und sein Gefolge empfangen.

Wir grüßten sie herzlich. Der Traumhändler plauderte angeregt mit dem Ehepaar über die letzten Ereignisse in seinem

Leben. Nach wenigen Minuten wurde unser Bürgermeister wieder von seiner Esssucht übermannt. Ungeduldig, hungrig und, was das Schlimmste war, ohne ein Reservebrot in der Tasche, erwachte wieder der unverschämte Politiker in ihm:

»Geehrte Gastgeber dieser ausgehungerten Sippe! Sind wir hergekommen, um zu reden oder um zu essen?«

»Um zu reden!«, sagten Monika und Jurema, um seine Grobheit zu überspielen.

»Um zu essen!«, brüllten Honigschnauze, Dimas, Salomon und Edson im Chor. Ich hätte mich am liebsten irgendwo verkrochen. Ich hatte zwar auch Hunger, zog es aber vor, aus Höflichkeit meinem grummelnden Magen keine Beachtung zu schenken. Wieder einmal hielt ich mich heraus, anstatt Stellung zu beziehen.

Dona Mercedes wusste bereits, was für Satansbraten der Meister im Gefolge hatte, und sagte ganz freundlich:

»Dann lasst uns essen, bevor das Essen kalt wird!«

Sie hatte ein kleines Brathähnchen zubereitet, außerdem ein Stück Kochfleisch, grünen Salat und einen Berg Reis, um die vielen hungrigen Mäuler zu stopfen. Sie war eine ausgezeichnete Köchin.

Da das Wohnzimmer so winzig war, räumten wir den Esstisch beiseite und stellten ihn ins Schlafzimmer, sodass wir alle auf dem Wohnzimmerfußboden Platz fanden.

Nun schlug Bartholomäus vor:

»Lasst uns eine Schlange bilden! Dann gehen wir nacheinander in die Küche, füllen uns auf und machen es uns hier zum Essen bequem.«

Und um seine guten Manieren zu beweisen, fügte er hinzu:

»Dona Mercedes und Herr Lemos sind natürlich die ersten!«

Wie zu erwarten, erwiderte Luiz Lemos höflich:

»Aber nein! Bitte, gehen Sie vor!«

Da wurde mir klar, was Bartholomäus ausheckte. Er und Barnabas standen nämlich bereits an der Küchentür, um ja als Erste dranzukommen. Ich wurde wütend, aber der Meister schien belustigt. Er war offensichtlich im siebten Himmel. Für ihn war wirklich alles ein Fest.

Verschmitzt sagte Bartholomäus:

»Habt Dank für eure Großzügigkeit! Die Hungrigsten zuerst!«

Ich war der Vorletzte und der Meister der Letzte. Die beiden Schlaumeier hatten sich auf das Hähnchen gestürzt und sich die Schenkel sowie ein großes Stück Brust unter den Nagel gerissen. Damit das nicht so auffiel, hatten sie sich einen Berg Reis darübergeschaufelt.

Nach ihnen waren Salomon, Edson und Dimas an der Reihe gewesen. Sie hatten sich den übrigen Teil der Hähnchenbrust genommen. An mich hatten sie nicht gedacht, obwohl sie wussten, dass ich Brathähnchen liebte. Für den Zerstörer und mich waren gerade noch die Flügel übrig geblieben – sogar den Hals hatte sich schon jemand genommen. Der Meister servierte sich anschließend Salat und Kochfleisch, und Monika und Jurema taten es ihm nach.

Die beiden Schlaufüchse warteten immerhin, bis alle sich bedient hatten, damit wir gemeinsam anfangen konnten zu essen, wie wir es vom Meister gelernt hatten. Endlich saßen wieder alle, eng aneinandergequetscht wie die Sardinen in der Dose. Edson, unser Frömmler, hatte solchen Hunger, dass er sogar auf sein übliches Dankgebet verzichtete. Er schaute nur einmal gen Himmel und dann auf seinen Teller, bevor er sich daranmachte, seine Mahlzeit zu verschlingen. Salomon und Dimas hatten nicht einmal mehr Zeit, um mit der Wimper zu zucken;

sie kauten bereits mit vollen Backen. Nur der Traumhändler dankte im Stillen für die Speise, die ihn nährte.

Honigschnauze und Bürgermeister aßen wie die Barbaren. Doch plötzlich hörte Honigschnauze auf zu kauen und sagte mit vollem Mund:

»Hey, wartet mal! Lasst uns denen danken, die uns dieses Mahl bereitet haben!«

Ich wunderte mich sehr über diesen plötzlichen Anfall von Edelmut.

Wir schluckten den Bissen, der gerade unseren Speichelfluss angeregt hatte, hinunter und unterbrachen unsere Mahlzeit. Honigschnauze war über seinen Hähnchenschenkel so begeistert, dass er nun ausrief:

»Dona Mercedes und Herr Luiz, unseren allerherzlichsten Dank für die Einladung! Ich hoffe, es war nicht die letzte!«

Dann forderte er uns auf, mit der Gabel ein Stück Fleisch aufzuspießen und es hochzuheben.

Ich bekam einen Hustenanfall, folgte aber seinem Aufruf, um kein Spielverderber zu sein. Er und Barnabas hielten nun stolz ihre Hähnchenschenkel in die Höhe wie zwei Generäle, die nach gewonnener Schlacht den besten Teil der Beute für sich eingeheimst haben.

Im Gegensatz zu ihnen hielt ich meinen kleinen, lächerlichen Hähnchenflügel in die Luft und fühlte mich wie der letzte Idiot. Auch der Zerstörer hielt sein Flügelchen hoch. Wir schauten uns an und hatten den Eindruck, als Trottel dazustehen.

Ich verlor langsam den Appetit. Selbst wenn sie einen Dank aussprachen, wollten die Gauner mich treffen und zeigen, dass meine Intellektualität zu rein gar nichts nütze war. Wieder einmal wurde mir klar, dass die Intellektuellen neben durchtriebenen Burschen dieser Art nichts als dumme Toren sind.

Und es war diese Gerissenheit, die sich unbemerkt in Unternehmen, Hochschulen, Politik und sogar auf der Straße eingenistet hatte, während wir Intellektuellen Zeit mit Denken verschwendeten.

Bartholomäus sprach ein Gebet, in dem er seine Unverschämtheit zugab:

»Lieber Gott, vergib mir meine Gier und vielen Dank für das spektakuläre Federvieh!«

Um mir den Appetit noch mehr zu verderben, fügte der Bürgermeister hinzu:

»Amen! Auf dass die Hühner sich über die Erde verbreiten und Friede in die Herzen von Schlaubergern wie Trotteln einziehen möge!«

Darauf winkte er mir mit dem Hähnchenschenkel zu, als fragte er, ob ich einen Bissen abhaben wollte.

Dona Mercedes und Herr Luiz amüsierten sich über die beiden. Ich wollte die Provokation aber nicht auf mir sitzen lassen und wandte mich an den Meister:

»Meister, die beiden behandeln mich wie einen Schwachkopf!«

»Julio, ich habe einen Traum. Möget ihr täglich das Aroma der Seelenruhe genießen, welches die Speisekarte der Existenz für euch bereithält! Wenn der Geist frei ist, haben die Speisen einen anderen Duft. Ein einfaches Essen in Frieden ist besser als das edelste Menü in Verzweiflung und Wut.«

Angesichts der Weisheit des Meisters verfiel ich in Schweigen. Doch Honigschnauze konnte die Klappe wieder nicht halten und begann, seine Straßenphilosophie auszubreiten:

»Geliebter Meister, ausgehend von deiner Theorie möchte ich hinzufügen, dass Julio mit Flügeln, seien sie auch noch so klein, weiter kommt als mit Schenkeln …«

Der Bürgermeister, Dimas und Salomon gratulierten ihm für seinen Esprit, worauf er mit falscher Bescheidenheit erwiderte:

»Danke, danke, aber ich bin nur ein angehendes Genie!«

Dann verschlangen sie ihr Essen. Ich weiß nicht, ob ich mich an der Seite von Bartholomäus und Barnabas eher darin übte, bescheiden zu sein, oder darin, die Ungeheuer der Wut und der Empörung kennenzulernen, die in den Abgründen meiner Seele schlummerten. Eines war jedenfalls klar: Entweder ließ ich mich nicht mehr auf ihre Provokationen ein und machte aus dem Leben ein Fest oder ich würde noch einem Herzinfarkt zum Opfer fallen.

Erst einmal schwor ich mir, nie wieder Hähnchenflügel zu essen, wobei mir die Schreitherapie in den Sinn kam, sodass ich brüllte:

»Aaaaaahhh! Uuuuhhhh!«

Bartholomäus und Bürgermeister waren so erschrocken, dass sie ihre Hähnchenschenkel fallen ließen. Jetzt bekamen sie ihr eigenes Gift zu schmecken!

Dann brach ich in Gelächter aus. Meine Freunde, besonders Monika und Jurema, schauten mich ungläubig an. So hatte ich ja noch nie reagiert! Ich war doch immer so steif! Aber jetzt fühlte ich mich zum ersten Mal wohl in der Rolle des Clowns. Ich hatte verstanden, dass das Lachen über unsere Dummheiten ein wunderbares Heilmittel gegen schlechte Laune ist. Dann entschuldigte ich mich bei unseren Gastgebern und wandte mich fröhlich wieder dem Essen zu.

Der Meister tadelte mich nicht, sondern nickte mir im Gegenteil zufrieden zu. Langsam lernte ich, dass das Essen und das Leben mit Seelenfrieden besser schmecken.

Ein Mordanschlag auf den Meister

Nachdem wir gegessen und geplaudert hatten, verabschiedeten wir uns von dem freundlichen Ehepaar. Der Meister umarmte die beiden liebevoll. Er drückte die Menschen zum Abschied gern an seine Brust.

Ich war ganz beeindruckt davon, wie viel Dona Mercedes und Luiz Lemos trotz ihrer Einschränkungen zu geben vermochten. Sie waren körperbehindert, hatten aber eine große Ausstrahlung und viel Freude daran, sich anderen zu schenken.

Honigschnauze bat um Entschuldigung, allerdings nicht für sein Verhalten, sondern für das der anderen, insbesondere für das meine.

»Verzeiht meinen Freunden die schlechten Manieren! In ein paar Jahrzehnten hat der Meister es bestimmt geschafft, sie zu bessern! Und bitte – denkt an meinen knurrenden Magen, wenn es wieder mal Hähnchen bei euch gibt!«

Mir war nicht klar, ob er das Leben einfach nicht ernst nahm oder ob er sich über seine Unverfrorenheit lustig machte. Jedenfalls verlor er nie seine gute Laune.

Als auch noch der Bürgermeister eine dumme Bemerkung machen wollte, kam ich ihm zuvor und sagte:

»Spar dir deine Kräfte lieber für den Rückweg auf!«

Glücklicherweise hörte er auf mich:

»Danke, Chef, dass du auf mich aufpasst!«

Tatsächlich stand uns eine anstrengende Wegstrecke bevor. Wir versuchten sie abzukürzen und gingen durch eine enge Gasse, in die kaum ein Auto passte. Nach etwa drei Blocks bogen wir nach links ab und merkten nach einer Weile, dass wir in einer Sackgasse gelandet waren. Wir wollten umkehren und sahen plötzlich, dass fünf dunkle Gestalten von Weitem auf uns zukamen. Sie waren uns offensichtlich gefolgt.

Die Anwohner begannen, Türen und Fenster zu schließen. Uns lief es kalt den Rücken herunter. Wir spürten, dass wir in ernsthafter Gefahr schwebten. Plötzlich stülpten sich die Männer Kapuzen über und beschleunigten den Schritt, und als sie nur noch zehn Meter von uns entfernt waren, zogen sie Revolver und Maschinengewehre aus ihren langen Mänteln. Ich war mir sicher: Das würden wir nicht überleben.

Drei von ihnen waren Weiße und ziemlich groß; einer von ihnen bestimmt über eins neunzig. Der Vierte war schwarz und etwas kleiner, aber extrem muskulös, und der Fünfte ein äußerst agiler Zwerg, der mit seinem kalten, entschlossenen Blick aussah, als käme er direkt aus den Katakomben der chinesischen Mafia. Er war offensichtlich der Anführer, und allein sein Anblick machte einen schaudern. Seine schnellen Bewegungen ließen darauf schließen, dass er in Kampfsport geübt war.

»Los, stehen bleiben!«

Mir wurde schwindelig. Ich hatte noch nie in den Lauf einer Schnellfeuerwaffe geblickt. Dem Zerstörer zitterten die Lippen, und Monika und Dona Jurema brachen in Tränen aus. Edson versagte die Stimme; Salomon bekam eine Panikattacke.

Angesichts unserer Angst sagte der Chinese unbarmherzig:

»Tote heulen nicht. Fresse halten!«

Dann zog er ein Foto aus der Tasche. Er schaute auf den Meister und dann auf das Bild in seiner Hand.

Mit einem Nicken bestätigte er seinen Kumpanen, dass sie ihr Opfer gefunden hatten. Diese richteten die Waffen auf uns. Da sagte der Meister mit lauter, fester Stimme, so als fürchtete er den Tod nicht, weil ihm klar war, dass er sowieso früher oder später sterben würde:

»Auch ein Killer mit der Waffe in der Hand sollte sich noch einen Rest Würde erhalten. Wenn ihr mein Leben wollt, wozu das Blut Unschuldiger vergießen? Lasst die anderen gehen!«

Einen Augenblick standen die Auftragsmörder wie angewurzelt, was der Traumhändler nutzte, um uns zuzubrüllen:

»Haut ab! Jetzt!«

Wir rannten los und erwarteten Schüsse, die uns im Rücken träfen. Monika und Jurema, die alte Dame, waren flink wie die Hasen, Dimas spurtete wie ein Leopard, und Edson schienen Flügel gewachsen zu sein. Salomon hatte seinen Herzanfall vergessen und schoss davon. Der Zerstörer und ich rannten um unser Leben. Aber es fielen keine Schüsse.

Wir bogen um die Ecke und rannten weiter. Ungefähr dreihundert Meter vom Ort des Überfalls entfernt hielten wir atemlos inne. Zwei der Jünger fehlten, Barnabas und Bartholomäus. Wir warteten, doch sie waren zurückgeblieben. Sie waren geblieben, um an der Seite des Meisters zu sterben. Sie waren geblieben, um bei dem zu bleiben, den sie liebten und der alles war, was sie hatten: ihr Vater, ihre Mutter, ihr Freund. Ich konnte es kaum glauben – welch ein Heroismus!

Verzweifelt suchten wir nun einen Weg aus dem Labyrinth und zur nächsten Polizeiwache. Sie schien ziemlich weit weg zu sein. Wir baten Passanten um Hilfe, die jedoch um ihr Leben fürchteten. Wir liefen weiter, so schnell wir konnten, doch wir wussten, dass es hoffnungslos war. Die Exekution würde nicht auf sich warten lassen.

Erschöpft blieb ich stehen und begann zu weinen. Der Gedanke, dass der Meister einfach so umgebracht wurde, war unerträglich. Der Mann, der mich vor dem Selbstmord gerettet und dazu gebracht hatte, das Leben zu lieben – erbarmungslos niedergeschossen! Wie er immer gesagt hatte, *spielen wir unser Leben im Theater der Zeit, als würde es ewig dauern, doch wenn das Stück plötzlich endet, ist es so, als wären wir nie aufgetreten*. Ich war verzweifelt und fühlte mich elend und schuldig, weil ich nichts für den Mann tat, der so viel für mich getan hatte.

Stattdessen waren ausgerechnet jene Jünger, die die meisten Probleme verursacht hatten, dem Meister sogar in Lebensgefahr treu geblieben. Plötzlich betrübte mich der Gedanke, demnächst auch ihrem Begräbnis beizuwohnen, und ich fühlte mich unendlich leer. Ohne ihren Humor und ihre Streiche konnte ich mir das Leben gar nicht mehr vorstellen. Sicher, sie hatten mich immer wieder bis aufs Blut gereizt, aber mein todlangweiliges Leben auch bunt gemacht. Dass Clochards einmal ein Teil von mir sein würden, hätte ich mir in meinem früheren Leben als Soziologe nicht einmal im Traum vorgestellt.

Während meine Freunde und ich weinten wie die Kinder, bereiteten sich die Auftragsmörder darauf vor, ihre Mission zu erfüllen. Sie hoben die Waffen. Der Meister, Bartholomäus und Barnabas waren ausgeliefert. Doch gerade, als sie abdrücken wollten, hob der Bürgermeister an und sagte:

»Einen Augenblick, Sir! Lassen Sie mich die letzten Worte sprechen!«

Dem Anführer fiel die Kinnlade herunter, und die Männer starrten Barnabas an.

»Danke, gnädige Mörder!«

Er wandte sich dem Traumhändler zu:

»Meister, du hast deinen Arm um mich gelegt und an mich geglaubt. Du warst mehr als ein Vater für mich. Es ist mir eine Ehre, an deiner Seite zu sterben. Honigschnauze, du hast mich viele Jahre lang gequält, aber du warst mein Bruder.«

Dann trocknete er sich die Tränen und bat die Mörder:

»Bringt uns ruhig um, aber bitte begrabt uns alle im gleichen Sarg!«

Als er das hörte, vergaß Honigschnauze, dass Revolver und Maschinengewehre auf ihn gerichtet waren, und rief Barnabas empört zu:

»Immer mit der Ruhe! Auf keinen Fall im gleichen Sarg! Es war schon schwer genug, dich in diesem Leben zu ertragen!«

Er blickte die Killer scharf an und befahl:

»Schießt schon, aber ich fordere einen Sarg für mich allein!«

Die Auftragsmörder hatten noch nie Opfer erlebt, die sich so verhalten hätten. Sie wollten sich auf ihren Job konzentrieren, aber nun ließ die Frage sie nicht los, was für Typen da vor ihnen standen. Nun mischte sich auch der Meister ein:

»Ich glaube nicht, dass diese Flaschen uns einfach so umbringen, ohne vorher ihren Spaß zu haben!«

Und er versuchte sich als Karatekämpfer, indem er begann, wie eine Pekingente herumzuhüpfen und mit den Händen in der Luft herumzufuchteln. Aber er stolperte über seine eigenen Füße und fiel auf die Nase.

Die Männer schnauften, und Bartholomäus und Barnabas fragten sich, ob der Schlag, mit dem der Meister wenige Tage zuvor einen Mann entwaffnet hatte, wohl eher ein Glückstreffer gewesen war.

Die Aufforderung zum Kampf war zwar ungeschickt und lächerlich, doch sie machte Bartholomäus Mut:

»Das sind doch Loser!«

Er drehte dem Anführer den Rücken zu und sagte provokativ:
»Und der Zwerg ist ’n Waschlappen! Nur weil er ein Maschinengewehr hat, hält er sich für ’nen coolen Typen!«

Daraufhin lachte er laut los.

Die Killer waren es gewöhnt, Menschen umzubringen, aber sie hatten noch nie drei Leute gesehen, die sich angesichts ihres Todes derart unverschämt über sie lustig machten. Voller Wut wollte der Chinese sich mit Fäusten auf sie stürzen, doch er hielt sich zurück, entschlossen, seine Mission zu Ende zu bringen.

Gerade als er schießen wollte, kam ihm der Bürgermeister zuvor. Er war zwar fett und ungeschickt, doch er verpasste dem Anführer und dem schwarzen Muskelprotz, die mit den Maschinengewehren bewaffnet waren, auf seine Weise einen weiteren Dolchstoß:

»Diese Typen sind doch Mädchen! Wenn sie keine Waffen hätten, würde ich ihren Kopf ins Klo stecken!«

Und er begann, wie ein Boxer vor ihnen herumzutänzeln und sie zum Kampf herauszufordern:

»Wollt ihr meine Fäuste spüren, ihr Weicheier?«

Er hüpfte hin und her und boxte in die Luft. Einer der Killer musste bei diesem Anblick grinsen. Plötzlich drehte sich der Bürgermeister zur Seite und traf den Traumhändler mit einem Hieb am Kinn. Ohnmächtig sank dieser zu Boden.

»Ich hab den Traumhändler umgebracht!«, rief der Bürgermeister erschrocken. Er versuchte, ihm aufzuhelfen, geriet dabei aber ins Torkeln und fiel auf seinen Meister.

Jetzt mussten sich die Auftragsmörder das Lachen verkneifen. Diese Schwächlinge und Versager waren so tollpatschig und ungeschickt, dass sie sich gegenseitig aus dem Weg räumten!

Honigschnauze knöpfte sich den Bürgermeister vor:

»Du bist ein einziges Desaster! Ein Trottel, eine Niete! Du kannst ja noch nicht mal 'ner Fliege was zuleide tun und willst dich mit diesen Typen anlegen! Lass gut sein, das ist was für richtige Männer!«

Dann wandte er sich an die Mörder:

»Lasst erst mal eure Fäuste fliegen und dann die Kugeln, ihr Schlappschwänze!«

Jetzt zögerten die fünf Männer nicht länger. Bevor sie diese Verrückten umbrachten, konnten sie ja wirklich ihre aufgestaute Wut loswerden und ein bisschen Spaß haben. Sie waren wild darauf, diesen unverschämten Aufschneidern eine ordentliche Tracht Prügel zu verpassen.

»Halt! Lasst uns zunächst in Stellung gehen!«, sagte der Meister und versuchte, sich wieder aufrecht zu halten.

Er und Honigschnauze standen nebeneinander, während der Bürgermeister sich feige hinter ihnen versteckte, das Kreuzzeichen schlug und sagte:

»Ihr fangt schon mal an, und ich mach dann den Rest!«

Es war ein äußerst brutaler, völlig ungleicher Kampf. Die fünf Auftragsmörder begannen, auf den Meister und auf Honigschnauze einzuschlagen, warfen sie dann auf den Boden und traten mitleidlos immer wieder auf sie ein.

Als er merkte, dass er an inneren Blutungen zugrunde gehen würde, reiste der Meister im Geiste zurück in die Vergangenheit zu seinen Kindern, umarmte und küsste sie. Sie schienen lebendig und flehten ihn an, nicht davon abzulassen, Träume zu verkaufen, besonders den Traum vom Leben. Aber seine Angreifer malträtierten ihn erbarmungslos weiter. Das Schicksal war besiegelt. Das letzte Kapitel seiner außergewöhnlichen Geschichte neigte sich dem Ende zu.

Am seidenen Faden

Verzweifelt versuchte der Meister, sich zu schützen. Sein Gesicht war blutüberströmt, und in seine geschwollenen Augen lief das Blut aus der gespaltenen Braue, sodass er kaum noch etwas sehen konnte. Sein Brustkorb schmerzte beim Atmen, und aufgrund der schweren Schläge auf den Kopf war er benommen und schwindelig. Er schaute auf und sah, dass Bartholomäus ebenfalls am Boden lag und einen Tritt nach dem anderen einstecken musste. Seine Lippen bluteten. Der Bürgermeister hatte sich wie ein in die Enge getriebenes Tier zusammengekauert und die Hände vors Gesicht geschlagen. Es nutzte nichts; auch er bekam die Schläge zu spüren. Sie schlagen die beiden tot, dachte der Traumhändler, und es ist meine Schuld.

Im Bruchteil einer Sekunde zogen die Gesichter eines jeden seiner Jünger an ihm vorbei. Er liebte sie. Doch gerade als es schien, als würde er aufgeben, ließen diese Bilder – seine Kinder, der verletzte Bartholomäus, die anderen Jünger – sein Gehirn explodieren, und die Empörung stieg in ihm auf wie die Lava in einem Vulkan. Vielleicht musste er sterben, aber nicht, bevor er nicht um sein Leben gekämpft hatte.

In diesem besonderen Augenblick blickten sich der Meister und Bartholomäus an und schöpften neue Kraft. Als der Anführer und einer seiner Handlanger ausholten, um ihnen in den Bauch zu treten, reagierten sie blitzschnell: Sie fassten die Angreifer an den Fußgelenken und schafften es tatsächlich, sie ins Straucheln zu bringen und umzuwerfen.

Dann standen sie auf und gingen in Stellung. Beide waren früher meisterliche Kämpfer gewesen. Der Traumhändler hatte es im Karate bis zum schwarzen Gürtel gebracht, und Honigschnauze war, bevor er dem Alkohol anheimfiel, ein Jiu-Jitsu-Crack gewesen. Nur Bürgermeister war im Nahkampf ein komplettes Desaster. Seine einzige Spezialität bestand darin, Reden zu schwingen.

Sicher, sie hatten sich verpflichtet, in einer gewalttätigen Gesellschaft den Traum der Gewaltlosigkeit zu verkörpern. Doch dies war eine besondere Situation. Es ging um Leben und Tod, um die Entscheidung zwischen Traum und Albtraum. So begannen Milliarden Neuronen in ihren Gehirnen zu feuern, und sie kämpften um ihr Leben.

Mit Füßen und Fäusten fielen sie über ihre Angreifer her. Diese hatten noch nie derart starke und entschlossene Gegner erlebt und bereuten, nicht gleich das Feuer eröffnet zu haben.

Der Anführer versuchte, den Meister im Genick zu treffen, doch dieser wich geschickt aus und verpasste ihm einen Hieb gegen die Brust. Der kleine Chinese begriff langsam, dass der Stadtstreicher der bessere Kämpfer war. Die Angreifer verloren mehr und mehr an Terrain. Zwei von ihnen waren schon halb bewusstlos.

In der Hitze des Gefechts gelang es dem Bürgermeister, sich die Waffen zu schnappen und über eine Mauer zu werfen. Er hatte viel zu viel Angst vor Waffen, um auch nur einen Gedanken darauf zu verschwenden, sie den Kriminellen unter die Nase zu halten. Als der Anführer sah, wie er die Waffen wegwarf, schlug er ihm ins Gesicht. Darauf eilte Honigschnauze seinem Freund zu Hilfe, der ihm zurief:

»Lass die Muskeln spielen, Kumpel! Verpass ihm eine Abreibung, die er nie wieder vergisst!«

Der Meister wollte Bartholomäus beistehen, erntete aber von einem der Helfershelfer einen Hieb ins Kreuz, worauf er einen Moment lang den Fäusten des Chinesen, die auf ihn einprasselten, wehrlos ausgesetzt war. Doch dann gewann er erneut die Oberhand, und sein Gegner fragte sich verwundert, wo der andere so zu kämpfen gelernt hatte und wie er sich überhaupt noch auf den Füßen halten konnte.

Als Bürgermeister sah, dass seine Freunde auf dem besten Weg waren, den Kampf zu gewinnen, ließ er sich auf eine Bank fallen und feuerte sie an: »Verpass ihm eine! Ja, gib's ihm! Mach ihn fertig!«

Der dritte Angreifer ging zu Boden. Nun kämpften sie Mann gegen Mann, Honigschnauze gegen den schwarzen Muskelprotz und der Meister gegen den wendigen Chinesen. Plötzlich drehte dieser ihm den Rücken zu, um sich wütend auf den brüllenden Bürgermeister zu stürzen. Dieser konnte gerade noch die Flucht ergreifen, wobei er dem Traumhändler zurief:

»Los! Auf ihn mit Gebrüll!«

Der Traumhändler nutzte nun aber nicht etwa die Gelegenheit, um hinterrücks anzugreifen. Der Fairness halber tippte er dem Chinesen zunächst auf die Schulter und entfaltete dann seine ganze Geschicklichkeit. Behände wich er den Boxhieben aus, um seinen Gegner plötzlich mit einem Schlag in die Magengrube und einem weiteren ins Gesicht zu überraschen. Dieser fiel zu Boden, worauf der Traumhändler sich auf ihn stürzte. Mit weit aufgerissenen Augen erwartete der Chinese den Todesstoß, doch der Meister, der seine Faust schon erhoben hatte, hielt inne.

Dann ließ er ab, um Honigschnauze beizustehen. In diesem Augenblick waren die Sirenen von Streifenwagen zu hören, die nur noch drei Blocks entfernt schienen.

Voller Panik halfen sich die Angreifer, so gut es ging, gegenseitig auf die Füße, bildeten dann eine Räuberleiter, um über die Mauer zu springen, und liefen wie räudige Hunde davon. Unsere drei Freunde sahen ihnen nach, wobei sich einer auf den anderen stützen musste.

Die Polizei kam nie an. Sie war offensichtlich auf dem Weg zu einem anderen Einsatz gewesen.

Honigschnauze, der trotz seiner Verletzungen den Humor nicht verloren hatte, wiederholte die Frage, die er auch gestellt hatte, nachdem sie vom Zerstörer verprügelt worden waren:

»Hey, Bürgermeister! Leben wir noch oder sind wir im Himmel?«

»Ob wir im Himmel sind, weiß ich nicht, jedenfalls sind wir gerade der Hölle entronnen!«, antwortete dieser.

Der Bürgermeister war weit weniger verletzt als die beiden anderen, doch da er zwischen ihnen stand, nutzte er die Gelegenheit, um sich mit seinem erheblichen Körperumfang auf sie zu stützen.

Nun wandte Honigschnauze sich an den Meister:

»Chef, du hast sie fertiggemacht wie Karate-Kid! Woher hast du das?«

»Von hier und da«, antwortete der Traumhändler vage. »Aber ich bin nicht mehr in Form. Und wo hast du kämpfen gelernt?«

»Zuerst im Waisenhaus, dort hatte ich Unterricht bei einem Japaner, der da Freiwilligendienst tat. Danach war ich in einer Jiu-Jitsu-Schule. Aber das war alles, bevor ich zu trinken anfing und in der Gosse landete.«

Der Bürgermeister, der nicht hintanstehen wollte, begann zu prahlen:

»Und ich war Boxlehrer, Meister! Aber ich bin beleidigt!«

»Warum, Barnabas?«

»Honigschnauze hat immer vor mir gestanden und die Banditen beschützt! Wenn er mich gelassen hätte, hätte ich sie zu Brei geschlagen!«

Dann winselte er plötzlich:

»Aua! Aua! Die haben mir in den Bauch getreten!«

Honigschnauze erwiderte:

»Du elender Angeber! Wolltest du wirklich, dass dieser flinke Chinese dich zu fassen kriegt? Der hätte dein Gedärm zu Wurst verarbeitet!«

»Ha! Hast du nicht gesehen, was ich mit dem gemacht habe? Ich hab mich auf dem Absatz einmal um mich selbst gedreht und ihm gehörig in die Fresse gehauen! Der findet bestimmt nicht mehr den Weg zurück nach Hause!«, plusterte sich Barnabas auf.

»Und wenn unser Straßenpolitiker erst mal die Wahlen gewinnt, dann flüchten alle Terroristen freiwillig in die Hölle!«, machte Honigschnauze sich über Barnabas lustig und brach in Gelächter aus.

Worauf dieser sich empört beim Traumhändler beschwerte:

»Meister! Sag dem Hohlkopf, dass der Neid die Seele frisst!«

Obwohl schwer verletzt, fuhren sie fort, sich gegenseitig hochzunehmen, zu frotzeln und ihre Scherze zu treiben. Dabei schleppten sie sich auf den Heimweg.

Seit es den *Homo sapiens* gibt, wird sein rationales Denken durch große Schmerzen blockiert. Doch unsere beiden Maulhelden nutzten das Lachen, um diese Blockade zu lösen. Sie lebten zwar am Rande der Gesellschaft und waren wirklich äußerst schwer zu ertragen, machten aber aus dem Leben ein großes Spektakel und spotteten über die eigenen Schwächen.

Als wir anderen nun plötzlich sahen, wie in der Ferne drei Gestalten auf uns zuwankten, die sich als der Meister, Bartholomäus und Barnabas entpuppten, fielen wir uns jubelnd in die Arme. Wir konnten kaum glauben, dass sie noch lebten! Doch als sie näher kamen, waren wir tief erschüttert. Ihre Gesichter waren blutüberströmt und angeschwollen; sie konnten sich kaum auf den Beinen halten und waren übel zugerichtet, besonders der Meister. Wir mussten sie schnellstens ins nächste Krankenhaus bringen!

Der Bürgermeister musste zwar gestützt werden, aber seine Zunge schien noch intakt, denn sobald er in Hörweite war, spuckte er große Töne:

»Leute, ich hab sie grün und blau geschlagen! Ich hab sie so verdroschen, dass sie sich in die Hose gepinkelt haben!«

Und um seine Schlagkraft zu verdeutlichen, hob er plötzlich die Faust und traf Bartholomäus versehentlich am Kinn, sodass dieser zu Boden ging.

»Mein Gott! Ich hab Honigschnauze umgelegt!«

Wir stürzten erschrocken hinzu. Bartholomäus war ohnmächtig geworden. Mit vereinten Kräften hoben wir ihn hoch und trugen ihn mühsam bis zu einer Stelle, an der eine kleine Brise wehte, damit er Luft bekam.

Später erfuhren wir, dass der Gauner nur vorgetäuscht hatte, bewusstlos zu sein, um getragen zu werden. So ist das Leben! In jedem Helden steckt auch ein Halunke!

Gefährliche Gefolgschaft

Es war lebensgefährlich geworden, dem Meister zu folgen. Wir zermarterten uns unentwegt das Gehirn darüber, warum jemand den Meister umbringen wollte. Aus Rache? Aber was hatte er getan? Sollte ein Zeuge beseitigt werden? Was hatte denn ein derart machtloser Mann schon zu verbergen? Er prangerte die irrsinnigen Seiten des Systems an, nannte jedoch nie irgendwelche Namen. Wurde er für einen Umstürzler, eine gesellschaftliche Bedrohung gehalten? Aber warum zerrten sie ihn dann nicht einfach vor den Kadi?

Diese und weitere Fragen schwirrten uns im Kopf herum und spannten uns auf die Folter. Wir waren Wanderer auf dem ungewissen Grund der Vermutungen statt auf dem festen Grund der Gewissheiten. Weder kannten wir die genaue Identität des Mannes, dem wir folgten, noch hatten wir irgendeine Ahnung von den Kräften, die sich gegen ihn verschworen hatten. An den folgenden Tagen entwickelte ich einen regelrechten Verfolgungswahn. In jedem noch so warmherzigen Unbekannten wähnte ich einen potenziellen Mörder.

Bartholomäus und Barnabas war langsam klar geworden, dass es nicht immer belustigte, in Gesellschaft des Traumhändlers zu sein. Auf unserer Wanderschaft waren inzwischen drei Pfade aus dem Nebel aufgetaucht: Entweder erwartete uns die Chance, uns im Erfolg seiner glänzenden Gedanken zu sonnen, oder die Gefahr, für die Radikalität, mit welcher er sie verteidigte, verlacht oder aber sogar angegriffen und womöglich ermordet zu werden. Ihm zu folgen war zu einem nicht nur faszinierenden, sondern auch äußerst riskanten Unterfangen geworden.

Da der Meister um unsere Sicherheit fürchtete, forderte er uns zum wiederholten Male auf, ihn zu verlassen, doch keiner von uns wollte davon etwas wissen. Aber wie lange würden wir die Fackel noch tragen können?

Wir waren weder eine Sekte noch eine Geheimgesellschaft, und erst recht fesselte uns kein Blutschwur aneinander. Wir waren frei, zu gehen, wann es uns beliebte. Doch unsere Freundschaft war von einer poetischen Liebe durchdrungen.

Wir waren Weggefährten, die sich einen Pfad in die eigene Psyche bahnten, die lernten, über die Geheimnisse der Existenz zu sprechen und die Neurose der Macht zu hinterfragen. Wir waren Träumer, die den Traum einer befreiten Emotionalität träumten und weitergeben wollten, auch wenn sich unser Geist oft gefangen fühlte.

Dem Zerstörer war es peinlich, dass er Bartholomäus und Barnabas nicht zur Seite gestanden hatte, als sie ihn am dringendsten gebraucht hätten. Wieder einmal hatte der Selbsterhaltungstrieb über die Solidarität gesiegt. Aber die beiden machten ihm keine Vorwürfe. Sie hatten gelernt, sich zu schenken, ohne etwas zurückzuerwarten. Diesen Traum hatte ich noch lange nicht gekauft, diese Lektion noch lange nicht gelernt. Ich hatte immer viel erwartet, aber wenig bekommen, und war ernsthaft erkrankt.

Von allen dreien war der Traumhändler am schlimmsten zugerichtet. Ihn hatten sie umbringen wollen, er war am brutalsten angegriffen worden. In seiner linken Augenbraue klaffte ein breiter Spalt, und seine Lippen waren völlig zerschunden.

Aufgrund des hohen Blutverlusts, den er erlitten hatte, und möglicher Entzündungen oder Knochenbrüche brachten wir ihn in das nächstgelegene Krankenhaus, das weitläufige Mellon-Lincoln-Hospital. Es war die luxuriöseste und am besten ausgestattete Privatklinik der Stadt, in der jedoch in einem Flügel auch Mittellose kostenlos behandelt wurden.

Gerade dieses Krankenhaus betrat ich höchst ungern, denn es war nach dem Vater eines der mächtigsten Männer des Landes benannt, dem ich zwar nie persönlich begegnet bin, dessen Einfluss ich aber im Hörsaal immer wieder angeprangert hatte. Er war ein millionenschwerer Unternehmer, dessen Fangarme sich auch auf die Universität erstreckten, an welcher ich Professor gewesen war. Doch seine Macht gehörte der Vergangenheit an. Sein Vater, Mellon Lincoln, war tot, und der Sohn auch. Sie selbst waren gegangen, aber ihre Namen geblieben.

Am Eingang des prunkvollen Spitals lief der Meister, dem immer noch etwas schwindelig war, geradewegs in zwei elegant gekleidete Herren hinein – den Direktor des Krankenhauses und seinen Finanzchef, wie sich später herausstellte. Der Direktor reagierte voller Abscheu, als er sah, dass ein sichtlich lädierter Bettler ihn angerempelt hatte. Er klopfte sich den Staub von seinem Valentino-Blazer, und als er darauf einen Blutfleck erblickte, riss er ihn sich hektisch vom Leib und warf ihn einer Reinigungskraft, die in der Nähe arbeitete, mit den Worten zu:

»Verbrennen Sie ihn!«

Die Frau, offenbar eine neue Mitarbeiterin, fragte verunsichert:

»Wer sind Sie denn?«

Voller Arroganz antwortete er:

»Wie, Sie kennen mich nicht? Ich bin der Direktor dieses Krankenhauses!«

Genau in diesem Augenblick kreuzte sich sein Blick mit dem des Meisters, und er erstarrte. Sekundenlang blieben seine Augen an dem Mann hängen, mit dem er zusammengestoßen war. Er musterte dessen zerbeultes Jackett, an dem drei Knöpfe fehlten, und das mit Blutflecken übersäte Oberhemd mit dem halb ausgerissenen Kragen. Der Meister kam ihm wie ein Phantom vor und dies nicht nur wegen seiner Verletzungen und der fleckigen Kleidung. Zögernd wandte er sich ihm zu:

»Ich glaube, ich kenne Sie!«

»Wie können Sie mich kennen, wenn nicht einmal ich selbst mich kenne?«, erwiderte der Meister ohne Umschweife.

»Ah, jetzt erinnere ich mich! Sie ähneln einem bedeutenden Mann, den ich kannte.«

»Jeder Mensch ist bedeutend.«

Der Direktor musterte den Meister von oben bis unten, registrierte seine Verletzungen und sagte mitleidlos:

»Er war genauso dreist wie Sie. Aber glücklicherweise ist er tot.«

»Es gibt auch unter den Lebenden viele Tote«, erwiderte der Meister.

Erst jetzt fragte der Krankenhausleiter mit überheblicher Miene den Meister nach seinem Namen.

Dieser antwortete nicht sofort. Dann schöpfte er tief Luft und sagte:

»Ich bin nur ein kleiner Traumhändler.«

Der Direktor fand diese Antwort äußerst merkwürdig.

Dann sah er die verletzten Bartholomäus und Barnabas, ließ seinen Blick über den ganzen Rest des Grüppchens schweifen und sagte:

»Die Psychiatrie ist geradeaus und dann links, die Station für Bettler hinten rechts.«

Der Bürgermeister streckte seine Hand aus, um sich zu bedanken. Er hatte die Arroganz des Krankenhausdirektors nicht bemerkt. Doch dieser drehte ihm den Rücken zu und entfernte sich ohne die mindeste Äußerung von Mitgefühl. Für diesen Mann, der das namhafteste Krankenhaus der Stadt leitete, waren wir offensichtlich keine Menschen, sondern Tiere, um die sich mitleidige Veterinäre kümmern sollten.

Der Meister hatte uns immer wieder gesagt, dass die meisten Menschen nicht das Format haben, um mit Macht richtig umzugehen. Der Direktor des Mellon-Lincoln-Hospitals gehörte dazu. Er war zu einer Art Gott geworden. Als er sich etwa zehn Schritte von uns entfernt hatte, rief ihn der Traumhändler plötzlich beim Namen:

»Lúcio Lobbo!«

Der Gerufene wandte sich um und riss entsetzt die Augen auf, als befände er sich in einem Horrorfilm.

Der Meister wiederholte seinen Namen und gab ihm einen Rat:

»Lúcio Lobbo, Bescheidenheit ist das unerschütterliche Fundament der Weisen und Stolz der brüchige Sockel der Schwachen.«

Verzweifelt beschleunigte der Direktor nun seinen Schritt, und da er dabei immer noch zurückschaute, stieß er so heftig gegen einen Wagen mit Medikamenten und medizinischen Gerätschaften, dass alles zu Boden ging. Der große Mann rappelte sich wieder auf und flüchtete noch schneller, als müsste er sich vor einer Bombe in Sicherheit bringen, ehe sie explodierte.

Sein Finanzdirektor fragte verwirrt:

»Was ist denn los?«

»Nichts. Lass uns hier verschwinden. Ich glaube, ich habe Visionen.«

Keiner der Jünger verstand die Bedeutung dieses Augenblicks. »Wieso kennt der Meister den Namen des Krankenhausleiters?«, fragte ich mich und dachte dann: Na klar, er ist ja ein aufmerksamer Beobachter und wird den Namen auf dem Namensschild gelesen haben. Ich hatte allerdings gar kein Namensschild gesehen! Okay, dann hatte er den Namen bestimmt in einer der alten Zeitungen gelesen, die er aus dem Müll fischte und auf unserem Nachtlager unter der Brücke bei Kerzenlicht verschlang.

Mir blieben Zweifel, doch da ich mir auch um den Zustand von Bartholomäus und Barnabas Sorgen machte, wischte ich sie beiseite, um Hilfe zu suchen.

Zwei Stunden mussten wir warten, bis sich endlich ein Arzt der beiden annahm – ohne die geringste Spur von menschlicher Anteilnahme, Freundlichkeit oder Nächstenliebe. Sie wurden behandelt wie Asoziale, die aus Dankbarkeit für kostenlose Pflege auf die Knie zu fallen hatten. Kein einziges Wort des Trostes; noch nicht einmal für die Frage nach der Ursache der Verletzungen war Zeit. Der Arzt schien der Ansicht zu sein, dass es sich um Schlägertypen handelte, die nun die Folgen ihrer Aggressivität zu spüren bekommen hatten. Glücklicherweise war die Krankenschwester etwas einfühlsamer.

Nachdem er den Meister untersucht und seine Wunden genäht hatte, noch bevor die Betäubung ihre Wirkung vollständig entfaltet hatte, begann der Arzt, den Oberkörper von Bartholomäus in Augenschein zu nehmen. Er war offensichtlich voller Ungeduld, so als täte er ihm äußerst widerwillig den größten Gefallen aller Zeiten. Für die Behandlung der mittellosen Patienten verdienten die Ärzte dieses Krankenhauses weit weniger Geld als für die Behandlung von Privat- und Kassenpatienten. Angesichts dieses Mangels an Einfühlungsvermögen bemerkte der Meister:

»Warum so ungeduldig? Sie haben es mit einem faszinierenden Menschen zu tun!«

»Genau! Ich bin ein Star!«, scherzte Honigschnauze.

Der Arzt reagierte gereizt auf die subtile Kritik des Meisters und ging zum Angriff über:

»Was nehmen Sie sich gegenüber einem Arzt heraus, Sie Landstreicher!« Dann flüsterte er der Krankenschwester zu:

»Ich kann diese Schmarotzer nicht leiden. Sie haben kein Geld und glauben, sie könnten das Maul aufreißen.«

»Sie sind doch Arzt und haben sicher auch Psychologie studiert. Warum verhalten Sie sich dann so, als hätten Sie davon noch nie gehört?«, fragte der Meister.

Das wollte der Arzt nicht auf sich sitzen lassen:

»Also hör mal gut zu, du Schmarotzer! Ihr seid eine Last für die Gesellschaft und eine Last für dieses Krankenhaus!«

»Hat der Krankenhausgründer Mellon Lincoln es versäumt, ausreichende Bedingungen dafür zu schaffen, dass die Ärzte die Armen mit derselben Sorgfalt behandeln wie die Reichen? Dieser Mann hat an vielen Stellen versagt. Meiner Ansicht nach war er seiner Macht nicht würdig.«

»Wie bitte? Was erlauben Sie sich? Schauen Sie sich doch selbst mal an!«

Der Arzt lachte sarkastisch auf und schob sie aus dem Behandlungszimmer, nachdem er ihnen einen Zettel in die Hand gedrückt hatte, mit welchem er sie an die Psychiatrie verwies.

»Endlich kann ich meine Verwandten wieder besuchen!«, rief Bartholomäus ironisch. Er hatte schon mehrere fruchtlose psychiatrische Behandlungen hinter sich gebracht.

Hinterrücks raunte die Krankenschwester dem Arzt zu:

»Herr Doktor! Das ist der Mann, der die Stadt in Aufruhr versetzt hat!«

»Der ist das?! Ich glaub' es nicht! Gerade kürzlich haben wir über ihn gesprochen. Warum haben Sie mir das nicht früher gesagt?«

Offenbar spürte er, dass er die Chance verpasst hatte, einen Blick in die Gedankenwelt eines Revolutionärs zu werfen. Er hatte sich die Gelegenheit entgehen lassen, Träume zu kaufen. Stattdessen steckte er weiter im Schlamm seiner engstirnigen Weltsicht fest.

Zehn Minuten, um ein Leben auszulöschen

Auf dem Weg nach draußen durchquerten wir wieder die Eingangshalle des Krankenhauses, als uns plötzlich zwei weiß gekleidete Herren mit Stethoskopen um den Hals ansprachen. Sie fragten außerordentlich höflich, ob wir gut behandelt worden wären, und baten für eventuelle Missverständnisse um Nachsicht. Dann begannen sie unvermittelt, den Traumhändler in der Lendengegend und an der Brust abzuhorchen, um anschließend mit aller Entschiedenheit zu verkünden, dass er weiter behandelt werden müsse. Sie untersuchten auch Bartholomäus und den Bürgermeister, bei denen aber anscheinend alles in Ordnung war.

Wir sollten ihnen folgen. Dem Meister gefiel das nicht, doch Monika und Jurema baten ihn inständig, sich weiter untersuchen zu lassen. Trotzdem hielt er an seinem Entschluss fest, das Krankenhaus zu verlassen, als unser Vielfraß einwarf:

»Ich bin so schwach! Wenn ich nicht sofort was zu essen bekomm, fall ich um!«

Und er begann hin und her zu schwanken, als könnte er sich nicht mehr auf den Beinen halten.

»Selbstverständlich, mein Herr! Für Sie und für alle anderen steht schon eine Mahlzeit bereit!«, sagten die beiden mit ausnehmender Freundlichkeit.

»Wir müssen uns um deine Gesundheit kümmern!«, sagte der Bürgermeister, worauf er den Traumhändler mit Bartholomäus' Hilfe in die für die neuerlichen Untersuchungen und die Mahlzeit angegebene Richtung schob.

Während sich nun die beiden zusammen mit dem Zerstörer und dem Wunderheiler zum Essen begaben, zogen Monika, Jurema und ich es vor, dem Meister weiterhin nicht von der Seite zu weichen.

Er wurde nochmals untersucht, und einer der Ärzte sagte, er müsste an den Tropf und wir sollten bitte vor der Tür warten. Ich weigerte mich, doch Monika und Jurema setzten sich nach draußen. Dann wurde dem Meister ein Schlauch in die Vene geführt und der Inhalt mehrerer Ampullen, angeblich Glukose und Antibiotika, in die Tropflösung gegeben. Anschließend wurde ich darüber informiert, dass der Patient für kurze Zeit einschlafen würde und sie in etwa zehn Minuten zurückkämen.

Nachdem sie den Raum verlassen hatten, durchwühlte ich misstrauisch den Mülleimer. Was genau hatten sie in die Tropflösung gekippt? Erstaunt las ich auf den Ampullen, dass sie Fentanyl enthalten hatten. Ein Betäubungsmittel? Ich schreckte hoch, und kalte Schauer liefen mir über den Rücken. Das konnte nicht sein! Ich war zwar kein Arzt, aber mir war plötzlich klar, dass der Meister in wenigen Minuten tot sein würde. Dieser war glücklicherweise misstrauisch genug gewesen, um sofort, nachdem die Ärzte gegangen waren, die Tropfzufuhr abzuklemmen!

Ich zog ihm den Schlauch aus der Vene, informierte Monika und Jurema, und gemeinsam hasteten wir Richtung Ausgang. Während die beiden Frauen sich noch darum kümmerten, auch Bartholomäus, Barnabas und die anderen mitzunehmen, verließen der Meister und ich bereits eilig das Krankenhaus.

Auf der Straße blickte er sich noch einmal um. Traurig schaute er auf Mauern zurück, die genauso kalt waren wie die Menschen, die hinter ihnen arbeiteten. In diesem Krankenhaus hatte das Geld nach und nach die Herrschaft übernommen und war wichtiger geworden als das Leben.

Nun begaben wir uns alle in unseren alten Unterschlupf unter dem Kennedy-Viadukt. Jurema wollte den Meister zwar unbedingt zu sich nach Hause nehmen, doch er schlug die Einladung aus, da er weitere Gefahren auf sich zukommen sah, denen er weder sie noch uns aussetzen wollte. Er bat stattdessen Bartholomäus und Barnabas, mit Jurema zu gehen, doch die beiden wollten ihn nicht allein lassen. Also kauften Jurema und Monika Verbandszeug und Medikamente und kümmerten sich um den Meister, bis es Abend wurde.

Bevor sie und der Zerstörer nach Hause gingen, versammelte der Meister uns um sich. Er sah bestürzt und niedergeschlagen aus. Der Augenblick war gekommen, uns zu sagen, was in ihm rumorte, auch wenn es uns vielleicht in Angst versetzen würde.

»Ihr seid für mich ein Quell der Freude gewesen. Ihr habt mich, jeder auf seine Weise, gelehrt, dass es sich lohnt, in die Menschen zu investieren. Doch jetzt ist der Moment gekommen, da wir uns trennen müssen.«

»Was sagst du da?«, fragte Jurema. »Wir sind eine Familie!«

»Liebe Jurema, wir können nicht gemeinsam weiterreisen. Ihr seid mir viel zu wichtig, als dass ich euch einem Risiko aussetzen würde. Ich weiß nicht, wie lange ich noch leben werde. Bitte besteht nicht darauf! Jeder von uns muss seinen eigenen Weg gehen!«

»Aber Meister!«, sagte Monika mit Tränen in den Augen. »Wenn wir hier in Gefahr sind, können wir gleich in eine andere Stadt gehen oder einen anderen Bundesstaat oder sogar ein anderes Land!«

»Meine Feinde sind mächtig. Sie werden mich bis ans Ende der Welt verfolgen.«

Als ich das hörte, konnte ich nicht länger an mich halten:

»Meister, ich weiß, dass du nie von uns verlangt hast, über unsere Vergangenheit zu sprechen, sofern wir es nicht spontan taten. Bitte verzeih mir also, wenn ich dir zu nahe trete. Wer sind diese Feinde, die dich töten wollen?«

Meine Stimme war belegt; der Gedanke daran, dass unser faszinierendes Experiment zu Ende gehen und ich mich von meinen Freunden trennen sollte, machte mich tieftraurig.

Er sah mich an und bat um Verzeihung dafür, dass er keine Einzelheiten aus seiner Vergangenheit preisgeben konnte.

»Jeder, der meine Geheimnisse kennt, ist in Gefahr. Aus Liebe zu euch kann ich bestimmte Dinge nicht verraten.«

Er machte eine Pause und zeigte uns seine Brust und seinen Rücken, die mit riesigen Narben übersät waren. Dann erzählte er uns das, was möglich war:

»Diese Narben stammen von einem Brand, der gelegt worden ist, als sie zum ersten Mal versucht haben, mich zu töten. Fast hätten sie es auch geschafft. Es wurde ein verkohlter Körper gefunden, der jedoch nicht meiner war, sondern einem guten Mann ohne Familie gehörte, der wie wir auf der Straße gelebt hatte. Ich hatte ihn als Gärtner angestellt. Wie oft habe ich mich mit ihm unterhalten, habe von seinen Traumata und Schmerzen erfahren und er von meinen. Aus Dankbarkeit hatte ich ihm einen Ring mit dem Abbild zweier Kinder geschenkt, die mich an meine Kinder erinnerten. Eines Tages gab es plötzlich eine Explosion, gerade als wir uns wieder einmal unterhielten. In Windeseile stand das gesamte Haus in Flammen, und mein Freund starb. Dann wurde sein verkohlter Körper für meinen gehalten, und meine Feinde gaben so lange Ruhe, wie sie nicht wussten, dass ich noch lebe.«

»Warum wollen sie dich umbringen?«, wiederholte Dimas.

Der Meister zögerte. Er wollte, dass wir ihn liebten für das, was er war, und nicht für das, was er besaß. Er wollte, dass wir Träume verkauften, weil dies das größte menschliche Projekt aller Zeiten war, und nicht, weil wir einem großen Mann folgten. So antwortete er nur:

»Geld zieht Feinde an und vertreibt wahre Freunde. Ich habe nichts, und ihr besteht darauf, zu bleiben. Ich bin dem Tode nah, und ihr verlasst mich nicht. Ihr seid meine wahren Freunde!«

»Ja, und deshalb darfst du uns nicht wegschicken!«, sagte der Bürgermeister mit bewegter Stimme.

Am folgenden Tag prangten auf den Titelseiten aller großen Zeitungen Schlagzeilen mit der Aussage, dass der freundliche, ruhige Mann, der sich als Traumhändler bezeichnete und die Grausamkeiten des Systems anprangerte, nun selbst seine aggressive Seite gezeigt hätte. Ohne die Tatsachen zu kennen, verzerrten sie das Bild des Meisters, doch da dieser sich nicht von der öffentlichen Meinung beeindrucken ließ, führte er seinen Weg durch die Stadt fort wie zuvor.

Auch an diesem Abend verabschiedeten wir uns von Jurema, Monika und dem Zerstörer, bevor wir uns unter der Brücke schlafen legten. Spannung lag in der Luft, und wir wälzten uns unruhig hin und her. Es regnete in Strömen, und unsere Wolldecken wärmten nicht richtig. Ich zitterte und fragte mich, ob vor Kälte oder vor Angst …

Ab und zu schreckten wir hoch, und Honigschnauze, dem alle Knochen wehtaten, boxte im Schlaf um sich.

Der Bürgermeister wachte mitten in der Nacht auf und verschwand, um dann erst gegen zwei Uhr morgens, abgefüllt mit Wodka, zurückzukommen. Es war sein erster Rückfall, seit er dem Meister folgte. Betrunken, wie er war, hob er wieder einmal zu einer seiner Reden an:

»In dieser glorreichen Nacht verspreche ich euch, dass ich euch zur Hölle jage, wenn ihr mir nicht eure Stimme gebt.«

Glücklicherweise war er so müde, dass er zu seinem Lager wankte, wobei er jedoch über meine Matratze stolperte, umfiel und mir seinen stinkenden Fuß ins Gesicht stieß. Ich hätte ihm vor Wut am liebsten den großen Zeh abgebissen!

»Hey, Superego! Hast wohl Hunger, was?«, lallte er, weil er meine trüben Absichten ahnte.

Es war besser, seine Redseligkeit nicht weiter anzufachen. Er war in der Lage, die ganze Nacht zu predigen. So sagte ich lieber nichts mehr, und eine halbe Stunde später schnarchte er wie ein Walross.

Ich war froh, als uns endlich die Sonne ins Gesicht schien und die Spatzen und Turteltauben zwitscherten, als hätte es in der Nacht kein Unwetter gegeben. Mir ging durch den Kopf, dass wir die einzige Spezies sind, die denken kann, was zwar ein Privileg, aber auch eine Falle ist.

Der Meister saß auf seiner durchgelegenen Matratze. Inspiriert vom Gesang der Vögel und dem Sonnenlicht, hob er trotz seiner Verletzungen und der Lebensgefahr, in der er schwebte, zu einem Liedchen an:

Ich dachte, ich sei unschlagbar.
Doch tief im Herzen
schwand mein Heroismus,
und mein Selbstvertrauen ist erschüttert.
Nun aber, da ich mich entdeckt habe,
werde ich nicht verzweifeln.
Bis der Tod mich aufspürt,
will ich wie ein Vogel
jedem Tag seine schönste Melodie entlocken.

Dimas zog seine Mundharmonika aus der Tasche und begann, dazu zu spielen. Es war ein Hauskonzert, gleich am frühen Morgen! Wir wussten, dass wir sterben würden, und wollten in diesem so kurzen Leben jedem Tag seine schönste Melodie entlocken. Die Angst konnte uns nicht vom Feiern abhalten!

Wir brachen hungrig auf und trafen bald wieder auf Monika, Jurema und andere, die uns folgten. Sofort lehrten wir sie unser neues Lied. Es war immer noch erst sieben Uhr früh und ein bezaubernder Morgen. Nach einer Stunde Fußmarsch blieben wir vor einer Bäckerei stehen. Sie gehörte dem siebzigjährigen Portugiesen Gutemberg, der nichts mehr fürchtete als Kunden, die bei ihm frühstückten und dann nicht bezahlen konnten.

»Bester Herr Gutemberg, guter Mann!«, versuchte Bartholomäus, ihm Honig um den Bart zu schmieren. »Sie haben das Privileg, den Hunger dieser bemerkenswerten Schar zu stillen!«

»Mann des Brotes und der Kuchen! Wenn erst mal ich diese Nation anführe, werden Sie mein Küchenchef!«, fügte der Bürgermeister hinzu.

Der Portugiese zwirbelte mit der Linken seinen Schnurrbart und rieb Daumen und Zeigefinger der Rechten aneinander als Zeichen, dass er Geld sehen wollte. Der Bürgermeister machte einen weiteren Vorstoß und erhöhte sein Gebot:

»Dann mache ich Sie zu meinem Industrieminister!«

Herr Gutemberg machte weiter das Zeichen für Geld.

»Und was halten Sie davon, mein Wirtschaftsminister zu werden?«

Auch das brachte ihm noch kein Brötchen ein, sodass er appellierte:

»Investieren Sie in diesen Mann der Zukunft!«

Dabei klopfte er sich auf die Brust wie der durchgeknallteste Politiker, den ich je gesehen hatte.

Wir begannen, ein paar Münzen zusammenzulegen, um unser Frühstück zu bezahlen. Jurema und andere Frauen, die dem Meister folgten, halfen uns oft dabei aus, das Nötigste zu kaufen, aber der Meister wollte nie, dass sie mehr Geld mit sich trugen als das, was sie selbst an einem Tag benötigten.

Da sich bei Jurema jedoch die ersten Anzeichen von Alzheimer bemerkbar machten, hatte sie ihre Geldbörse zu Hause vergessen, sodass sie nicht einmal für ihre eigene Verpflegung Geld hatte.

Gutemberg war zwar ein Griesgram, doch er hatte uns schon ein Dutzend Male mit den harten Brötchen des Vortages ausgeholfen. Ein einfaches Frühstück mit Milch, Kaffee, Butter und Brot brachte unsere Geschmacksnerven zum Jubeln, insbesondere deshalb, weil wir nicht immer ein angemessenes Abendessen zu uns nahmen. Aber im Gegensatz zu den Wohlhabenden konnten wir uns immerhin noch über unser täglich Brot freuen!

Am Vorabend dieses Tages hatten wir die Spaghettireste eines italienischen Restaurants gegessen, die sonst im Müll gelandet wären. Edson, der Wunderheiler, hatte den Koch angefleht und eine Portion eher unappetitlicher, kalter Spaghetti abgestaubt, die viel zu klein war, um unser aller Hunger zu stillen. Die Restaurants gewährten Obdachlosen selten ihre Essensreste, da sie fürchteten, vor Gericht gezerrt zu werden, falls einer von ihnen davon krank würde. Das System strafte die Elenden wirklich auf die verschiedenste Art und Weise.

Die schlimmsten Feinde des Menschen

Das kurze Gemeinschaftsgefühl in der Bäckerei von Gutemberg ließ uns die Gefahren vergessen, denen wir gerade entronnen waren. Der Bürgermeister gab sich natürlich nicht mit einem einzigen frischen Brötchen zufrieden, doch glücklicherweise konnte Gutemberg dessen Magen wieder mit alten, hart gewordenen Brötchen beruhigen.

Der Meister war ruhig und konzentriert. Nachdem er sein Frühstück eingenommen hatte, zog er wie immer los, ohne uns sein Ziel zu nennen. Wir beeilten uns, ihm zu folgen, und nach etwa zwanzig Minuten waren wir in einem wunderschönen Park. Farbenfrohe Schmetterlinge flatterten überall umher, und Kolibris umschwirrten die Hibiskusblüten, bevor sie sich auf den Nektar stürzten.

Auch auf dem Campus der Universität, an der ich gearbeitet hatte, gab es einen Park, doch ich hatte mir nie die Zeit genommen, in seine Geheimnisse einzudringen, so als fände das Leben nur im Hörsaal und im Aufenthaltsraum der Dozenten statt. Wo Wissen alles ist, da wuchert die Angst. Gedanken ohne Freude sind wie ein Leben ohne Blumen. Wir schätzten an der Fakultät nur die Vernunft und verachteten die Gefühle. Und wir waren darauf spezialisiert, uns zu streiten. Es gab nur wenige Intellektuelle ohne persönliche Feinde.

Der Mann, der mich gerettet hatte, lehrte mich einfache, aber grundlegende Dinge, ohne die es fast unmöglich ist, nicht in

Depressionen zu versinken. Vernunft und Gefühl gingen bei ihm immer Hand in Hand. Er trainierte uns in der Kunst der Achtsamkeit, sowohl nach innen als auch nach außen. Wir lernten, uns selbst und die Außenwelt zu beobachten und auf der Grundlage von Induktion und Deduktion zu argumentieren. Wir sollten uns zunächst auf die Details konzentrieren, bevor wir uns dem großen Ganzen zuwandten. So übten wir uns darin, unsere Augen wie eine Filmkamera zu gebrauchen und winzige Details festzuhalten, die dem unaufmerksamen Blick entgingen. Wir genossen es, tief in die Lebensgeschichten unserer Mitmenschen einzutauchen. Dabei lebten wir wie im Rausch, denn auch kleine Begebenheiten lösten in uns große Gefühle aus. Nicht wenige Stars, die uns kannten, beneideten uns darum.

In einer Zeit, in der sich die Selbstmordrate insbesondere in den reichen Ländern alle zehn Jahre verdoppelte, waren wir verrückt nach Leben. Jeden Augenblick kosteten wir bis zur Neige aus, denn uns war bewusst, dass ein Jahrhundert in Anbetracht der Ewigkeit nicht mehr als ein Lidschlag ist.

Als wir an jenem Tag den Park betraten, kam ein muslimischer Geistlicher mit einigen seiner Anhänger auf den Meister zu und küsste ihn. Er hatte ihn gesucht, um ihn an diesem Morgen zu hören. Wir waren kaum zwanzig Schritte weiter, als ein orthodoxer Jude, der von ein paar Jungen begleitet wurde, dasselbe tat. Auch eine Gruppe von zwanzig Frauen hatte sich eingefunden, um aus dem Kelch seiner Weisheit zu trinken. Alle wollten sie ihn hören. Und ich fragte mich: Was ist das für ein Mann, der so unterschiedliche Menschen anzieht?

Auf unserem Spaziergang durch den Park lenkte der Meister unsere Aufmerksamkeit auf die Bäume, deren Blätter, sobald sie vertrocknet waren, zu Boden schwebten, wo sie verfaulten und dem Boden als Dünger dienten.

»Unsere Aufgabe als Menschen ist es, Dünger für die Gesellschaft zu sein. Wer nur für sich selbst lebt, hat seine existenzielle Rolle nicht verstanden.«

Der Vormittag war so wunderbar, dass beunruhigende Gedanken darin keinen Platz zu haben schienen. Doch den Traumhändler zu begleiten brachte immer Unvorhersehbares. So verlangsamte er nun seine Schritte und blieb schließlich ganz stehen. Sein Blick war konzentriert zu Boden gesenkt, und jeder fragte sich, was er dort sah. Es stellte sich heraus, dass er voller Entzücken die zierlichen Gräser betrachtete, die zwischen den Betonplatten emporwuchsen, die mit ihren winzigen runden Blättchen dunkelgrüne Buketts bildeten.

Wie konnte ein weiser Mann wie er seine Zeit an Unkraut verschwenden, dem auch ein Gärtner höchstens Aufmerksamkeit schenken würde, um es zu entfernen? Warum nutzte er die Anwesenheit des Publikums nicht, um eine Rede zu halten? Ich fand, dass er seine Intelligenz verschwendete. Doch er scherte sich nicht um die Meinung anderer. Stattdessen kniete er nun nieder und murmelte fast unhörbar:

»Ihr Gräser, was seid ihr tapfer! Ihr sprießt an unwirtlichen Orten, ohne Wasser und fast ohne Erde, und widersteht der Gleichgültigkeit der Passanten. Wie Straßenkinder trotzt ihr allen Widrigkeiten, um zu leben! Ich bewundere und preise euch!«

Seine Worte gingen von Mund zu Mund, und die Leute staunten. Wenn Selbstgespräche ein Zeichen von Geisteskrankheit sind, dann war der Meister auf dem Höhepunkt des Wahnsinns angelangt. Die unbedeutendsten Naturphänomene regten ihn zu tiefster Versenkung an, und er kommunizierte mit Gräsern! Er merkte, dass wir ihn beobachteten, erhob sich und sagte unvermittelt:

»Du kannst mit der Welt im Krieg liegen, aber nicht mit dir selbst. Den Kampf gegen äußere Feinde kannst du gewinnen, aber den Kampf gegen dich selbst überlebst du nicht! Du musst in die Tiefen deiner Seele hinabsteigen und dir selbst ins Auge sehen!«

›Von was für einem Krieg spricht er bloß?‹, fragte ich mich, und Honigschnauze konnte sich mal wieder nicht zurückhalten:

»Also ich bin ein Mann des Friedens, Chef! Ich habe keine Feinde.«

»Ich wünschte, es wäre so, Bartholomäus! Aber auch die gesündesten Menschen kommen nicht ohne Feindbilder aus. Und unsere schlimmsten Gegner sind diejenigen, die wir nicht sehen oder deren Existenz wir nicht zugeben wollen.«

Unser fetter Bürgermeister beteuerte ebenfalls, keine Feinde zu haben. Er hatte bereits vergessen, dass er in der Nacht zuvor einen Kampf gegen seine inneren Ungeheuer geführt hatte.

»Großer Meister, ich bin ein Ver…, ein Ver…« Er kam nicht auf den Begriff und schimpfte: »Raus mit dir, du freches Wort!« Und versuchte es noch einmal, diesmal mit Erfolg: »Ich bin ein Versöhner! Der Ärger, den ich habe, beruht einzig und allein auf Intrigen der Opposition.« Dabei blickte er zu mir, als gehörte ich zur Gruppe seiner Gegner.

›Was mache ich hier bei diesen unverbesserlichen Maulhelden?‹, mochte der Meister gedacht haben. Doch anstatt sich aufzuregen, sagte er geduldig:

»Ich spreche von einem Krieg, der niemanden ausnimmt, nicht die Großen und nicht die Kleinen, nicht die Reichen und nicht die Armen; einem Krieg, der den Stars den Glanz, den Intellektuellen die Ruhe, den Frommen den Schlaf stiehlt und der selbst die Mutigsten verängstigt. Er kommt aus dem Schoß der Gesellschaft und tobt in der Gedankenwelt.«

»Der Krieg der Welten?«, fragte Salomon aufgeregt.

»Nein, Salomon. Ich spreche von dem Krieg, der sich hinter einem Lächeln verbirgt, hinter der Kultur, dem Diktat der Mode, hinter karitativen Gesten, dunklen Sonnenbrillen.«

Dann sprach der Traumhändler mit einem Scharfsinn, wie ich ihn noch nie erlebt hatte, von den Rückschlägen, die der Mensch erlitten hat, seit er begann, sein existenzielles Stück auf der geheimnisvollen Bühne der Zeit zu inszenieren:

»Die einen heben Schützengräben aus gegen ihre Ängste, die anderen gegen ein Übermaß an Euphorie. Die einen werden von fixen Ideen heimgesucht, die anderen von morbiden Gedanken. Die einen fürchten sich vor der Zukunft, die anderen vor der Vergangenheit. Die einen kämpfen gegen ihren Sparzwang, die anderen gegen ihre Verschwendungssucht. Die einen quälen sich mit verstörenden mentalen Bildern, die anderen mit beängstigenden Gefühlen. Wer ist wirklich gerüstet, um diesen Krieg ohne Traumata zu überleben?«

›Niemand‹, dachte ich. Auf keinem Kongress, in keiner wissenschaftlichen Abhandlung hatte ich je etwas über diesen subtilen Krieg in der menschlichen Psyche erfahren und darüber, wie man sich rüsten kann, um ihn zu überleben. Es wurden jährlich hunderte Billionen Dollar ausgegeben, um Soldaten für blutige Kriege auszurüsten und zu trainieren, und kein einziger Cent, um den Kampf um Freude, Altruismus, Kreativität und Weisheit zu gewinnen. Ich wusste, dass über siebzig Prozent meiner Studenten unter Angstzuständen litten, doch war das für mich nicht mehr als eine statistische Größe. Die Fachleute verschlossen die Augen vor dieser Epidemie der Angst, und ich stimmte dem Meister mehr und mehr darin zu, dass das Bildungssystem krank war und kranke Menschen für eine kranke Gesellschaft hervorbrachte.

Ich selbst war krank! Ich musste zugeben, dass ich von Sorgen, ungelösten Konflikten, Schuldgefühlen, Eifersucht, neurotischer Kontrollsucht und anderen Dämonen heimgesucht wurde.

Während ich über meinen privaten Krieg nachdachte, sprach der Meister über den seinen:

»Heute stehe ich in Lumpen vor euch, doch früher, da war ich ein allseits beneideter Mann, der für unschlagbar gehalten wurde. Alle kannten die Rüstung, die mich umgab, und keiner wusste, dass ich am einzigen Ort, an dem ich hätte sicher sein müssen, schutzlos war. Ich bin besiegt und geschlagen worden. Doch als alle dachten, dass ich mich angesichts meiner unwiederbringlichen Verluste nie wieder würde erheben können, fand ich zu mir selbst und entstieg der Asche. Ich habe die Ungeheuer in den Tiefen meiner Seele nicht zerstört, aber ich will sie zähmen.«

Während die meisten Menschen versuchen, ihre Schwächen zu verbergen, stand der Traumhändler offen zu den seinen. Er prahlte nicht mit seinem Reichtum, seinen akademischen Titeln oder seinem gesellschaftlichen Status. Er erwähnte nur das von sich, was wirklich wichtig war.

Dieser philosophische Prophet schockierte uns nun mit folgenden Worten:

»Ich habe euch immer gesagt, dass nur die Schwachen angreifen, während die Starken versöhnlich sind, nur die Schwachen intolerant, die Starken aber nachsichtig sind. Doch jetzt bitte ich euch, gegenüber euren seelischen Ungeheuern nicht nachsichtig zu sein, sondern mit ganzer Kraft alles zu bekämpfen, was euren Geist beunruhigt. Entweder beherrscht ihr eure Sorgen oder sie beherrschen euch. Entweder zähmt ihr eure Schuldgefühle oder sie versklaven euch. Schreit, wütet gegen negatives Denken, fixe Ideen, Entfremdung und innere Zwänge. Und teilt eure Kämpfe mit euren Freunden. Es gibt keine Giganten. Wenn ihr nicht siegt, so sucht nach professioneller Hilfe. Die Existenz ist zu wertvoll, um sie im Kerker zu verbringen.«

Zum ersten Mal forderte er uns auf, zu wüten, aber nicht gegen andere, sondern gegen die Ungeheuer in unserer Seele. Zum ersten Mal empfahl er uns, falls nötig einen Fachmann aufzusuchen. Und ich dachte immer, er hasste Psychiater und Psychologen!

Wir versanken in Schweigen. Aber natürlich musste Honigschnauze als selbst ernannter Hobbypsychologe diesen Augenblick der Besinnung mal wieder lautstark zunichtemachen:

»Leute, ich hab Erfahrung! Ich nehm 'nen Fuffi pro Termin!«, rief er. Die Umstehenden lachten. Ja, er hatte Erfahrung – und zwar darin, die Probleme der anderen noch zu vergrößern.

»Dieser Verrückte hat schon mindestens fünf Psychologen auf dem Gewissen!«, bemerkte Edson. Er selbst war aber einer dieser Frömmler, die niemals zugaben, dass auch in den Tiefen ihrer Seele die Ungeheuer lauerten.

»Verleumdung!«, krähte Bartholomäus. »Ich bin ein komplexes Wesen auf der Suche nach Entkomplizierung!«

Dann fügte er hinzu:

»Wer mich nicht entkompliziert, kompliziert sich selbst! Ich bin ein Genie!«

Auf die letzten Worte schien Bürgermeister nur gewartet zu haben, um ihn zu übertreffen:

»Leute! Ich kassier für eine Konsultation nur ein Sandwich, obwohl ich viel intelligenter bin als dieser Schaumschläger!«

»Aber Bürgermeister, du hast doch schon drei Psychiater in den Herzinfarkt getrieben!«, machte sich Monika nun über ihn lustig.

»Ja, aber … aber …« Da ihm keine Entgegnung einfiel, bat er Bartholomäus um Hilfe:

»Ich überlasse die Antwort meinem Bildungsminister.«

»Die Herzinfarkte der Psychiater, meine Damen und Herren, sind auf das äußerst schwierige, geradezu mysteriöse Krankheitsbild des Bürgermeisters zurückzuführen!«

Barnabas, der das als Kompliment auffasste, drückte Bartholomäus begeistert einen Kuss auf das geschwollene Auge. Ich fragte mich immer wieder, ob er so naiv war oder womöglich gewitzter als wir alle zusammen.

Gerührt dankte der seinem Kumpel mit den Worten:

»Große Geister brauchen dichte Gehirne in ihrem Gefolge!«

»Dicht?«, fragte Honigschnauze verwirrt. Er hatte nur Bahnhof verstanden, aber das Wort gefiel ihm irgendwie nicht. Unser Politiker erklärte, ohne zu erklären:

»Dicht vor Informationen. Hirne voller alter Daten.« Honigschnauze verstand noch weniger. War er nun beleidigt oder gelobt worden?

Apropos alter Daten begann ich mich zu fragen, ob es nicht wirklich an der Zeit war, die akademischen Curricula einem größeren chirurgischen Eingriff zu unterziehen. Wer weiß, vielleicht würde der Traumhändler ja eines Tages einer der Chirurgen sein! Er hatte immer wieder betont, dass wir zwar das winzige Atom studierten, das wir nicht sehen könnten, und das riesige Weltall, das wir nie betreten würden, aber unsere psychische Welt ignorierten, in der wir immerhin täglich ein- und ausgingen. Unsere Studenten machten sich kaputt, wurden krank, bekamen Depressionen, und wir taten so, als gäbe es die psychischen Phänomene nicht, die sie quälten. Wenn sich dann einer von ihnen umbrachte, waren wir plötzlich ganz bestürzt.

Trotzdem versteckten wir uns und unsere Schuldgefühle weiter hinter Texten und Prüfungen … Als könnten Prüfungen wirklich die Bildung eines Menschen messen! Sie waren der Mantel, der den Wahnsinn des Bildungssystems verbarg, und das Mantra, mit dem wir vermieden, unsere tiefe Entfremdung infrage zu stellen.

Frauen mit komplexer Denkstruktur

Der Traumhändler fuhr uns niemals über den Mund, auch wenn wir noch so großen Unsinn von uns gaben. Im Gegenteil ermutigte er uns immer wieder, unsere Meinung zu sagen und miteinander zu diskutieren. Wer etwas zu lachen haben wollte, brauchte uns nur für wenige Minuten zu begleiten, um zu erleben, wie sich die Welt in einen Zirkus verwandelte.

Deshalb folgten uns mit der Zeit auch nicht nur Intellektuelle, die sich die revolutionären Ideen des Meisters eifrig notierten, sondern mehr und mehr Jugendliche, die sich vor allem bei den grotesken Wortgefechten zwischen Bartholomäus und Barnabas köstlich amüsierten. Außerdem gab es offenbar Psychiater und Psychologen, die ihren nervösen oder depressiven Patienten dazu rieten, sich uns anzuschließen, da wir die Wirkung von Antidepressiva und Beruhigungsmitteln potenzierten.

Ich hatte den Verdacht, dass der Meister unsere beiden Komiker auserwählt hatte, um seinen Ideen Würze zu verleihen. Er selbst war leise, ernst und gefasst, aber durch die beiden Spaßvögel bekam seine Lehre eine spielerische Seite. So schwankten wir zwischen gedanklichen Höhenflügen und absurder Phrasendrescherei hin und her. Das große Problem dabei war, dass meine Freunde zu weit gingen, sodass sie den Meister und die anderen Jünger in dramatische Verlegenheiten brachten.

Ich war früher in meinen Vorlesungen immer bitterernst gewesen, hatte niemals Scherze gemacht, mich niemals des

Humors bedient. Das Wissen, das ich anbot, war ohne Würze, und meine Studenten hatten es nur zu sich genommen, weil sie dazu verpflichtet waren. Und dabei war ich noch der eloquenteste Professor der Fakultät!

Im Gegensatz dazu strömten Menschen jeder Altersstufe und jedes Bildungsstands herbei, um den Meister zu hören, obwohl dieser weder Ort noch Zeit noch Thema seiner Vorträge im Voraus festlegte. Zu meinen genau angekündigten Vorlesungen war niemand aus ehrlichem Interesse gekommen. Auch wenn mir schwerfällt, es zuzugeben, aber ohne den Prüfungsdruck wäre mein Hörsaal leer gewesen.

Ich war gedanklich noch in der Vergangenheit unterwegs, als unser Stammtischpolitiker mich wieder in die Gegenwart zurückholte. Die Anwesenheit der vielen Frauen hatte Barnabas animiert, und so stieg er auf eine Parkbank, um vor den anwesenden Muslimen, Juden und weiteren Zuhörern zu reden:

»Verehrte Wähler dieser gastlichen Stadt! Als Führer mit dem größten Weitblick unter den Sterblichen möchte ich euch sagen, dass Frauen intelligenter, charmanter, vernünftiger und kreativer sind als Männer.«

Der Meister applaudierte, und auch Monika, Jurema sowie die anwesenden Frauen klatschten begeistert. Ich dachte nur: Wieder mal drängt er sich dreist ins Rampenlicht und stiehlt dem Meister die Show! Aber dann wollte ich nicht auffallen und klatschte auch.

Angespornt von der Begeisterung der Frauen plusterte sich Barnabas noch weiter auf und donnerte:

»Aaaaaber …«

Ein paar Frauen rollten mit den Augen. Der Bürgermeister sprach natürlich niemals ein Lob ohne Hintergedanken aus. Und so fügte er hinzu:

»Aber dann wurden die Shoppingmalls erfunden!«

Alle lachten, und den Frauen wurde bewusst, dass Kaufsucht einer der schlimmsten Feinde in ihrem Inneren war.

Wie schaffte es dieser Typ bloß immer wieder, derart witzig zu sein? Er hatte mit seinen Faxen die Aufmerksamkeit subtil wieder auf die Rede des Meisters über den Krieg in der Psyche gelenkt. Nun beschloss ich, auch einen Scherz zu riskieren.

»Frauen finden wirklich immer einen Grund, um Geld auszugeben. Das fängt bei den Haarspitzen an und hört bei den Zehennägeln auf. Wie schafft ihr das bloß?«, fragte ich gut gelaunt. Als Soziologe wusste ich, dass es die Frauen waren, die über einen Großteil der Familieneinkäufe entschieden.

Dimas, unser kleiner Handtaschenräuber, mischte sich jetzt auch mit einem Witz ein:

»Leute, he-heutzutage mu-muss man keine Ultraschalluntersuchung m-mehr machen, um zu wissen, ob das Kind ein Junge oder ein Mädchen ist. Man muss der Frau nur eine Kreditkarte über den B-Bauch schieben. Wenn es ein Mädchen ist, fängt es an, wie v-verrückt zu strampeln.«

Alle lachten. Eine gelöste, lockere Atmosphäre war entstanden. Professora Jurema hakte Dimas den Griff ihres Handstocks um den Hals und zog ihn zu sich heran:

»Und welches Geschlecht hast du?«

Der Spottvogel schloss die Augen, spitzte die Lippen, sagte:

»Ich bin ganz wild auf dich, Omi!«

Die betagte Hochschullehrerin griff nach einer Katze, die genau in diesem Augenblick vorbeilief, und hielt sie ihm vors Gesicht. Die Katze leckte ihm die Lippen und miaute laut.

Dimas spuckte Feuer und stürzte entsetzt davon ... Er hatte kapiert, dass Frauen Spezialistinnen darin sind, die männliche Dummheit bloßzustellen.

Langsam wäre es mal wieder an der Zeit für einen Auftritt von Honigschnauze gewesen. Jedoch nachdem Dimas ausgetrickst worden war, ließ er den Kopf hängen und grübelte vor sich hin.

»Bist du krank? Hast du Kopfschmerzen?«, fragte Monika besorgt. Ihre Arglosigkeit war gefährlich, denn wenn Bartholomäus ermutigt wurde, konnte er die größten Kopfschmerzen bereiten. Und genau das tat er auch.

»Wunderschöne Monika, intelligente Jurema und all ihr wunderbaren Frauen, die ihr mich hört! Ihr seid viel edelmütiger als die Männer!«

Edelmütig?, fragte ich mich. Was wollte er denn damit bloß wieder sagen? So als hätte er meine Gedanken gehört, fügte er hinzu:

»Für all diejenigen, die es nicht wissen: Edelmütig bedeutet großzügig, großherzig, gutmütig, gutherzig.«

Wieder klatschten die Frauen begeistert, und ich schluckte. Der unverschämte Schmeichler schmierte ihnen jede Menge Honig um den Bart, sodass sie jetzt an seinen Lippen hingen.

»Ohne eine Frau gäbe es mich und mein Superhirn ja gar nicht!«

›So ein Blödsinn!‹, dachte ich.

»Und hat dein Vater keinen Anteil daran gehabt? Bist du etwa geklont worden?«, fragte ein pfiffiger Muslim, der ihn hörte.

»Mein Vater hat neun Minuten, meine Mutter aber neun Monate gebraucht, um mich zu produzieren. Nicht ohne Grund ist für die Juden nur der ein Jude, der eine jüdische Mutter hat.« Dann imitierte er den Traumhändler und sagte: »Ich verneige mich vor den Frauen!«

Ein orthodoxer Jude applaudierte begeistert. Die Frauen waren völlig von ihm eingenommen.

Ich fragte mich, was er mit seinem Lobgesang auf das weibliche Geschlecht eigentlich bezweckte. Vom Erfolg bestärkt, fuhr Honigschnauze fort:

»Auf der Wanderung durch die labyrinthischen Windungen meines Superhirns bin ich auf eine Geschichte gestoßen, die die Überlegenheit der Frauen verdeutlicht. Als ich mal in Miami an einem wunderschönen Strand entlangspazierte und gerade über die Geheimnisse des Lebens meditierte, wurde mir plötzlich eine glitzernde Flasche aus den Weiten des Atlantiks vor die Füße geschwemmt. Wie jeder neugierige Mensch öffnete ich sie. Und wisst ihr, was drin war?«

An dieser Stelle glaubten einige Zuhörer noch, dass er eine wahre Begebenheit erzählte.

Der Bürgermeister wagte sich vor:

»Knete!«

»Nein, mein Freund! Ein Flaschengeist! Aber es war ein gestresster, unruhiger, gereizter Geist, genau wie mein Genosse Bürgermeister.

Ungeduldig drängelte er: ›Drei Wünsche, aber ich garantier dir nur einen! Schieß los, ich hab noch einen Termin beim Therapeuten!‹ Tja, leider ist sogar die Welt der Flaschengeister schon eine riesige Psychiatrie! Der Geist war genau so ein durchgeknallter Schlauberger wie unser Julio. Ich nutzte natürlich die Gelegenheit, aber glaubt ihr etwa, ich wünschte mir eine Wodkafabrik? Nicht doch! Ich sagte zu ihm: Ich will Kuba kennenlernen!

›Kuba? Ist das alles?‹, fragte der Geist und freute sich, dass er mich so leicht wieder loswurde.

Ja, ich will Kuba kennenlernen, aaaaber … ich hab genauso Angst vor Flugzeugen wie vor Schiffen. Also will ich, dass du mir eine Brücke von Miami nach Kuba baust!

›Waaas? Eine so lange Brücke? Bist du noch bei Trost?‹ Dann maulte er: ›Hast du eine Ahnung, wie viel Planung und Ingenieurskunst in so einer langen Brücke stecken? Vergiss es, wünsch dir was andres.‹

Ich sollte ihm also meinen zweiten Wunsch nennen, wobei er betonte, dass Geld leider knapp sei, weshalb er mir wirklich nur einen Wunsch erfüllen könne.«

Um die Spannung zu erhöhen, machte Bartholomäus eine kleine Pause, bevor er mit seiner bisher verrücktesten Geschichte fortfuhr:

»Also wünschte ich mir, wovon jeder Politiker, Firmenchef und Wirtschaftsexperte träumt, nämlich endlich zu verstehen, nach welcher Logik die Weltwirtschaft funktioniert und wie Krisen vermieden werden können.

Als er meinen zweiten Wunsch hörte, bekam der Flaschengeist Bauchschmerzen. Er krümmte sich und keuchte: ›Wie lautet dein dritter Wunsch? Schnell!‹«

Bartholomäus legte eine weitere Kunstpause ein. Niemand zuckte auch nur mit der Wimper, nicht mal der Meister. Dann fuhr er bedächtig wie salbungsvoll fort:

»Ich hatte eine Eingebung. In einer Anwandlung extremer Verstandesklarheit wünschte ich mir die Lösung eines Rätsels, an dem bisher sämtliche Denker und Philosophen der Weltgeschichte gescheitert sind!«

»Spuck's aus!«, brüllten wir ungeduldig.

»Tja … Genau das sagte auch der Flaschengeist: ›Spuck's endlich aus!‹ Ich blickte ihm in die Augen und sagte: Mein Wunsch ist einfach. Ich möchte gern verstehen, wie die Frauen ticken! Dieser Wunsch brachte den Geist völlig außer Fassung, und er wimmerte: ›Willst du die Brücke nach Kuba zwei- oder vierspurig, mit Grünstreifen und Raststätten?‹«

Ich konnte nicht mehr an mich halten; seit Langem hatte ich nicht mehr so schallend gelacht. Und auch die Zuhörer, und zwar nicht nur die Männer, ließen sich auf die Parkbänke sinken, um nicht vor Lachen umzufallen.

Und nun war es Bartholomäus, dem Jurema den Griff ihres Handstocks um die Gurgel legte, um ihn so zu sich heranzuziehen.

»Frauen sind wirklich komplex! Und zwar so komplex, dass man uns, aus Angst vor unserer Intelligenz, für Jahrhunderte zum Schweigen brachte«, mahnte sie.

Im Grunde wussten aber alle, dass Bartholomäus zwar ein unverschämtes Schlitzohr war, doch die Frauen eigentlich liebte und außerordentlich schätzte.

Dann, als sich die Zuhörer wieder beruhigt hatten, ergriff der Traumhändler das Wort:

»Tatsächlich ist unser Wirtschafts- und Gesellschaftssystem jahrhundertelang von Männern dominiert worden. Deren ungezähmte Gier hat zu Kriegen, religiösen Konflikten, Diskriminierung, Finanzkrisen und zerstörerischer Konkurrenz auf dem Weltmarkt geführt. Ich hoffe inständig, dass die Frauen der Welt es schaffen, die wichtigsten Positionen in Politik und Wirtschaft zu erobern, und dann nicht dieselben Fehler begehen. Wenn sie sich von Intuition, Großzügigkeit und Einfühlungsvermögen leiten lassen, werden sie die Geschichte verändern.«

Diese Worte ließen mich augenblicklich an soziologische Studien über männliches und weibliches Verhalten denken, die ich früher gelesen hatte. Die meisten Verbrechen wurden von Männern begangen. Ausgrenzung, Gewalt und Korruption kam unter Männern viel häufiger vor als unter Frauen. Das hatte auch etwas mit unterschiedlichen Instinkten zu tun.

Der Meister beendete nun die Zusammenkunft dieses strahlenden Morgens. Eine sanfte Windböe fuhr ihm durchs Haar, und er machte sich wieder auf den Weg – ohne festes Ziel, wie ein Blatt im Wind. Wandern war sein Schicksal, Denken seine Selbstverpflichtung.

Ein Inventar erstellen

Es war eine Woche voll spannender Ereignisse, sodass ich mir unzählige Notizen auf losen Zetteln machte, die ich eines Tages würde zusammenstellen müssen. Besonders eine Episode hinterließ tiefen Eindruck in mir. Das, was ich dabei lernte, hätte ich mir auch in den kühnsten Träumen nicht vorgestellt.

Wir kamen am größten Zivilstandsregister der Stadt vorbei, einem riesigen Gebäude. Etwas abseits lag ein ebenso riesiger öffentlicher Platz, der fast menschenleer war. An diesem Ort waren wir nie zuvor gewesen. Die Schar, die dem Meister folgte, bestand aus etwa vierzig Personen, unter ihnen auch einige Psychologie- und Medizinstudenten, die uns schon von früheren Zusammenkünften bekannt waren.

Sobald wir den Platz betraten, fiel uns ein Grüppchen von vier heftig diskutierenden Männern auf, von denen zwei offensichtlich eineiige Zwillinge waren. Wir bekamen mit, dass die Zwillinge um ihren Anteil am Familienerbe stritten und die Männer an ihrer Seite ihre jeweiligen Anwälte waren. Sie hatten offenbar bereits stundenlang erfolglos versucht, sich zu einigen, und nun wollte einer den anderen verklagen. Nach dem Tod des Vaters waren im Streit um die Güterverteilung aus unzertrennlichen Brüdern Feinde geworden.

Der Meister schaute mitleidig zu ihnen hinüber. Dann fragte er uns, was denn wohl das Wichtigste im Leben eines Menschen wäre.

»Wer unter euch hat ein Inventar der bedeutendsten Ereignisse erstellt, aus denen sich seine persönliche Geschichte zusammensetzt?«

»Ein Inventar? Was meinst du damit?«, fragte Monika.

»Bedeutet ein Inventar zu erstellen, über die Vergangenheit nachzudenken?«, hakte Professora Jurema nach.

Scharfsinnig erwiderte der Meister:

»Eine Inventur unserer persönlichen Geschichte ist viel mehr als das bloße Nachdenken über die Vergangenheit. Sogar ein Psychopath denkt über seine Vergangenheit nach, aber viele von ihnen sind trotzdem unverbesserlich. Ein Inventar zu erstellen bedeutet, die wesentlichen Ereignisse im eigenen Leben zu rekonstruieren, die Einzelteile des Selbst neu zusammenzufügen und zwischen den Erfahrungen Brücken zu bauen wie ein Ingenieur der Psyche.«

Dann blickte er auf die Studenten unter den Zuhörern und sagte:

»Wir leben in einer fragmentierten Gesellschaft, die aus fragmentierten Persönlichkeiten besteht. Welche Verbindung besteht zwischen Verlust und Freude, Verzweiflung und Frieden? Wie sieht die Brücke aus, die Angst und Ausgeglichenheit miteinander verbindet? Sind diese Gefühle wirklich unvereinbar? Sind Depressionen wirklich vollkommen isoliert von Glücksgefühlen, oder können sie uns eine Karte liefern, um Letztere zu finden?«

Die Psychologiestudenten schauten sich an. Sie hatten noch nie untersucht, welche Brücken es zwischen Angst und Ausgeglichenheit, Depression und Freude geben könnte. Sie konnten seelische Störungen diagnostizieren, waren aber noch nie auf die Idee gekommen, auf einer inneren Karte unterschiedliche Erfahrungen miteinander zu verbinden, um den Lern- und

Reifungsprozess voranzubringen. Auch die Medizinstudenten waren verwirrt.

»Wie viele Denker gibt es, die des Lebens überdrüssig waren! Sie haben niemals Brücken gebaut zwischen der Macht der Analyse und der Macht der Freude, zwischen exakter Beobachtung und tiefsinniger Beschaulichkeit, zwischen Introspektion und Sozialisation«, sagte mein beunruhigender Meister.

Wieder einmal hatte er mich sprachlos gemacht. Er schaffte es, Psychologie, Soziologie, Philosophie und Pädagogik miteinander zu verschmelzen. Tatsächlich waren die meisten großen Denker fragmentierte Individuen gewesen. Newton war ein Einzelgänger, Einstein hatte depressive Züge. Sie waren zwar Genies auf ihrem Fachgebiet, doch in anderen Bereichen fehlte Ihnen Wesentliches. Vielleicht hatten sie nie Brücken gebaut zwischen den widersprüchlichen Erfahrungen in ihrem Leben.

»Welcher Star hat denn zwischen seinem gesellschaftlichen und seinem emotionalen Erfolg Verbindungen hergestellt? Welcher Journalist hat innere Brücken zwischen kritischem Denken und entspannter Haltung errichtet? Und die großen Politiker? Wer von ihnen hat im Laufe seines Lebens Macht mit Einfachheit, öffentlichen Beifall mit dem Bewusstsein der eigenen Schwäche verknüpft? Wer keine psychischen Brücken baut, legt in seiner Hirnrinde nur Inseln an. Er ist in einem Augenblick womöglich ein Lamm, im anderen ein Raubtier, mal ruhig, dann wieder aufbrausend. In unserer Zeit der kollektiven Angst durchlebt die Jugend auf der ganzen Welt dieses Drama«, sagte der Traumhändler mit Nachdruck.

Ich setzte mich, um erst einmal tief durchzuatmen und über das nachzudenken, was ich gerade gehört hatte. Zum ersten Mal war ich auf eine kohärente Erklärung für die Widersprüche im menschlichen Verhalten gestoßen.

Von den meisten großen Persönlichkeiten der Geschichte werden extreme Charakterschwankungen berichtet, die mir immer ein Rätsel gewesen waren. Jetzt verstand ich: Ihre Hirnrinde bestand aus isolierten Inseln, die sich nicht zu einem Kontinent zusammengefügt hatten.

»Caligula war schmächtig und hager, aber er hielt sich für schöner als Rom«, fuhr der Meister fort. »Er konnte außerordentlich freundlich sein und im nächsten Moment einen Wutanfall bekommen. Nero war als junger Mann den Künsten zugeneigt und wurde dann zu einem der brutalsten Herrscher der Geschichte, der nicht zweimal nachdachte, wenn es darum ging, Gegenspieler aus dem Weg zu räumen. Stalin ließ des Nachts vermeintliche Feinde ermorden und frühstückte am nächsten Morgen mit deren Ehefrauen, als ob nichts gewesen wäre. Hitler streichelte und fütterte seinen Hund, ließ zugleich aber Millionen jüdischer Kinder vor Hunger und Kälte umkommen.«

Er machte eine Pause, damit wir durchdenken konnten, was er gesagt hatte. Doch Bürgermeister ließ uns wieder einmal keine Zeit dazu:

»Mein Volk! Vor euch steht der Mann der Brücken!«, sagte er mit stolzgeschwellter Brust. »Wenn ich an die Macht komme, lasse ich überall in der Stadt Brücken errichten – schneller als der Flaschengeist von Honigschnauze! Ich baue Brücken zwischen dem Rathaus und den Slums, dem Nationalkongress und den Irrenhäusern!«

Honigschnauze ermutigte ihn:

»Sehr gut, edler Bürgermeister! Könntest du bitte auch Banken und Friedhöfe durch Brücken verbinden?«

»Warum das denn, Bartholomäus?«, fragte Salomon daraufhin neugierig.

»Weil auf Letzteren alle meine verschuldeten, arbeitslosen

Freunde zu finden sind!« Er zog dabei ein Taschentuch aus der Tasche, um sich die Tränen zu trocknen.

Nun griff der Zerstörer ins Gespräch ein.

»Aber hast du nicht neulich gesagt, dass deine Freunde in den Banken begraben sind?«

»Ja, aber da ist es viel zu eng für so viele Bankrotteure!«

Wieder einmal hatten Barnabas und Bartholomäus die Gedanken des Traumhändlers in ihrer wilden Mischung aus fragmentierten Psychen und Bankrotteuren, Politikern und Irrenhäusern begraben. Was für ein Durcheinander! Aber der Meister war glücklich darüber, dass seine Jünger über diese Fragen nachsannen.

»Wenn jemand stirbt, wird ein Inventar seiner Besitztümer erstellt. Aber welche davon sind wirklich wertvoll? Juwelen, Autos, Häuser, Aktien, Landgüter?«, fragte er nun.

»Nein – nichts davon! Wertvoll sind die Erfahrungen, die uns Menschen als geschichtliche Wesen ausmachen. Ein Mensch ohne Geschichte ist wie ein Buch ohne Buchstaben. Wir alle sollten Inventur machen und sowohl unsere frustrierendsten als auch unsere freudigsten Erfahrungen bereits zu Lebzeiten an die Menschen weitergeben, die wir lieben. Wenn wir das nicht tun, besteht die Gefahr, dass wir Kinder großziehen, deren Psyche krank ist.«

Der Traumhändler hob seinen Blick zum Himmel und brüllte plötzlich wie ein Wahnsinniger:

»Es darf keinen Schmerz ohne eine Brücke der Erleichterung geben! Kein Fehler darf wiedergutgemacht werden, bevor nicht daraus gelernt wurde! Sonst ist alles Leiden umsonst! Seien wir nicht naiv! Dass Schmerz den Charakter stärkt, ist falsch! Im Gegenteil: Er verdirbt ihn! Angst traumatisiert den Menschen, und Schuldgefühle ersticken ihn!«

Seine letzten Worte erinnerten mich an meine Sitzungen bei Psychotherapeuten. Sie hatten mich dazu gebracht, im Schlamm meiner vergangenen Konflikte zu wühlen, ohne dass ich sie dabei hätte verarbeiten können. Ich hatte mich machtlos gefühlt. Ich war mit dem Gefühl durch die Straßen geschlichen, dass mir die Luft zum Atmen fehlte. Ich hatte Muskelschmerzen, konnte mir nichts mehr merken, und meine geistige Energie war erschöpft. Ich fühlte mich wie ein hundertjähriger Greis im Körper eines Vierzigjährigen.

Jetzt verstand ich, dass mir in meinen bisherigen Krisen die Brücken zu meinen Erfolgen gefehlt hatten. Deshalb dauerten die Krisen ewig! Wenn mir die Angst die Kehle zugeschnürt hatte, gab es keine Brücke zur farbigen, freudigen Seite meiner Existenz. Zwischen den Inseln in meiner Psyche fehlte die Verbindung. Ich trug zwar eine ganze Bibliothek im Kopf herum, war aber nichts als ein isolierter, einsamer, unglücklicher Intellektueller.

Inventur: fünf Dramen und ihre Brücken

Den Vortrag des Traumhändlers über das psychische Inventar hörten nicht nur die Psychologie- und Medizinstudenten, sondern auch Fernando Látaro, Direktor eines berüchtigten Hochsicherheitsgefängnisses, das als »Teufelsinsel« bezeichnet wurde. Zwei Polizeibeamte und drei Sozialpädagogen begleiteten ihn. Látaro war ein Wochenendjünger, denn er konnte seine Arbeit und wollte den Komfort eines Zuhauses und seiner Autos nicht hinter sich lassen, um ein Wanderer ohne Obdach und Nahrung zu sein.

»Wer nicht lernt, in seiner Geschichte nach Gold zu schürfen, wird es nie schaffen, an sich zu arbeiten und sich selbst zu übertreffen.«

Bei diesen Worten des Meisters musste ich daran denken, wie viele meiner Studenten einschließlich meiner selbst das nicht geschafft hatten. Einige waren kokain- oder marihuanasüchtig, andere litten unter Spiel- oder Kaufsucht. Einige hatten Eifersuchtsanfälle und Paranoia, wenn sie abgewiesen wurden, andere wechselten den Liebespartner wie die Kleidung. Einige fürchteten, im Leben erfolglos zu bleiben, andere lebten bewusstlos vor sich hin, als gäbe es keine Zukunft.

Weder ich noch sie hatten gelernt, in unserer eigenen Geschichte nach Gold zu schürfen und die Fragmente unseres Innenlebens zusammenzufügen.

Der Traumhändler forderte uns auf, in unsere Vergangenheit einzutauchen und über die fünf leidvollsten Episoden in unserem Leben nachzudenken. Wir sollten beim größten Leid beginnen und dann in absteigender Reihenfolge bis zum geringsten gehen. Außerdem sollten wir untersuchen, welche Brücken wir zwischen diesen und anderen Episoden unserer Geschichte gebaut hatten oder hätten bauen müssen.

Wir schwiegen eine Stunde lang und gruben in unserem Inneren nach beängstigenden Erlebnissen, die uns geprägt hatten. Es war eine faszinierende Erfahrung. Einige saßen auf Bänken, andere auf dem Boden und wieder andere blieben einfach stehen.

Nach dieser Übung platzte die Bombe. Der Meister forderte uns auf, uns in einen Kreis zu setzen, und sagte, dass jeder, der sich dazu in der Lage sähe, diese fünf Erlebnisse beschreiben und eines davon im Detail kommentieren sollte. Er wollte, dass wir über die Brücken sprächen, die wir errichtet hatten oder damals hätten errichten sollen. Er betonte allerdings:

»Es muss keiner sprechen, wenn er sich unwohl dabei fühlt.«

Ich war überzeugt davon, dass niemand sich öffnen würde. Tatsächlich schienen zu Beginn alle gehemmt. Nach zwei langen Minuten war es Edson, unser Wunderheiler, der als Erster den Mund aufmachte. Ausgerechnet der Jünger, der sich mit seinen Wundertaten immer wieder in den Mittelpunkt stellte, wagte es nun, öffentlich Inventur zu machen und von seinen Ängsten zu sprechen, die er bisher höchstens seinem Gott gegenüber zugegeben hatte.

Er berichtete uns von den fünf leidvollsten Erlebnissen seiner persönlichen Geschichte, wobei er mit dem schlimmsten begann. Ich hätte nie gedacht, dass er seine Seele so offenlegen würde.

»Erstens: Ich bin als Kind missbraucht worden. Zweitens: Ich habe als Jugendlicher meine Mutter verloren. Drittens: Ich bin am Arbeitsplatz gemobbt worden. Viertens: Als ich dreizehn war, hat mich mein Vater einmal grün und blau geschlagen. Fünftens: Mein bester Freund ist an Krebs gestorben, als ich fünfzehn war.«

Die Reihenfolge seiner leidvollen Erlebnisse zeigte, dass der sexuelle Missbrauch für ihn schmerzhafter gewesen war als der Tod seiner Mutter. Auch wenn der Schmerz über ihren Verlust sicher unbeschreiblich groß war, hatte er das durch den Missbrauch zugefügte Leid kaum überwinden können. Anhand der Reihenfolge wurde außerdem ersichtlich, dass die Demütigungen, die er am Arbeitsplatz erlitten hatte, für ihn sogar schlimmer waren als der Tod des besten Freundes, denn sie hatten sein Selbstbewusstsein zerstört. Vielleicht wollte er sich deshalb ständig in den Mittelpunkt stellen!

»Ich habe am eigenen Leibe erfahren, dass die Verletzung der Intimität eines Kindes ein Verbrechen ist, das den Frühling unseres Lebens zerstört. Ich musste erkennen, dass sich hinter unverdächtigen Menschen und unschuldigen Bemerkungen Psychopathen verbergen können, die nicht über die Folgen ihres Verhaltens nachdenken und nur ihre Instinkte befriedigen wollen.«

Vor dem Missbrauch sei er ein extrovertierter, kommunikativer Junge gewesen, erzählte Edson, doch durch die Missbrauchserlebnisse, die mehr als einmal vorkamen, habe er seine Spontaneität und Offenheit verloren und sich zurückgezogen. Er habe niemandem mehr in die Augen blicken können und versucht, sich unsichtbar zu machen. Er hatte sich machtlos, gedemütigt und als Außenseiter gefühlt und war mit Wut auf seine Eltern aufgewachsen, die ihn nicht beschützt hatten. Nie hatte er sich ihren Umarmungen und Zärtlichkeiten hingegeben. Er war mit Hass auf seinen Aggressor aufgewachsen und hatte täglich davon geträumt, ihn zu erwürgen oder in einen Abgrund zu stoßen. Erst in der Beziehung zu Gott war es ihm gelungen, seine quälenden Gedanken zu besänftigen und Ruhe zu finden.

»Aber ich habe es nicht geschafft, eine Brücke des Dialogs zu errichten. Zuerst habe ich geschwiegen, weil ich von diesem Psychopathen erpresst wurde. Später habe ich geschwiegen, weil ich mich schämte. Und dann habe ich geschwiegen, weil ich glaubte, die Missbrauchserlebnisse überwunden zu haben. Doch ich habe sie nur verdrängt, sodass sie weiterhin einen Einfluss auf meine Persönlichkeit ausübten, der mir aber nicht bewusst war.«

Dann erwähnte Edson aber auch noch die Brücken, die er in letzter Zeit errichtet hatte. So habe er durch den Traumhändler gelernt, dass man die Intimität eines Menschen auch dadurch verletzen kann, dass man ihm die eigenen Ideen und Wahrheiten aufdrängt.

Ich dachte dabei, dass auch einige Intellektuelle diese Art von Missbrauch begehen, indem sie den Geist derer vergewaltigen, die ihnen widersprechen und von ihnen abhängen. Ich war ein sozialistischer und, wie ich annahm, humanistisch gesinnter Intellektueller, aber nun schreckte mich die Erkenntnis auf, dass in meinem Intellekt ein Raubtier steckte, das ganz wild darauf war, den hilflosen Geist derer zu verschlingen, die mir widersprachen.

Edson schloss seine anerkennungswürdige »Beichte« mit den Worten:

»Ich hoffe, dass es mir immer besser gelingt, zwischen dem Darstellen und dem Durchsetzen meiner Gedanken zu unterscheiden.«

Es war jammerschade, dass ich meine Studenten nie dazu aufgefordert hatte, ein Inventar ihrer Lebensgeschichten zu erstellen. Selbstverständlich hätten sie sie nicht öffentlich preisgeben müssen, aber heute denke ich, dass sie, wenn sie auch nur ein wenig gelernt hätten, Goldschürfer in der eigenen Psyche zu sein, weniger anfällig wären, von ihren Traumata versklavt zu werden.

Edsons Geschichte hatte mich tief berührt. Ich schämte mich für die Oberflächlichkeit, mit der ich ihn zuvor als Scharlatan, Egozentriker und Frömmler verurteilt hatte. Obwohl wir schon seit Monaten Seite an Seite übernachteten, war er mir fremd gewesen. Jetzt verstand ich, dass sich hinter der Sucht, aufzufallen, das vitale Bedürfnis verbarg, akzeptiert zu werden. War ich besser als er? Ganz und gar nicht. Auch ich suchte mit meinem autoritären Gehabe im Hörsaal im Grunde nach gesellschaftlicher Akzeptanz. Mir wurde klar, dass sich hinter einer autoritären Person immer ein Kind verbirgt, das geliebt werden will.

Wir applaudierten Edson für seinen Mut, seine Geschichte offenzulegen, und für die Brücken, die er gebaut hatte.

Monika ging auf ihn zu und umarmte ihn.

»Du bist großartig! Ich glaube an Wunder, besonders an das Wunder der Freundschaft. Freunde sind der größte Schatz, den man haben kann!«

Bürgermeister und Honigschnauze hoben Edson nun in die Höhe und begannen, zur Melodie von *For he's a jolly good fellow* zu singen, wobei sie auch gleich die Gelegenheit nutzten, um mich ein bisschen zu piesacken:

»Er ist ein guter Geselle, er ist ein guter Geselle! Nicht langweilig wie unser Julio! Und das kann niemand leugnen!«

Verdrängtes Leid

Salomon war der Zweite, der sein Inventar erstellte. Seit er sich der exzentrischen Truppe angeschlossen hatte, die dem Traumhändler folgte, waren seine Ticks und seine Hypochondrie geringer geworden; trotzdem hatte er ab und zu noch Rückfälle. Und nun, da er den Mut gefasst hatte, öffentlich von schmerzlichen Dingen aus seiner Vergangenheit zu berichten, war er derart aufgeregt, dass sich sein zwanghaftes Verhalten wieder zu Wort meldete. Mehrmals hintereinander öffnete und schloss er seinen Mund wie ein Fisch und legte sich die Hand auf die Brust, um zu überprüfen, ob sein Herz noch schlug. Aber dann machte er Inventur und berichtete von den fünf schlimmsten Ereignissen seiner Jugend:

»Erstens: Ich bin in der Schule gemobbt worden. Zweitens: Meine Eltern sind bei einem Autounfall ums Leben gekommen. Drittens: Als Jugendlicher habe ich hungern müssen. Viertens: Ich habe als Kind Verbrennungen erlitten. Fünftens: Ich hatte einen Autounfall.«

Die Reihenfolge seiner leidvollen Erlebnisse überraschte mich und zeigte mir, wie wenig ich von Psychosoziologie verstand. Obwohl Salomon seine Eltern, die wohl sehr großzügig und kontaktfreudig gewesen waren, geliebt und ihr Verlust ihn tief erschüttert hatte, war nicht ihr Tod sein größtes Trauma, sondern die Demütigungen, die er durch Schulkameraden hatte erleiden müssen.

So begann er zu erzählen:

»Wegen meiner Ticks machten sich meine Klassenkameraden ständig über mich lustig. Ich versuchte, sie mir abzugewöhnen, aber wenn ich einen endlich abgelegt hatte, tauchte der nächste auf. Zum Beispiel musste ich morgens fünfmal vor dem Klassenraum auf und ab hüpfen, um zu verhindern, dass jemand stirbt; dann schlug ich mir ständig mit der Hand gegen die Stirn; oder ich tastete mir unablässig den Hals ab aus Furcht vor einem Krebsgeschwür. Ich konnte nicht aufhören zu husten, ich wiederholte am Telefon immer die letzten fünf Worte meines Gesprächspartners, ich zählte die Fenster der Hochhäuser, an denen ich vorbeikam, ich suchte nach Löchern, in die ich meinen Finger stecken konnte.«

Sein Leidensweg bestürzte uns, und er fuhr nach einer kurzen Pause fort:

»Als ich dreizehn wurde, organisierten meine Klassenkameraden eine Überraschungsparty für mich. Ich war überglücklich. Sie schenkten mir eine Geburtstagstorte und brachten mir ein Ständchen. Plötzlich sah ich, was auf der Torte stand: *Für Salomon, den Psycho.* Da rannte ich weinend davon. Bis heute kriege ich auf Geburtstagspartys eine Gänsehaut.«

Einmal, auf dem Schulhof, war er von Mitschülern eingekesselt worden, die gesehen hatten, dass er sich ständig gegen die Brust schlug. Sie hatten »Psycho! Psycho!« gebrüllt und ihm immer wieder auf den Kopf geschlagen. Anschließend war er in Tränen aufgelöst zum Direktor gelaufen, der in Anbetracht seiner Ticks aber nur gegrinst hatte. Er hatte weder die Mobber getadelt noch jemals versucht, Brücken zu bauen zwischen der Schülermehrheit und den von ihnen ausgeschlossenen Mitschülern, die irgendwie anders waren.

»Die Schule wurde für mich zur Qual. Ich fühlte mich wie in der Arena des Kolosseums, umringt von einem blutrünstigen

Mob. Am liebsten wäre ich gestorben oder zumindest für immer im Boden versunken. Als dann meine Eltern ums Leben kamen, habe ich zwar ein Jahr lang Hunger gelitten, aber nichts war so schlimm wie mein Hunger nach Anerkennung. Es ging mir dabei gar nicht darum, geliebt zu werden. Ich wollte einfach nur wie ein normaler Mensch behandelt werden, statt immerzu angestarrt und verspottet zu werden.«

Nachdem er von diesem schwierigen Kapitel in seinem Leben berichtet hatte, schöpfte er tief Luft und fuhr dann fort:

»Die Jahre vergingen, und ich begann, Brücken zu bauen. Eine Psychiaterin hat mir dabei geholfen. Sie erklärte mir, dass ich nicht Opfer sein durfte, wenn ich meine eigene Geschichte schreiben wollte, und gab mir zu verstehen, dass ich trotz meiner Zwangsneurosen nicht der letzte Dreck war, sondern ein menschliches Wesen. Aber es blieben noch Brücken, deren Bedeutung ich nicht erkannte. Erst vom Traumhändler lernte ich, dass es nur zu Enttäuschungen führt, von meinen Mitmenschen Dinge zu erwarten, zu denen sie gar nicht in der Lage sind. Wie konnte ich Verständnis von meinen Schulkameraden erwarten, die doch mit sich selbst im Krieg lagen?«

Tief erleichtert atmete Salomon auf. Er hatte die Angst davor verloren, er selbst zu sein. Zwar musste er unter der Brücke schlafen, aber er hatte gelernt, sich als Mensch zu fühlen, der in der Gesellschaft eine Rolle spielt. Die Inventur hatte Frischluft in einige stickige Winkel seiner Psyche geblasen. Nun stand ich auf und umarmte ihn, als wäre er mein Sohn.

»Du bist einer der namenlosen Helden, über die Hollywood nie einen Film gedreht hat, aber du bist ein größerer Star als der berühmteste Filmstar. Herzlichen Glückwunsch!«

Bartholomäus stand ebenfalls auf und drückte Salomon an die Brust:

»Kumpel, du bist fabelhaft! Ich hab auch 'nen Tick: Ich steh auf dich!«

Noch überschwänglicher war Bürgermeister. Er dröhnte:

»Komm her und lass dich küssen!«

Dabei ging er auf Salomon zu, der allerdings lieber die Flucht ergriff.

Nachdem wir Salomon applaudiert hatten, war es an Jurema, Inventur zu machen. Ich hätte mir niemals vorstellen können, dass diese bemerkenswerte Frau, die in Wissenschaftskreisen hoch anerkannt war, eine derart herzzerreißende Geschichte hinter sich hatte und dass sich hinter ihren Büchern und Aufsätzen ein tief verletztes Kind verbarg.

»In meinem Leben war die Geisteskrankheit meines Vaters das traurigste Kapitel. An zweiter Stelle steht der Tod meines Zwillingsbruders. Er starb, als ich erst zehn Jahre alt war. An dritter Stelle steht meine Brustkrebserkrankung und danach kommt der Verlust meines Mannes. Als letzte große Belastung in meinem Leben würde ich die Kämpfe nennen, die ich geführt habe, um das Bildungssystem zu verändern.«

Auch wenn der Tod von Bruder und Ehemann sowie ihre schwere Krankheit sie tief erschüttert hatten, hatte diese solide Professorin nichts so aus ihrem Gleichgewicht gerissen wie die Geisteskrankheit des Vaters zu einer Zeit, in der psychisch Kranke großen Vorurteilen ausgesetzt waren und weggeschlossen wurden.

»Mein Vater war mein Held, mein Freund, meine Stütze, mein schützender Hafen. Er liebte mich und war der wichtigste Mensch in meinem Leben. Er besaß einen großen Lebensmittelladen und war ein glänzender Geschäftsmann. Gleichzeitig war er sehr warmherzig, sodass er hergab, was er hatte, auch wenn er kein Geld dafür bekam. Meine Mutter hasste das. Aber mein Vater konnte es nicht ertragen, jemanden hungern zu sehen, ohne ihm zu helfen. Immer wenn er einer armen Familie einen Lebensmittelkorb brachte, nahm er mich mit. Zu geben war für ihn keine Last, sondern eine Freude. Das Glück bestand für ihn darin, in Menschen zu investieren.«

Mit einem Blick auf den Traumhändler sagte sie:

»Wenn ich den Meister begleite, sehe ich in ihm immer meinen Vater. Als seine Welt zusammenbrach, war er ungefähr so alt wie heute der Meister.«

Ihre Augen glänzten, und sie musste die Tränen zurückhalten, als sie von der leidvollsten Zeit in ihrem Leben berichtete. Ein jeder von uns blickt auf Abschnitte in seinem Leben zurück, in denen der Schmerz so groß war, dass er kaum in Worte gefasst werden kann. Doch das, was Jurema durchgemacht hatte, war für uns alle unvorstellbar. Ihre Welt war völlig aus den Fugen geraten.

Der Vater von Jurema hatte in der Finanzkrise in weniger als einem Jahr sein gesamtes Geld verloren und war dann noch als Bürge seines jüngeren Bruders für die Tilgung von dessen Schulden herangezogen worden. Doch das war erst der Anfang.

»Wie viele andere auch hätte Vater es bestimmt geschafft, wieder von Neuem anzufangen und sich etwas aufzubauen. Aber mitten in dieser Krise überraschte er meine Mutter im Bett mit meinem jüngsten Onkel, demselben, der ihn in den Bankrott getrieben hatte. Trotzdem hat er Mutter nicht verlassen – vielleicht aus Rücksicht mir gegenüber oder weil er sie so liebte. Doch dann wurde er von Leuten, denen er Geld schuldete, bei den Militärbehörden angeschwärzt. Auch mein Onkel hatte dabei seine Hände im Spiel. Mein Vater wurde wegen angeblich subversiver Umtriebe zu vier Wochen Haft verurteilt. Gesellschaftlich war er entehrt.«

Anschließend zog er sich beschämt in seine vier Wände zurück und litt unter Panikattacken, während derer er schrie, als wollte man ihn umbringen. Die Ärzte waren hilflos, und sein Zustand verschlimmerte sich. Er verlor jeden Lebensmut.

Aufgewühlt berichtete Jurema, dass die Verwandten ihn nach und nach allein ließen. Keines seiner Geschwister reichte ihm die Hand. Sie fürchteten, sich bei ihm anzustecken …

»Mein Held war in den Abgrund gestürzt. Und dann geschah etwas ganz Fürchterliches: Meine Mutter ließ ihn zwangseinweisen. Da war ich zehn Jahre alt. Mir wurde der Boden unter den Füßen weggezogen und die kindliche Arglosigkeit genommen.«

Jurema brach in Tränen aus, und Monika reichte ihr ein Taschentuch. Als sie sich wieder gefangen hatte, erzählte sie von den schmerzlichsten Augenblicken im Zusammenhang mit ihrem Vater:

»Als er von den Pflegern abgeholt wurde, rief er verzweifelt nach mir: ›Juremita! Juremita! Ich hab dich lieb! Hilf mir, mein Kind! Ich bin nicht verrückt! Lass nicht zu, dass sie mich wegsperren!‹ Ich lief zu ihm, um ihn festzuhalten, aber meine Mutter und mein Onkel zogen mich zurück. ›Es ist zu seinem Besten!‹, sagte meine Mutter. Sie war es müde, einen Mann zu ertragen, der nicht mehr arbeiten ging und den sie nicht mehr liebte. Obwohl ich inzwischen eine alte Frau bin,« bemerkte Jurema, »träume ich immer noch ab und zu, dass mein Vater mich ruft, damit ich ihm helfe.«

Dieses Erlebnis lag nun über siebzig Jahre zurück, und trotzdem war es in ihrem Unterbewusstsein noch lebendig. Wir waren bewegt. Wie wenig hatten wir doch voneinander gewusst!

Wie fremd waren wir uns gewesen! Im Grunde waren alle unsere sozialen Bindungen ohne ein Inventar der persönlichen Geschichten nichts als Theater.

Die kleine Jurema hatte ihre Mutter angefleht, den Vater besuchen zu dürfen, doch dieser musste angeblich isoliert bleiben. Nach heutigem Wissen verstößt eine solche Trennung gegen psychiatrische Grundprinzipien. So hatte Jurema fast täglich einen Brief an den Vater geschrieben. Später erfuhr sie, dass die Mutter die Briefe nicht abgeschickt hatte.

Zwei Jahre, sieben Monate und sechs Tage nach der Einweisung hatte die Mutter schließlich nachgegeben. Doch der Anblick des Vaters war ein Schock. Er war sowohl körperlich als auch geistig nicht mehr der Mensch, der er vorher gewesen war. Medikamente, unzählige Elektroschocks und weitere Misshandlungen hatten ihn entstellt. Jurema war weinend zu ihm gelaufen: »Papa, Papa, ich bin es, deine Tochter, Jurema!« Aber er hatte sie nicht mehr erkannt.

Jurema blickte uns an und fuhr dann fort:

»Verzweifelt rief ich meinen Vater mehrmals laut beim Namen, um ihn aus seinem Schlaf zu wecken. Da erschien ein Psychiater und sagte trocken und ohne das geringste Einfühlungsvermögen zu meiner Mutter, dass Papas Krankheit erblich und daher das Risiko groß wäre, dass ich genauso endete wie er. Sie sollte mich dringend in psychiatrische Behandlung geben. So bin ich mit einem Gespenst auf meinen Fersen aufgewachsen, nämlich im Glauben, ich würde früher oder später dasselbe Schicksal erleiden wie mein Vater.«

Ein Jahr nach dieser Begegnung war Juremas Vater gestorben, ohne dass sie ihn noch einmal gesehen hatte.

Viele Jahre später, als sie bereits Hochschullehrerin war, hatte sich Jurema dann mit Psychopathologie befasst und herausgefunden, dass Panikstörungen, unter denen ihr Vater gelitten hatte, selbstverständlich heilbar sind. Doch in ihrer Kindheit waren Gräueltaten in der Psychiatrie leider üblich.

Seufzend sprach Jurema nun über ihre Brücken:

»Ich habe gelernt, dass wir in unserem ganzen Leben immer wieder Brücken der Vergebung bauen müssen, und zwar vor allem, um uns selbst zu vergeben. Sonst überleben wir nicht. Ich habe auch gelernt, dass es keine Geisteskrankheit gibt, die dem Menschen seine Würde nehmen könnte, und dass jemand, den man ausschließt und isoliert, emotional ermordet wird, obwohl sein Herz weiterschlägt.«

Nun erhob sich der Meister und applaudierte feierlich. Mit Tränen in den Augen flüsterte er Jurema dann zu:

»Du tust mehr, als ich je tun könnte! Du verkaufst viel mehr Träume als ich!«

Jurema schloss:

»An der Seite des Traumhändlers habe ich gelernt, dass Weinen wie Lachen Privilegien der Lebenden sind und dass es keine größere Show gibt als das Leben selbst. In den Monaten oder Jahren, die mir jetzt noch bleiben, möchte ich geistige Schranken überwinden, um freier und flexibler zu sein, sanfter zu leben und die Existenz leidenschaftlicher zu lieben. Und genau dafür brauche ich diese Bande Verrückter hier!« Sie zeigte lächelnd auf uns.

Wir alle – sogar die Psychologie- und Medizinstudenten – liefen auf Jurema zu, um sie zu umarmen. Viele von ihnen konnten sich mit den Episoden identifizieren, die sie gehört hatten, und einige fühlten sich so erleichtert, dass sie zu schweben meinten.

Frech wie immer rief der Bürgermeister:

»Omi, lass dich küssen! Du bist großartig!«

Er gab ihr mehrere Schmatzer auf Stirn und Wangen, während sie verzweifelt versuchte, ihm auszuweichen.

Nachdem sich alle wieder beruhigt hatten, fügte Honigschnauze hinzu:

»Falls du wirklich durchdrehst, Omilein, kannst du auf uns zählen! Wir, zwei kerngesunde Männer, haben immerhin die revolutionäre Schreitherapie erfunden! Es gibt keinen psychischen Dämon, der dank unserer Technik nicht Reißaus nimmt!«

»Oh, ich schreie bestimmt!«, antwortete Jurema. »Und zwar, um euch Hallodris loszuwerden, du Küchenpsychologe!«

Alle lachten. Wir zogen uns weiter gegenseitig auf und begannen dann zu singen und zu tanzen. Jeder von uns hatte Tragödien erlebt, aber nun stützten wir uns gegenseitig.

Die Dämonen müssen gebannt werden

Die Bestandsaufnahme von Professora Jurema war wie ein warmer Regen für unsere eigenen Geschichten. Wir entdeckten, dass es möglich ist, den vertrockneten Boden unserer Psyche in einen blühenden Garten wie den zu verwandeln, in dem wir uns an jenem Tage befanden.

Jahrelang hatte ich mich wissenschaftlich mit dem Wesen des Menschen befasst, ohne dass mir klar geworden wäre, dass Himmel und Hölle uns tatsächlich so nah waren. Dass es so schwierig und zugleich so einfach war, die persönlichsten Geheimnisse miteinander zu teilen! Nie hatte ich darüber nachgedacht, wie komplex und gleichzeitig simpel es war, Brücken zu bauen, um unsere geistigen Inseln miteinander zu verbinden.

Nachdem wir die Inventuren gebührend gefeiert hatten, schwebten wir alle im siebten Himmel. Wir waren vergnügt und gerührt wie nie zuvor in unserem Leben, wofür es weder nötig gewesen war, für viel Geld nach Disneyland zu reisen, noch ins Kino zu gehen. Keine Psychotherapie hatte jemals eine solche Wirkung gehabt, und in keinem Unterricht hatten wir so viel gelernt.

Wir setzten uns in den Kreis und warteten auf die Worte des Meisters, der zufrieden seufzte. Er hatte uns den Traum einer befreiten Lebensgeschichte verkauft, in der die Fragmente zusammengefügt, die Wunden geheilt, die Schlösser aufgebrochen und die Dachkammern gelüftet waren. Das war auch der Traum von Buddha, Konfuzius, Sokrates, Platon und anderer großer Denker gewesen. Es war der Traum des Lehrers aller Lehrer, Jesus von Nazareth, und er hatte Rinnen frischen Wassers in unsere rauen, harten Böden gegraben.

Nach einer beglückenden Pause sagte der Meister:

»Es ist äußerst heilsam, die Maske abzunehmen und sich als der Mensch zu zeigen, der man ist – töricht und verstandesklar, widersprüchlich und weise, schwach und selbstsicher, kurz: paradox. Wer seine Geschichte nicht neu denkt, kann sie auch nicht umschreiben. Und tröstet euch: Es gibt niemanden, der nicht von Gespenstern heimgesucht würde! Wenn ich daran denke, dass wir von der Vorschule bis zur Universität junge Menschen heranziehen, die schutzlos sind, weil sie nicht gelernt haben, in ihrem Inneren zu schürfen, kommen mir die Tränen! Sie sind wie Häuser auf brüchigem Fundament, die beim ersten Sturm ins Wanken geraten. Ihnen fehlt der Zugang zum inneren Schatz, der sie in schweren Zeiten überleben lässt.«

Im Unterschied zu vielen anderen spirituellen Meistern verkaufte der Traumhändler keine motivierenden Worte und optimistischen Botschaften. Es ging ihm nicht darum, im Leben zu siegen. Für ihn war die Existenz ein Vertrag voller Risiken, und in den Klauseln dieses Vertrages stand, dass Stress und Erleichterung, Weinen und Lachen, Wahnsinn und Gesundheit Teil der Geschichte eines jeden Menschen sind. Seine Lektionen speisten sich gerade aus diesem Wirbelwind.

Er war dabei von einer Redlichkeit, die ich so noch bei keinem der vielen Profis auf dem Gebiet geistiger Gesundheit erlebt hatte, die mir bisher begegnet waren. Er verkaufte den Traum eines befreiten Geistes, aber diese Freiheit musste den inneren Ungeheuern mit viel intellektuellem Schweiß abgerungen werden.

Dann schien es, als richtete er seinen Blick auf die eigene Geschichte, und er sagte, als machte er nun selbst Inventur:

»Auch wenn jemand wohlhabend ist und ihm das Ungeheuer der Armut nichts anhaben kann, so können ihm doch die bösen Geister des Zusammenlebens auflauern. Kränkungen, Hohn, Verleumdungen, Untreue, Verrat, Enttäuschungen und der Verlust geliebter Wesen können das Leben zur Hölle machen.

Und wenn ihn auch diese nicht heimsuchen, können ihn psychische Schreckgespenster verstören: Schuldgefühle, Hemmungen, Ängste, Komplexe, Zwangsvorstellungen, quälende Vorstellungsbilder. Sollte er auch von diesen frei sein, lauern die Dämonen der Existenz darauf, ihn zu quälen: der Tod, die Fragen nach Transzendenz und Lebenssinn. Und wenn diese ebenfalls fernbleiben, so ist er doch immer noch der Schwäche des Körpers ausgeliefert und mag unter Erschöpfung, Kopf- und Muskelschmerzen, schlaflosen Nächten und Albträumen leiden.«

Mit einem aufmerksamen Blick auf seine Zuhörer fügte er hinzu:

»Die große Herausforderung für die Menschen besteht nicht darin, die Dämonen auszumerzen, die wir selbst geschaffen haben, sondern sie zu zähmen. Das sage ich, weil wir eine erstaunliche Kreativität an den Tag legen, wenn es darum geht, immer neue hervorzubringen.«

Ja, das ist wahr, dachte ich. Wie viele Probleme, die wir sehen, sind nichts als Phantome! Die eindringlichen und gleichzeitig tröstenden Gedanken des Meisters strahlten in die hundert Billionen Neuronen unserer Gehirne und erreichten darin die verborgensten Winkel.

»Ich weiß, dass mein Projekt, mit Träumen zu handeln, nicht nur Bewunderung hervorruft, sondern auch ein öffentliches Ärgernis ist. Ich weiß, dass ich als Verrückter, Blender, Betrüger, Ketzer und Verführer abgestempelt werde. Aber wenn ich das Inventar meiner Dämonen betrachte und an die Dramen denke, die ich durchlebt habe, schrumpfen die Schreckgespenster der Gegenwart und die der Zukunft ängstigen mich nicht mehr. Die Brücken zwischen meiner Vergangenheit, meiner Gegenwart und dem, was mich in Zukunft erwartet, geben mir Frieden.«

Ich dachte, welch ein Privileg es für die anwesenden Psychologiestudenten war, diese Gedanken zu hören, die ihre Lebensgeschichte sicherlich prägen würden. Sie begriffen gerade, dass sie zunächst den Gespenstern begegnen mussten, die ihnen selbst auflauerten, bevor sie andere Menschen behandelten.

Der junge Salomon war fasziniert und gleichzeitig beunruhigt von dem, was er vernommen hatte. Er flüsterte mir zu:

»Julio! Es gibt so viele böse Geister, die mir große Furcht einflößen!«

»Auch ich werde von den Ungeheuern meiner Psyche heimgesucht. Aber wir dürfen uns ihnen nicht unterwerfen!«

Nun konnten auch unsere beiden Unruhestifter nicht mehr an sich halten. Ab und zu mussten sie einfach ein bisschen Leben in die Bude bringen und die andächtige Stimmung aufmischen.

Und so donnerte Barnabas los:

»Verehrte Wählerschaft! Wenn ich erst mal der Bürgermeister dieser Weltstadt bin, werde ich alle Gespenster hinter Gitter bringen. Nicht ein einziger kleiner Poltergeist wird euch mehr um den Schlaf bringen!«

Bartholomäus mischte sich lautstark ein:

»Hört nicht auf ihn! Er ist ein Demagoge! Guckt lieber mich an! Ich bin hier der professionelle Geisterjäger! Ich hab jahrelange Erfahrung!«

Nun griff der Bürgermeister in seine Jackentasche und zog eine kleine Plüschmaus heraus, die er im Müll gefunden und für eine Gelegenheit wie diese aufbewahrt hatte. Er fasste sie am Schwanz und ließ sie vor Bartholomäus' Augen hin und her baumeln. Es geschah etwas Unglaubliches: Bartholomäus geriet in Panik! Die unschlagbare und nicht zu bremsende Honigschnauze trug ein Gespenst mit sich herum, von dem wir nichts wussten: Er hatte eine Mäusephobie!

Er kreischte also auf wie ein Schulmädchen, machte einen Satz und sprang dem Zerstörer auf den Arm. Die philosophische Atmosphäre unserer großen Inventur brach in sich zusammen, und wir fielen aus den Wolken mitten in ein Irrenhaus. Doch irgendwie entzückte es mich auch, zu sehen, wie der große Agitator vor einer Maus in die Knie ging. Ich rieb mir innerlich die Hände.

Dann versuchte der Bürgermeister, dem völlig panischen Honigschnauze die Spielzeugmaus in die Hand zu geben, und der Meister nutzte die Gelegenheit, um uns zu lehren:

»Gespenster tauchen immer dann auf, wenn wir unsere Fantasien nicht von der Realität unterscheiden.«

Wir erlebten, wie unser Großmaul Bartholomäus sich so klein machte wie möglich, wobei er zitterte wie Espenlaub. Es war eigentlich nicht zum Lachen, denn schließlich ging es um seine Ängste. Doch da er sich zu den unpassendsten Gelegenheiten über alles und jeden lustig machte, konnten wir uns das Lachen einfach nicht verkneifen. Und zum ersten Mal war ich es, der dabei half, das Drama in eine Komödie zu verwandeln. Spöttisch sagte ich zu ihm:

»Sieh an! Unser großer Orator und Drachentöter lässt sich von einer Maus ins Boxhorn jagen!«

Verlegen, aber ohne seine Pose als Straßenphilosoph aufzugeben, ließ er sich vom Arm des Zerstörers wieder zu Boden, klopfte sich den Staub ab und erwiderte:

»Verehrtester Julio, hochherrlicher Imperator dieser kollektiven Klapse! Wisset, dass jeder große Mann seine Geheimnisse hat.«

Die Teufelsinsel

Während wir uns noch über Bartholomäus' Gespenster lustig machten, betrat Anstaltsleiter Fernando Látaro die Bühne. Während des Schauspiels, das wir ihm geboten hatten, war er aus dem Staunen nicht mehr herausgekommen. Bevor er die Inventur unserer persönlichen Geschichten miterlebt hatte, war er der Meinung gewesen, sein Hochsicherheitsgefängnis wäre so etwas wie der Schuttabladeplatz der Gesellschaft, Endstadion und Aufbewahrungsort für brutale Kriminelle und unverbesserliche Soziopathen.

Das Gefängnis war berüchtigt für die Gewalt unter den Häftlingen, den florierenden Drogenhandel und die immer wieder entfachten Gefangenenrevolten. Es lag fünfzig Kilometer vor der Küste auf der sogenannten »Teufelsinsel« und beherbergte die gefährlichsten Männer des Landes.

Seit Fernando Látaro vor zwei Jahren die Leitung übernommen hatte, war es bereits zu fünf Aufständen gekommen, bei denen drei Polizeibeamte, ein Sozialpädagoge und zehn Insassen den Tod gefunden hatten.

Das Leben besaß für die meisten dieser Gesetzesbrecher keinerlei Wert. Sie hatten unvorstellbare Gräueltaten begangen. Einige hatten ihre Frauen umgebracht, andere ihre Eltern oder ihre Kinder. Wieder andere hatten Menschen entführt, Banken ausgeraubt oder mit Drogen gehandelt. Es gab Terroristen unter ihnen und Mafiosi, die der Meinung waren, dass das Leben anderer nicht mehr wert sei als eine Kugel.

Wer auf der Teufelsinsel arbeitete, begegnete Ungeheuern anderen Kalibers. Sogar Priester wurden von ihrer Kirche davon abgehalten, die Insel zu besuchen. Kein Musiker wagte es, dort aufzutreten, und Wohltäter taten so, als gäbe es das Gefängnis nicht. Niemand wollte das Risiko eingehen. Unter den Sicherheitsbeamten, Sozialarbeitern und Psychologen war die Fluktuation enorm. Einige von ihnen wurden bereits in den ersten vier Wochen nach der Arbeitsaufnahme krank, und jedes Jahr schied etwa die Hälfte wegen Krankheit längerfristig aus.

Ich kannte die Teufelsinsel und ihren Ruf besser als die meisten. Früher einmal hatte ich Studenten zu einer Feldforschung über die Perspektiven dieser Kriminellen angeregt. Doch sie wurden von den Häftlingen bedroht und hinausgeworfen. Und da einige von ihnen vom Gefängnis aus Straßengangs kommandierten, fürchteten meine Studenten, von deren Mitgliedern drangsaliert zu werden. Kokain, Heroin, Cannabis und Halluzinogene wurden häufig an den strengen Sicherheitskontrollen vorbeigeschmuggelt.

Der Anstaltsleiter und seine Mitarbeiter waren verzweifelt angesichts des Verhaltens, das die Insassen gerade in letzter Zeit zeigten. Sie fürchteten einen Ausbruchsversuch. Sowohl Látaro selbst als auch drei Polizeibeamte und fünf Sozialpädagogen hatten Todesdrohungen erhalten und mussten sich sogar außerhalb des Gefängnisses mit Leibwächtern bewegen.

Niedergeschlagen sagte Látaro zu uns:

»Die Gewalttätigkeit hat wirklich unvorstellbare Ausmaße angenommen. Heute werden ja nicht mehr nur junge Männer aus der Unterschicht kriminell, sondern sogar Jugendliche aus der Mittelschicht begehen die fürchterlichsten Gräueltaten. An vielen Schulen ist Gewalt inzwischen alltäglich. Ich verstehe es einfach nicht!«

Ihm fiel ein, was der Meister zu anderer Gelegenheit gesagt hatte, und er schloss:

»Wir haben zwar riesige technologische Fortschritte gemacht, aber was Altruismus und Toleranz angeht, stehen wir noch ganz am Anfang.«

Nach diesen Worten richtete er eine Bitte an den Meister, die mir den Schreck in die Glieder fahren ließ:

»Meister, ich bin sehr berührt von dieser Technik der Inventur der fünf schmerzvollsten Episoden einer Lebensgeschichte. Könntet Ihr mit Euren Jüngern die Insassen unserer Haftanstalt, oder wenigstens einige von ihnen, diese soziotherapeutische Technik lehren? Wer weiß, vielleicht gäbe ihnen das die Chance, ein Mindestmaß an Einfühlungsvermögen und sozialer Verantwortung zu entwickeln.«

Meine Kehle schnürte sich zu, und ich dachte: ›Wie soll das gehen? Wer soll diese Psychopathen dazu bringen, in sich zu gehen? Das ist ein extrem riskantes, äußerst gefährliches Experiment! Diese Typen morden, ohne auch nur mit der Wimper zu zucken. Wie sollen wir die dazu kriegen, ihre Lebensgeschichte mit anderen zu teilen?‹

Ein Sozialpädagoge, auf der Teufelsinsel angestellt, wurde noch deutlicher:

»Die Gesellschaft behandelt unsere Häftlinge wie den letzten Dreck, und wir, die wir dort arbeiten, müssen sie ertragen. Sie sind aber trotz ihrer Verbrechen immer noch menschliche Wesen. Könntet ihr uns nicht helfen?«

Es war klar, dass der Meister einen solchen Vorschlag niemals annehmen würde. Er war ja gerade erst einem weiteren Anschlag auf sein Leben entronnen und würde sich sicherlich nicht auch noch diesem Risiko aussetzen! Erst recht würde er seine wehrlosen Jünger nicht derart in Gefahr bringen! Aber noch bevor er ablehnen konnte, katapultierte Honigschnauze uns alle auf den Scheiterhaufen. Enthusiastisch brüllte er:

»Einverstanden!«, und der Bürgermeister fügte hinzu:

»Ein paar Klapse aufs Hinterteil und sie sind wieder lieb!«

Die beiden hatten wirklich keine Ahnung, wovon sie redeten! Noch bevor ich ihnen widersprechen konnte, applaudierten Látaro und seine Mitarbeiter und riefen: »Bravo! Vielen Dank!«

Bartholomäus und Barnabas schienen die Insassen dieses Gefängnisses tatsächlich mit undisziplinierten Schülern zu verwechseln. Dass sie wie Sardinen gebraten würden, sobald sie nur den Mund öffneten, um einen Witz zu reißen, war ihnen offensichtlich vollkommen unklar.

Einer der Wachbeamten, der nicht weniger naiv schien, rief begeistert aus:

»Endlich kommen bemerkenswerte Denker, um in die Teufelsinsel zu investieren!«

›Denker?‹, dachte ich verwundert. ›Die beiden haben doch nichts als Flausen im Kopf!‹

Bartholomäus rief dem Beamten zu:

»Teufelsinsel? Sprich nicht so von den Jungs! Das ist gemein! Es ist eine Engelsinsel!«, worauf der Bürgermeister hinzufügte:

»Gebt diesen Kindern eine anständige Erziehung, und das Gefängnis wird zum Museum!«

Der Meister war äußerst nachdenklich; er hatte fast aufgehört zu atmen. Er wusste, wie vermint das Gebiet war, das wir betreten sollten. Dann sagte er zu den beiden vorlauten Gesellen:

»Ist euch klar, dass ihr gerade die Mission übernommen habt, in einem Hochsicherheitsgefängnis vor äußerst gefährlichen Psychopathen aufzutreten?«

Da erst wachte Honigschnauze auf, wurde bleich und fragte stotternd:

»E-ein Ho-hochsicherheitsgefängnis, Meister?«

»Ja, ganz genau. Das ist eure große Gelegenheit, Träume in einer Umgebung zu verkaufen, in der es fast unmöglich ist, zu träumen.«

Strahlend fügte Fernando Látaro hinzu:

»Und ich werde alles tun, was in meiner Macht steht, um für eure Sicherheit zu sorgen.«

Doch Bartholomäus war kleinlaut geworden und suchte nach einem Vorwand, um sich davonzustehlen. Er wandte sich an den Bürgermeister:

»Du siehst blass aus und wirkst wackelig auf den Beinen!«

»Nein, nein, mir geht's blendend!«, erwiderte dieser. »Ich bin für alles bereit!« Dann erst merkte er, worum es ging, und verbesserte sich: »Oh, ich meine … irgendwie ist mir gar nicht gut! Ich glaube, ich bin in den Wechseljahren.«

Aber es war zu spät. Der Traumhändler hatte Geschmack an dem Projekt gefunden und schlug uns vor:

»Warum inszeniert ihr die Mäusephobie von Bartholomäus nicht als Theaterstück, um den Gefangenen zu zeigen, wie emotionale Gespenster entstehen? Schließlich hat jeder auf dem Dachboden seiner Psyche ein paar Mäuse. Julio könnte die Regie übernehmen!«

Sofort schlug die Stimmung des Bürgermeisters von Entmutigung in Euphorie um:

»Genial! Mit der Geschichte dieses schwierigen Genossen hier können wir womöglich ein paar dunkle Ecken in der Psyche der Verbrecher auskehren!«

Er deutete auf Honigschnauze, dem das ganz und gar nicht gefiel. Er plusterte sich auf wie sonst der Bürgermeister und rief:

»Mein Volk, dieser Mann, genannt Bürgermeister, ist das beste Beispiel für einen elenden Tropf, dem es nicht an Gelegenheiten gefehlt hat, den falschen Weg einzuschlagen. Und die hat er auch genutzt!«

Er brach in schallendes Gelächter aus.

»Honigschnauze, was sagst du da!«, beschwerte sich der Geschmähte, worauf sich Bartholomäus verbesserte:

»Aber da er gerade lernt, seine dreisten Poltergeister zu bändigen, besteht große Hoffnung darauf, dass er sich ein bisschen ändert.«

Und er lachte wieder.

Die beiden frechen Gesellen machten sich einfach über alles und jeden lustig, und zwar in den unpassendsten Momenten. Aber sie waren dabei so drollig, dass es unmöglich war, nicht mitzulachen. Ein paar Leute lächelten, ohne die geringste Vorstellung davon zu haben, was uns erwartete.

Ich war sprachlos. Dann wandte ich mich an Jurema und wisperte ihr zu:

»Weißt du, was die Teufelsinsel ist?«

»Ja. Wir werden bei lebendigem Leibe gebraten werden. Und sollte einer von uns verschont bleiben, kommt er zweifellos auf eine Todesliste.«

Monika hatte mitgehört und erschauderte. Auch Professora Jurema war das berüchtigte Gefängnis also bekannt. Wie sich herausstellte, hatte sie ebenfalls Studenten dorthin geschickt, und deren Plan, mit den Insassen pädagogisch zu arbeiten, war grandios gescheitert. Den Studenten war fast das Fell über die Ohren gezogen worden.

Im Vergleich zum Versuch, diese Schwerverbrecher zu erziehen, war das Herunterholen von Lebensmüden von der Spitze irgendwelcher Denkmäler ein Kinderspiel. Diese Schurken hatten verbrannte Erde hinterlassen und waren dabei selbst tief traumatisiert.

Angesichts der Lebensgefahr, in die wir uns begeben würden, wich ich zurück:

»Meister, bitte verzeih, aber ich bin raus! Das Risiko ist viel zu groß! Es mag ja noch angehen, mit Bartholomäus und Barnabas durch die Gegend zu ziehen, aber mit ihrer Hilfe die Kriminellen auf der Teufelsinsel erziehen zu wollen ist das reinste Selbstmordkommando!«

Bartholomäus begann zu sticheln:

»Leute, seht her! Unser großer Pädagoge macht sich in die Hose!«

Zu meinem Entsetzen mischte sich jetzt ein Medizinstudent namens João Vítor ein, der drogenabhängig war und sich in den letzten Wochen mehrmals bei mir ausgeweint hatte:

»Warum nicht? Ich bin dabei! Ich war auch schon mal im Knast!«

João Vítor stand ganz kurz vor der Zwangsexmatrikulation. Er spritzte Kokain, und da die Venen an seinen Armen von den täglichen Injektionen bereits verhärtet waren, hatte er begonnen, sich in Hand- und Fußvenen zu spritzen. João Vítor erinnerte mich an meinen Sohn João Marcos. Es waren ähnliche Namen mit ähnlichen Geschichten. Doch seit João Vítor sich vor zwei Monaten dem Meister angeschlossen hatte, war er dabei, seine Geschichte umzuschreiben.

Ich hatte João Vítor auf der Straße gefunden, wo er sich in Konvulsionen wand, da er sich offenbar eine Überdosis gespritzt hatte. Voller Panik dachte ich, er würde in meinen Armen sterben. Anschließend begann ich, in diesen jungen Mann mit jeder Faser meines Wesens zu investieren. Wir trafen uns unter den Brücken, unter denen er schlief. Einmal unterhielten wir uns von acht Uhr abends bis vier Uhr früh.

Es war beglückend zu sehen, wie João Vítor sich wieder fing, und ich träumte davon, dass er eines Tages auch ein Jünger des Meisters werden würde. Natürlich wusste ich, dass er seine Vergangenheit als Drogenabhängiger nicht ungeschehen machen konnte, doch immerhin die Chance hatte, sich eine neue, freiere Zukunft zu gestalten.

Die Mission, um die es jetzt ging, war jedoch einfach zu riskant. João Vítor war nicht klar, dass die Arrestzellen auf Polizeirevieren, in denen er wegen Drogenbesitzes gelandet war, nichts mit dem Hochsicherheitsgefängnis zu tun hatten, das Fernando Látaro leitete.

Es gab noch weitere Drogenabhängige, die dem Meister folgten. Sie lernten bei ihm nach und nach, dass es möglich ist, sich mit Abenteuern zu berauschen statt mit Drogen. Es reichte völlig aus, Bartholomäus und Barnabas zu begleiten. Aber das Abenteuer, das uns auf der Teufelsinsel erwartete, war eine Falle, die über uns zuschnappen würde.

Ich wollte João Vítor nicht enttäuschen, doch trotz der Sicherheitsgarantien, die uns der Anstaltsleiter gegeben hatte, wäre ich am liebsten weggelaufen. Ich war plötzlich aufgefordert, zu beweisen, dass ich dem Schmerz meiner Mitmenschen, auch wenn diese Verbrecher waren, nicht gleichgültig gegenüberstand. Ich musste von meinem Intellektuellensockel steigen und einfach nur Menschlichkeit zeigen.

Überfordert schüttelte ich den Kopf, und Monika, Salomon, Dimas und Edson, die forscher waren als ich, versuchten erfolglos, mir Mut zuzusprechen.

Angesichts meines Widerstands provozierte mich Bartholomäus erneut:

»Wenn der großartige Julio die Regie übernimmt, liefere ich eine unvergessliche Performance ab!«

»Genau! Wenn der Kaiser der szenischen Künste Regie führt, mache ich den verwöhnten Typen im Knast Feuer unterm Hintern!«, prahlte der Bürgermeister.

Irgendwie fühlte ich mich geschmeichelt, sodass ich schließlich, wenn auch innerlich tief verunsichert, beschloss, die Herausforderung anzunehmen. Und da kam mir ein Geistesblitz. Ich rieb mir die Hände. ›Das ist die Gelegenheit, mich an diesen elenden Maulhelden zu rächen!‹, dachte ich. ›Sie haben sich über mich lustig gemacht und mich durch den Kakao gezogen. Jetzt werden sie dafür zahlen!‹

»Okay, ich nehme das Angebot an!«, sagte ich unter dem Beifall der Menge. »Ich schreibe jedem eine passende Rolle auf den Leib, in der er glänzen kann!«

Alle waren glücklich. Ich wurde emporgehoben und umhergetragen. Ja, sie waren mir in die Falle gegangen! Doch tief in meinem Inneren fürchtete ich, mir womöglich selbst eine Falle gestellt zu haben.

Bedroht auf der Teufelsinsel

Um das Theaterstück für unseren Auftritt auf der Teufelsinsel zu schreiben, bat ich Bartholomäus, mir seine Lebensgeschichte zu erzählen. Ich wollte verstehen, wie es zu seiner Mäusephobie gekommen war. Unser Maulheld nutzte die Gelegenheit für eine ausschweifende, mit fantastischen Details ausgeschmückte Erzählung, und ich kritzelte dabei Blatt um Blatt auf meinem Notizblock voll. Mit Engelsgeduld hörte ich mir seine maßlosen Übertreibungen an.

Meine anschließende Revanche waren die Fallstricke, die ich mit innerer Genugtuung in der Textvorlage auslegte in der Hoffnung, Bartholomäus und Barnabas würden sich darin verheddern. Ich schrieb den beiden Rollen auf den Leib, bei denen ich mir die Reaktion der kriminellen Zuschauer bereits vorstellen konnte: Bestimmt würden sie ihnen bei lebendigem Leibe das Fell über die Ohren ziehen. Natürlich wollte ich nicht, dass die Dinge außer Kontrolle gerieten, gebe jedoch zu, dass ich davon träumte, den beiden Aufschneidern eine unvergessliche Lehre zu erteilen. Es war meine große Chance, den Platz des Traumhändlers einzunehmen und diese aufmüpfigen Jünger auf meine Weise zu erziehen. Ich weiß, dass ich als Pädagoge viele Fehler begangen habe, aber mein autoritärer Instinkt war erwacht, und ich fuhr meine Klauen aus.

Allerdings war es eine Sache, die Textvorlage zu schreiben, und eine andere, mit den Akteuren zu proben. Ich stand wieder einmal kurz vor dem Herzinfarkt. Honigschnauze und der

Bürgermeister konnten sich ihren Rollentext partout nicht merken. Sie sagten, was ihnen gerade in den Kopf kam, und machten ständig Blödsinn. Sie hatten wirklich keinerlei Disziplin.

»Hey, Regisseur! Ich bin ganz überrascht von mir!«, sagte Honigschnauze und klopfte sich selbst auf die Schulter. »Ich wusste gar nicht, dass ich so ein talentierter Schauspieler bin!«

»Wenn erst Hollywood mich entdeckt, spiele ich zusammen mit Tom Cruise und Charlie Chaplin!«, rief der Bürgermeister.

»Chaplin? Aber der ist doch schon lange tot!«, entgegnete Salomon.

»Tot? Aber nicht in meinem Herzen, Salomon!«, zog sich Barnabas aus der Affäre.

Nachdem wir eine Woche auf der Straße, unter Brücken und auf Plätzen geprobt hatten, setzten wir mit einer abgetakelten Fähre zur berüchtigten Teufelsinsel über. Alle Jünger des engsten Kreises waren dabei, sogar die schöne Monika, obwohl wir ihr angesichts der sexuell ausgehungerten Männer, die uns erwarteten, dringend abgeraten hatten. Mit uns an Bord waren fünf Sicherheitskräfte.

Die müden Motoren knatterten, und der Wind wehte uns die Haare ins Gesicht, die uns an der Nase kitzelten. Die Meeresbrise vertrieb den Gestank der Bettlerlager unter den Brücken aus unseren Nüstern. Das alte Boot, dessen Farbe längst abgeblättert war, schaukelte sanft auf den Wellen, und der Tag versprach, unvergesslich zu werden. Das war er dann auch, aber auf andere Weise, als wir gedacht hatten …

Ohne dass ihm klar war, was ihn erwartete, rief Bartholomäus aus:

»Ah! Ich liebe den Luxus!«

»Ich werde dem Publikum bestimmt die Tränen der Rührung in die Augen treiben!«, sagte der Bürgermeister.

Als er das hörte, schüttelte unser Steuermann ungläubig den Kopf und bemerkte nur:

»Freundchen, von dieser verdammten Insel flüchten alle mit Tränen in den Augen!«

Ich hatte einen Knoten im Hals. Die strapaziösen Proben hatten mein Bewusstsein getrübt und meinen Blick verengt: Was uns bevorstand, war sicherlich kein kurzweiliger Theaterabend, sondern womöglich ein Gemetzel! Ich sah die Insel in der Ferne, und mein Herz begann wie wild zu klopfen. Ich ahnte, dass tatsächlich viele, sehr viele Tränen fließen würden. Dann wandte ich mich um zum kleinen Hafen, von wo wir aufgebrochen waren, und strich mir die Haare aus dem Gesicht, um noch einmal den Kontinent zu sehen, von dem wir uns verabschiedeten. Pessimistisch fragte ich mich, ob ich jemals wieder einen Fuß auf ihn setzen würde …

Ich war eigentlich nie ein optimistischer Mensch gewesen. Pessimismus ist die bevorzugte Haltung der meisten Intellektuellen. Wir lieben Schmerz und Elend. Nicht selten sind wir der Meinung, dass Optimismus eine Sache beschränkter Geister ist, die die Realitäten nicht sehen wollen. Doch an jenem Tag hatte ich konkrete Gründe, um mich im Schlamm des Pessimismus zu wälzen. Ich ahnte, dass meine Pläne nicht aufgehen würden. Je näher wir der Insel kamen, desto schneller schlug mein Herz und desto kurzatmiger wurde ich. Ich wollte nur weg. Aber wie? Angespannt fragte ich mich: Was war bloß in meinem Kopf vorgegangen, als ich mich auf diese Idee eingelassen habe?

An der Teufelsinsel gab es keine Strände. Die Küste war felsig, und die Wellen zerschellten mit ohrenbetäubendem Lärm an den bis zu zehn Meter hohen Klippen. Die vegetationslose Landschaft war genauso verödet wie die Seelen, die sie beherbergte.

Auf den Klippen erhob sich eine fünfzehn Meter hohe, lang gestreckte Steinmauer, hinter der früher Regimegegner gefangen gehalten wurden. Wie die Chinesische Mauer sollte sie die Gesellschaft vor ihren Feinden schützen. Nach dem Ende der Diktatur hatte man die Haftanstalt zum Hochsicherheitsgefängnis für Schwerverbrecher ausgebaut. Sie war im ganzen Land berüchtigt und gefürchtet, doch auch wenn Körper auf diese Weise weggeschlossen werden konnten, so war es doch unmöglich, die Gedanken der Insassen in Ketten zu legen.

Am Eingang des Gefängnisses wurden wir zunächst von fünf Männern von Kopf bis Fuß durchsucht. Angsterfüllt betraten wir dann den Innenbereich. Die Landschaft außerhalb des Gefängnisses war karg; im Inneren war sie trostlos. Kleine Grünflächen mit schlecht gemähtem Rasen, ohne eine Blume, ohne einen Baum. Wände, von denen die Farbe blätterte, und Schlaglöcher in den engen Straßen trugen zum Eindruck eines Straflagers bei. Das war eine zusätzliche Strafe für die gefährlichen Gesetzesbrecher. Sie hofften nicht einfach nur auf den Tag, an dem sie ihre Schuld abgebüßt hätten, sondern schmiedeten immer wieder Ausbruchspläne. Männer mit Maschinengewehren patrouillierten oben auf der Gefängnismauer. Sie wussten, dass früher oder später erneut eine Rebellion ausbrechen würde.

Viele der Insassen waren zu lebenslanger Haft verurteilt. Zu töten oder zu sterben machte für diese Männer, die keine Hoffnung mehr hatten, keinen großen Unterschied. Auf unserem Weg in den Theatersaal durchquerten wir einen großen Innenhof mit Zellentüren an den Seiten. Nur ein paar Gefangene hielten sich »frei« auf dem Hof auf, entweder wegen guter Führung oder weil sie einen Wärter bestochen hatten oder um Spannungen zwischen den Häftlingen vorzubeugen. Diese Männer widmeten sich kleineren Aktivitäten unter strenger Bewachung.

Als wir an ihnen vorbeigingen, starrten sie uns hasserfüllt an, und mir lief es kalt den Rücken herunter.

Einer von ihnen, dessen Schultern und Brust mit riesigen Tätowierungen übersät waren, rief seinen Kollegen zu:

»Die glotzen uns an wie im Zoo!« Dann machte er verschiedene Tiere nach, vom Elefanten bis zum Löwen.

Professora Jurema wurde schwindelig; sie schwankte. Dimas, immerhin ein Spezialist für kleinere Diebstähle, wirkte im Vergleich zu diesen hochgefährlichen Männern wie ein unschuldiges Baby. Salomon hatte Schweißausbrüche; er fieberte. Edson zitterten die Lippen, und er betete atemlos, um das Gespenst der Panik zu vertreiben. Der Zerstörer hatte seine Stimme verloren. João Vitor war kalkweiß geworden und bereute zutiefst, mich ermuntert zu haben, die Herausforderung anzunehmen. Monikas Reaktion konnte ich nicht erkennen, da sie ihre Schönheit unter einer zerzausten Perücke und weiter Kleidung verborgen hatte.

Honigschnauze und der Bürgermeister waren wie immer auf einem anderen Stern. Sie stolzierten wie zwei Playboys vor uns her und waren uns bereits zehn Meter voraus, begleitet von drei unbewaffneten Sicherheitsleuten. Waffen waren im Innenhof verboten. Jovial winkten sie nach rechts und links und grüßten freundlich, genau so, wie sie es auch gegenüber den Fremden taten, denen wir auf den Straßen begegneten.

Ein gefährlicher Psychopath in einer der Zellen auf der rechten Seite, die ungefähr zwölf Meter von den beiden entfernt lag, ärgerte sich maßlos darüber, wie entspannt sie sich auf seinem Territorium bewegten. Er spuckte in ihre Richtung, und tatsächlich spuckten die zwei zurück! Mir war nicht klar, ob sie ihn provozieren oder ihm einfach zeigen wollten, dass sie auch konnten, was er konnte.

Dann begann der Bürgermeister, genüsslich Kekse zu verspeisen, und ein Mörder, der eine fünfköpfige Familie ausgelöscht hatte, brüllte:

»Na warte, du Fettsack! Du bist gleich fünfzig Kilo los, pass bloß auf!«

»Fantastisch! Junge, davon hab ich schon immer geträumt!«, erwiderte der Bürgermeister keck.

Aber sein Politikergeist hatte einen Dämpfer bekommen. Ich merkte, dass er innerlich zu zittern anfing. Zehn Schritte weiter wurde Honigschnauze von einem Entführer beleidigt:

»Baby, wohin gehst du? Komm her, Schnuckiputzi!«

Seine Zellengenossen lachten.

Ich dachte, dass Honigschnauze diesmal den Mund halten würde, aber zu unserem Entsetzen blickte er aus den Augenwinkeln auf die Sicherheitsbeamten, blies sich auf und polterte los:

»Haltet mich! Dieser Typ macht mich nervös!«

Dabei hob er die Fäuste. Wie wild gewordene Gorillas rüttelten nun die Gefangenen an den Gitterstäben des Zellenfensters. Ich gefror zum Eiszapfen, und meine Zähne klapperten.

Angespannt warnte der Wärter Honigschnauze:

»Hör zu, wer hier Beleidigungen nicht erträgt, schläft am Ende auf dem Friedhof.«

Bartholomäus schluckte und fiel in sich zusammen. Trotzdem entfernten er und Barnabas sich immer weiter vom übrigen Trupp. Die Angst hatte ihre Schritte beschleunigt.

Der Meister lief währenddessen scheinbar sorglos neben uns her. Ich fragte mich, woher er diese Ruhe nahm. Aber auch ruhige Männer kommen an ihre Grenzen, da war er nicht anders. Und es dauerte nicht lange, bis die Angst sich auch seiner bemächtigt hatte.

Die Verschwörung

Ein Mann mit dem Spitznamen El Diablo – kahl rasierter Schädel und Narben auf beiden Wangen – saß auf einer Bank neben einem anderen Kriminellen mit Spitznamen Granate. El Diablo und Granate waren gemeingefährliche Verbrecher – und als Gangleader zugleich die inoffiziellen Bosse der Haftanstalt. Von den Häftlingen gefürchtet, diktierten sie den sogenannten »Ehrenkodex« und ordneten Morde innerhalb und außerhalb der Haftanstalt an. Jeder von ihnen hatte über hundert Jahre Haft abzubüßen, abgesehen von den Straftaten, für die das Urteil noch ausstand. Aufgrund ihrer Machtstellung konnten sie sich im Hof frei bewegen. Fernando Látaro hielt es für besser, ihnen ein paar Privilegien zu gewähren, als die Bestien zu provozieren, ihre Zähne zu zeigen und einen Aufstand anzuzetteln – eine gefährliche Taktik von zweifelhaftem Wert.

El Diablo erhob sich und nahm den Meister in Augenschein. Auch Granate stand auf, und beide näherten sich uns mit langsamen Schritten. Zusätzlich zu den Wärtern, die neben Bartholomäus und Barnabas herliefen, waren noch vier weitere Sicherheitsleute an unserer Seite, die jetzt etwas nervös wurden. Auf ein Zeichen von ihnen würde ein bewaffneter Trupp den Hof stürmen. Aber das schien den Gangstern ziemlich egal zu sein. El Diablo wirkte, als hätte ihn der Anblick des Traumhändlers in Erstaunen versetzt. Und wie zuvor der Direktor des Mellon-Lincoln-Hospitals machte er ein Gesicht, als hätte er ein Gespenst gesehen. Als er nur noch zwei Meter von ihm entfernt war, rief er:

»Das kann nicht sein! Du lebst? Willst du dich hier rächen?«

Zum ersten Mal sah ich den Meister in Verwirrung. Offenbar fragte er sich genauso wie wir, was das zu bedeuten hatte. Ich dachte, dass es sich wohl um eine Verwechslung handelte. Außerdem war Rache ein Wort, das im Wörterbuch des Traumhändlers nicht vorkam. Immerhin lebte er die Kunst der Toleranz!

»Rache? Die größte Rache an einem Feind besteht darin, ihm zu verzeihen!«, erwiderte er.

»Wer's glaubt, wird selig! Wer verzeiht wohl seinen Mördern? Du bist gekommen, um dich zu rächen! Aber das überlebst du nicht!«

El Diablo machte Anstalten, sich auf ihn stürzen, und wir gerieten in Panik. Glücklicherweise tauchten in diesem Augenblick bewaffnete Sicherheitsleute auf und beruhigten die Gemüter.

»Siehst du denn nicht, dass er ein Bettler ist?«, sagte einer von ihnen.

Mich hatte die erneute Todesdrohung gegen den Meister bestürzt. In den letzten Wochen hatte es bereits zwei Mordanschläge auf ihn gegeben. Mit wem wurde er bloß verwechselt? Jeder Theaterintendant ist zu Beginn einer neuen Saison verunsichert, aber ich hätte in diesem Augenblick alles dafür gegeben, den Job hinzuschmeißen.

Wir wurden nun eilig in den Theatersaal und hinter die Bühne gebracht, wo uns Bartholomäus und Barnabas bereits erwarteten. Keiner von uns war mehr in der Lage, sich zu konzentrieren. Das Ganze würde in einem Fiasko enden. Wir würden es noch nicht einmal schaffen, unseren Text zu sprechen, vom

Schauspielern einmal ganz abgesehen. Noch schlimmer war, dass wir wahrscheinlich die Lunte des Aufstands entzünden würden. Später erfuhren wir, dass einige Gangsterbosse, unter anderem auch der chinesischen Mafia, die Veranstaltung nutzen wollten, um mit dem Schiff zu fliehen, in dem wir gekommen waren.

Fernando Látaro waren diese Pläne am Morgen der Aufführung zu Ohren gekommen, doch anstatt sie abzusagen, zog er es vor, ein komplexes Sicherheitsnetz aufzuspannen. Er wollte unter den Häftlingen keine Unzufriedenheit schüren, nachdem unser Auftritt schon vor einer Woche angekündigt worden war. Außerdem wollte er die schlimmsten Verbrecher lieber im Publikum sehen, um sie besser im Auge zu haben. Und er träumte davon, dass die Technik der persönlichen Inventur irgendeinen positiven Effekt auf seine »Kundschaft« hätte. Zu diesem Zweck hatte er die hundertfünfzig gefährlichsten Straftäter, die auf der Teufelsinsel einsaßen, zum Besuch der Vorstellung verdonnert.

Nach und nach füllte sich das Theater mit fluchenden Häftlingen. Manches war auch hinter der Bühne deutlich zu hören:

»Nun legt schon los mit der Scheiße!«

»Theater ist was für kleine Mädchen!«

»Macht endlich den verdammten Vorhang auf!«

Mir wurde klar, auf was für einem Pulverfass wir saßen. Ich bekam Schweißausbrüche und konnte keinen klaren Gedanken mehr fassen. Etwa dreißig bis an die Zähne bewaffnete Sicherheitskräfte standen in den Seitengängen bereit. Der Meister, der Anstaltsleiter, drei Verwaltungsangestellte, zwei Sozialarbeiter und ein Psychologe saßen in der ersten Reihe auf der linken Seite, während El Diablo, Granate und andere Gangsterbosse in der ersten Reihe auf der rechten Seite saßen.

Die Verbrecher verschärften nun ihre Drohungen:

»Wenn's mir nicht gefällt, bring ich einen von denen um!«, brüllte El Diablo unter dem Beifall des Publikums.

»Und wenn's mir nicht gefällt, fresse ich allen Schauspielern die Leber weg!«, raunzte Granate.

Sie waren wütend, weil die Aufführung die geplante Gefängnisrevolte durchkreuzte.

Unser Stück handelte davon, wie wir Gespenster in unserem Geist heranzüchten, und ich dachte, dass hier ein Erzähler nötig wäre, um das wirklich klarzumachen. Als solcher müsste ich jetzt mit dem Mikrofon vor den Spielern die Bühne betreten, um dann den Fortgang des Stücks jeweils kurz zu kommentieren. Ich merkte langsam, wie meine eigene Falle über mir zuschnappte.

Angesichts meines Zauderns gab mir der Bürgermeister einen Schubs, und ich stolperte ins Rampenlicht. Dabei fiel mir das Mikrofon aus der Hand. Sofort wurde ich ausgepfiffen und ausgebuht:

»Komm in die Hufe, Schlappschwanz!«

Ich versuchte, mich wieder zu fangen, und dachte an die Zeiten, in denen meine Studenten eingeschüchtert und reglos auf ihren Plätzen saßen. Nun erhob ich die Stimme:

»Ich möchte dem Leiter Fernando Látaro für die Einladung danken.«

Die Verbrecher im Publikum hatten keinerlei Respekt vor Autoritäten. Das Einzige, was sie respektierten, waren Revolver und Maschinengewehre. Als ich den Namen des Anstaltsleiters aussprach, fingen sie an zu brüllen wie Raubtiere vor leichter Beute. Sie hatten scheinbar einen Plan B, nämlich sich auf die Wärter zu stürzen, sie zu überwältigen und ihnen die Waffen abzunehmen. Dabei würden sie wohl in Kauf nehmen, dass einige von ihnen niedergeschossen würden. Ich stellte mir das

Blutbad vor. Diese Leute hatten schwere Verbrechen begangen, und auch wenn sie auf dieser verfluchten Insel körperlich überleben mochten, waren doch ihre intellektuellen, emotionalen und kulturellen Fähigkeiten ausgelöscht worden. Sie waren daher tief frustriert und fühlten sich wie die Kanalratten.

Voll Schrecken versuchte ich nun, das Publikum zu würdigen, um die Spannung etwas zu lösen:

»Verehrte Zuschauer, es ist mir eine Ehre ...«, doch sie schrien: »Halt's Maul!«, und einige brüllten: »Los, Leute! Wir nehmen den Saal auseinander!«

Verzweifelt kam ich direkt zum Punkt:

»Ich würde das Stück gern erläutern.«

Aber niemand zeigte auch nur eine Spur von Interesse.

»Intellektueller Schleimer! Arschkriecher!«

Verzagt lenkte ich meinen Blick zum Traumhändler in der Hoffnung, ein bisschen von seiner Energie zu tanken. Doch vor lauter Nervosität war ich blind. Mein Herz raste derart, dass man es unter meinem Polohemd schlagen sehen konnte. Ich wollte überall sein, nur nicht dort. All mein Wissen über Gewalt und Kriminalität war zu Staub zerfallen. Die schlimmsten Verbrecher des ganzen Landes steckten hier hinter Gittern aus Stahl, und ich war hinter den Gittern der Panik gefangen. Jetzt waren wir alle Gefangene, jetzt wollten wir alle fliehen.

Ein Schock für Psychopathen und Mörder

Zutiefst beunruhigt über diese aufkeimende Rebellion, versuchte Fernando Látaro, seiner Autorität als Anstaltsleiter Gewicht zu verleihen. Er stieg auf die Bühne und forderte Respekt. Anstatt ihm Folge zu leisten, begannen die Häftlinge nun, mit den Füßen auf den Boden zu trampeln. Einige sprangen auch auf, als wollten sie die Bühne stürmen. Ich wusste nicht, ob ich weglaufen oder lieber stehen bleiben sollte. Der Tumult steigerte sich, und gerade als die Sicherheitsleute eingreifen wollten, erschien ein Gespenst, das allen Anwesenden einen Schock von zehntausend Volt verpasste: Bartholomäus.

Er war so überraschend auf die Bühne getreten und hatte dabei so laut gebrüllt, dass mir fast das Herz stillstand. Auch der Anstaltsleiter hatte sich erschrocken, und das überrumpelte Publikum brauchte eine Sekunde, um zu verstehen, welcher Hurrikan da hereingebrochen war.

Mit einer Perücke, deren Haare nach oben und zu den Seiten abstanden, sah er aus, als wäre er einem Horrorfilm entsprungen. Es war die Perücke von Monika. Außerdem trug er ein dunkelblaues Kostüm und hochhackige Schuhe, die er sich von Jurema ausgeliehen hatte. Er oder vielmehr »sie« war so hässlich, dass auch die perversesten Gefängnisinsassen sich schüttelten. Plötzlich trat noch der Bürgermeister auf den Plan. Er hatte sich ebenfalls eine Perücke aufgesetzt und gab zusammen mit Honigschnauze zappelnd primitive Laute von sich. Letzterer sah aus wie eine Löwin, die gerade ihre Beute zerfetzt. Die beiden führten die Schreitherapie vor!

Angesichts ihrer Performance geriet ich außer mir. Was hatten die beiden vor? Öl ins Feuer gießen? Sie hatten keine Ahnung, worauf sie sich eingelassen hatten und welche Gefahr ihnen drohte! Ich stellte mir schon vor, wie die Raubtiere aus dem Publikum sie bei lebendigem Leib in Stücke reißen würden.

Als El Diablo und Granate sahen, dass die Häftlinge sich vom Anblick der beiden Verrückten ablenken ließen, schnaubten sie vor Wut. Sie sahen zu den Wachen hinüber und wollten den Beginn des Aufstands ausrufen, doch da kamen Bartholomäus und Barnabas auf sie zu, nahmen die Perücken ab, warfen sie ihnen voller Wut vor die Füße und kreuzten die Finger. Ich dachte zuerst, sie würden ein Kreuzzeichen machen, weil sie wussten, dass sie sterben würden.

El Diablo und Granate waren sprachlos und wichen verwirrt zurück. Ihre Anhänger schienen auf ein Zeichen von ihnen zu warten, um die Rebellion loszutreten.

Plötzlich verdunkelte jemand den Raum. Es kehrte tatsächlich Ruhe ein. Bartholomäus und Barnabas verschwanden, aber nicht etwa hinter der Bühne, sondern setzten sich die Perücken wieder auf und begannen dann, irgendwelche Tiere nachzuahmen, von Bären bis zu Dinosauriern. Sie waren wirklich gut darin und sahen aus wie zwei Durchgeknallte mit einem psychotischen Schub.

Fernando Látaro setzte sich wieder an seinen Platz. Er war nicht weniger verwirrt als die Häftlinge. Vielleicht hatte das Stück ja bereits begonnen?, fragte er sich wohl. Ich wusste allerdings, dass alles improvisiert war. Einige der Häftlinge begannen, über die beiden Verrückten zu lachen, die ihr Possenspiel plötzlich stoppten, sodass es für einen Moment absolut still war.

Dann erschallte eine gruselige Musik wie in einem Hitchcock-Film.

Honigschnauze schritt langsam in die Bühnenmitte und starrte auf das Publikum, als wollte er es mit den Augen verschlingen. Dabei gab er einen Laut von sich, als wäre sein Herz explodiert und er täte seinen letzten Atemzug. Unversehens fiel er um, schlug mit der Stirn auf den Boden und blieb reglos liegen. Die Psychopathen, Mörder, Entführer, Terroristen und Vergewaltiger sahen sich an und fragten sich, was das zu bedeuten hatte.

Dann erschien Bürgermeister, der unbemerkt hinter der Bühne verschwunden war, mit einem Sarg auf dem Rücken, den er sich, ohne dass ich es mitbekommen hatte, offenbar beim Gefängnispersonal besorgt hatte. Er sah grauenhaft aus. Mit großer Anstrengung schaffte er es, Bartholomäus in den Sarg zu hieven. Dann hob er langsam den Kopf, lachte mit weit aufgerissenen Augen gespenstisch auf und sagte düster:

»Ich bin der Tod.«

Darauf deutete er ins Publikum und brüllte:

»Ich zerfress euch das Hirn! Ich zermalm all eure Gedanken!« Mit schaurigem Gelächter fügte er hinzu: »Ich bin der Tod, ha ha ha! Ich zerstöre die Mächtigen und zerquetsche Psychopathen, ha ha ha ha!«

In diesem Augenblick wurde die Beleuchtung weiter heruntergefahren, was die Dramatik der Szene noch steigerte. Da zog der Bürgermeister ein Messer aus dem Hemd, beugte sich über den Sarg und stach auf Honigschnauze ein! Und anschließend öffnete er ihm den Schädel! Zumindest sah es so aus. Mir war jedenfalls angst und bange. Blutverschmiert schien er unserem Freund etwas zu entreißen. Ich stand etwa vier Meter entfernt und fiel fast um, als ich erkannte, was es war.

»Ich hab sein Gehiiiiiirn!«, kreischte er, als hätte er eine Trophäe ergattert. Es sah wirklich aus wie ein Gehirn. Und dann begann er auch noch, es aufzuessen und sich dabei das Gesicht mit Blut zu verschmieren.

»Ich liebe das Gehirn von Mördern!«, sagte er und heulte freudig und furchteinflößend auf.

Ich war entsetzt von dem, was sich da abspielte. Es war absolut surreal. Aus dem Off erklangen merkwürdige Geräusche, die die grauenhafte Szene noch verstärkten.

Ich schielte aus den Augenwinkeln ins Publikum und war beeindruckt. Noch vor wenigen Minuten wollten die Verbrecher uns lynchen, und jetzt wirkten sie wie wehrlose kleine Jungen. Einige von ihnen hielten sich den Kopf, um ihren Schädel zu schützen. Zum ersten Mal waren sie selbst ein Opfer der Angst. Aber ich fürchtete trotzdem, dass es nur einer winzigen Störung bedurfte, um die herrschende Anspannung zu durchbrechen und den Aufstand loszutreten.

Der Bürgermeister präsentierte sich wirklich als der allerschlimmste Psychopath aller Psychopathen und drang damit tief in die Psyche der Häftlinge vor. El Diablo war starr vor Schreck und konnte die Augen nicht mehr vom Sarg wenden. Er war nachdenklich geworden, hatte verstanden, dass er eines Tages selbst dem Gespenst gegenüberstehen würde, mit welchem er die Gesellschaft heimgesucht hatte: dem Tod. Wie fast alle gewalttätigen Männer vermied er es mit aller Kraft, daran zu denken. Doch jetzt wurde er gezwungen, sich vor Augen zu führen, dass alles, was er liebte, alles, wofür er gekämpft hatte, alles, was er erstrebt hatte, in einem engen Sarg zerfallen würde. Er würde zu Nichts werden.

In den Augen des Traumhändlers nahm auf der Bühne ein Beispiel für die Revolution der Namenlosen Gestalt an.

Schließlich verkündete der Bürgermeister:

»Ich bitte um Ruhe! Ich werde euch jetzt die konspirativste Theorie vorstellen, die es gibt, eine Theorie, die Einstein und den Agenten 007 genauso erschüttern würde wie die Mauern dieses Gefängnisses!«

Eine Theorie? Was hatte er vor? Viele Häftlinge wussten doch nicht mal, was das Wort »Theorie« bedeutete. Sie hatten kaum Schulbildung, noch nie ein Buch gelesen und sogar Schwierigkeiten bei den Grundrechenarten. Wie sollten die eine Theorie verstehen?

Doch Bürgermeister ging auf das mucksmäuschenstille Publikum zu, das jede seiner Bewegungen aufmerksam verfolgte, und brüllte dann:

»Die Flatustheorie!«

»Flatus?«, fragte Fernando Lázaro äußerst besorgt.

»Flatus?«, wunderte sich der Meister.

Niemand lachte, denn das geschaffene Klima war so angespannt, dass alle rätselten, um was für eine Theorie es sich handeln könnte. Vielleicht ging es um eine chemische Waffe oder um einen neuartigen Raketentreibstoff?

Plötzlich und zu unserer Erleichterung entstieg Bartholomäus dem Sarg. Dann wurde die Bühne wieder heller, und ein Tusch erklang: Die Stimmung schlug von Entsetzen in Komödie um. Sogar die Häftlinge, daran gewöhnt, mit dem Risiko zu leben, angegriffen, verstümmelt oder sogar umgebracht zu werden, waren auf solch abrupte Stimmungswechsel nicht vorbereitet. Für einen Augenblick wussten sie nicht, ob sie lachen oder weinen sollten.

Sogar der Traumhändler schien verwirrt. Er wusste auch nicht mehr, als dass diese beiden unkontrollierbaren Typen die Menge in einen Schockzustand versetzt hatten. Ich fragte mich langsam, ob Bartholomäus und Barnabas diese Verbrecher womöglich besser kannten als jeder Polizeibeamte oder Gerichtspsychologe. Vielleicht waren die beiden für die Gesellschaft noch gefährlicher als die Gesetzesbrecher der Teufelsinsel!

Als die Scheinwerfer aufleuchteten, trugen die beiden Akteure Clownsnasen und bunte Zylinder. Sie forderten das Publikum auf, zu applaudieren, und dann erläuterte der Bürgermeister seine »komplexe« Theorie.

Wieder fiel ich fast in Ohnmacht, denn er wandte dem Publikum sein beträchtliches Hinterteil zu, worauf Honigschnauze anhob:

»Verehrtes Publikum, wer die Flatustheorie versteht, wird das eigene Hinterteil nie mehr so sehen wie zuvor.«

Der Bürgermeister ließ einen dröhnenden Furz, der den Saal erschütterte. Jetzt verstanden die Zuschauer, wovon die Flatustheorie handelte. Sie verfielen vor Begeisterung ins Delirium – die Hochspannung wich tiefer Entspannung. Noch wenige Minuten zuvor hatte ein Sarg ihre Gehirne verschluckt, und nun furzten sie wie die Kleinkinder!

Mein Kopf platzte. Ich konnte meine Theorien nicht loslassen und fragte mich, wo das pädagogische Klima geblieben war und unser Vorhaben, die Verbrecher zu lehren, in ihrer persönlichen Geschichte eine Inventur zu machen.

Der Traumhändler schlug die Hände vors Gesicht. Mir war nicht klar, ob er genauso entsetzt war wie ich oder ob er sich amüsierte. Dann sah ich, dass er zu lächeln schien, und ich fragte mich, ob Bartholomäus und Barnabas das alles mit seinem Einverständnis geplant hatten oder ob es, wie sonst immer, improvisiert war. Jedenfalls wusste ich mal wieder von nichts. Ich war es ja schon gewöhnt, der Letzte zu sein, der von den Dingen erfuhr.

Der Anstaltsleiter war besorgt; er fürchtete, dass der Zirkus nun wirklich in Flammen aufgehen würde. Die Sicherheitsbeamten auf den Gängen waren zwiegespalten; die einen entspannten sich und lächelten, während andere das Schlimmste fürchteten und ihre Waffen bereithielten. Plötzlich erschien eine weitere Figur auf der Bühne, um die verrückteste aller Theorien zu erklären: Professora Jurema. Ich hätte mir niemals träumen lassen, dass eine glänzende Intellektuelle wie sie sich an diesem Wahnsinn beteiligen würde.

»Kinder! Die Luft ist demokratisch, sie gehört uns allen und muss auch von uns allen geschützt werden!«, sagte sie zu den Verbrechern. »Angeklagte furzen, Polizeibeamte furzen, Intellektuelle auch. Was das betrifft, sind wir alle gleich. Keiner ist davon ausgenommen, weder Babys noch Kinder noch Erwachsene noch alte Leute, weder Stars noch kleine Leute, weder Reiche noch Arme. Alle lassen ab und zu einen fahren. Nur Tote furzen nicht.« Dabei deutete sie auf den Sarg.

Honigschnauze fügte hinzu:

»Jeder Mensch lässt in seinem Leben zehntausend Furze fahren! Wir tragen alle zum Treibhauseffekt bei! Wir sind alle Furzer!«

»Es gibt verschiedene Arten von Fürzen«, fuhr Professora Jurema fort.

Nun begannen unsere beiden Rowdies, diese verschiedenen Arten zu erläutern.

»Da ist zunächst mal der Psychopathenfurz«, sagte der Bürgermeister. »Er schleicht sich auf Samtpfoten an, artig, zuvorkommend und liebenswürdig. Wenn man es am wenigsten erwartet, zischt er los wie ein leiser Torpedo, der das Opfer versenkt.«

Dann erläuterte Honigschnauze den »Judasfurz«.

»Das ist der tückischste von allen. Du vertraust ihm, hältst ihn für deinen besten Freund und meinst, dass er dich niemals verraten wird. Du holst tief Luft, flehst den Elenden an, leise zu entweichen und dich nicht auszuliefern. Plötzlich, wenn du es am wenigsten erwartest, kommt er mit quietschenden Reifen raus. Und du sagst verlegen: ›Ich glaube, heute gibt's noch Regen!‹, aber alle wissen, dass du den Donner losgelassen hast.«

Ich schaute ins Publikum und sah, dass die Verbrecher immer mehr auftauten. Es war kaum noch zu glauben, dass es sich um die gewalttätigsten Männer der Gesellschaft handelte. Jeder Mensch, ob Verbrecher oder Opfer, hungert und dürstet nach Vergnügen, dachte ich. Freud hatte recht, als er sagte, dass die menschliche Psyche vom Lustprinzip geleitet wird.

Honigschnauze fuhr überschwänglich fort:

»Dann ist da noch der Schickeria-Furz. Stell dir drei Freundinnen der High Society vor, die sich treffen. Alle haben eine dunkle Sonnenbrille auf, mit Gläsern so groß wie Wagenräder. Eine von ihnen lässt einen unhörbaren Furz und sagt mit unschuldigem Blick: ›Irgendwo ist hier was Fauliges!‹«

»Teure Zuhörer, dann gibt es noch den Intellektuellenfurz«, donnerte der Bürgermeister und warf einen Blick auf mich. »Der ist der schamloseste von allen. Der Betroffene weiß, dass der Furz am Ende des … des … Auspuffs steckt.« Er schaute zu Jurema, die der pädagogischen Sprache mit einem Kopfnicken zustimmte.

»Ja, also der Furz ist am Ende des Auspuffs, und er lässt ihn einfach fahren und spricht dabei weiter, als wäre rein gar nichts passiert.«

Die Häftlinge freuten sich wie Kinder. Sie schienen vergessen zu haben, dass sie in einem Hochsicherheitsgefängnis eingesperrt waren.

Ich schlich zu Jurema und flüsterte ihr zu:

»Wo sind die pädagogischen Prinzipien von Piaget, Wygotski und Morin?«

Jurema antwortete energisch:

»Mein Junge, was soll's! Sogar Marx würde angesichts dieser beiden Verrückten aufgeben. Erziehen besteht nicht in der Kunst, Ideen weiterzugeben, sondern darin, sie verständlich zu machen. Diese Verbrecher sind gute Ratschläge und Moralpredigten leid. Aber Bartholomäus und Barnabas haben ihre Aufmerksamkeit gefesselt!« Abschließend wies sie mich zurecht: »Vergiss deinen Kopf! Entspann dich!«

Da wurde mir plötzlich etwas klar. Ich hatte meine Studenten nicht erreicht, weil ich nicht ihre Sprache gesprochen hatte! Ich hatte immer gemeint, dass der Preis zu hoch wäre, den ich hätte zahlen müssen, wenn ich von meinem Sockel gestiegen wäre, um ihre Welt zu betreten.

Während ich noch darüber nachdachte, verfiel der Bürgermeister angesichts der begeisterten Menge in Trance. Sein Politikergeist erwachte:

»Bürger dieser großartigen Institution, höret meinen Wahlspruch für die nächste Kampagne. Er basiert auf einer einfachen Wahrheit: *Niemand ist seines Hinterteils würdig, der nicht zu seinen Fürzen steht!* Wenn jeder Wähler, der furzt, mir seine Stimme gibt, habe ich den größten Wahlerfolg aller Zeiten!«

Nach ihrer umwerfenden Performance verneigten sich die drei Akteure vor dem Publikum, zusammen mit allen, die hinter der Bühne aktiv gewesen waren. João Vitor, Dimas, Salomon und Edson hatten sich, wie ich später erfuhr, um die Lichteinstellungen und die Soundeffekte gekümmert. Sie waren also in den Plan einbezogen worden, während ich nur Zuschauer geblieben war.

Es muss wohl nicht extra gesagt werden, dass sie mit ihrer Nummer das Haus vor Begeisterung fast zum Einsturz gebracht hatten. Zum ersten Mal in den Jahrhunderten ihrer Existenz hatte sich die Teufelsinsel für kurze Zeit in eine Engelsinsel verwandelt.

Die Verbrecher waren aufgesprungen und spendeten minutenlang tosenden Applaus. Ich stand verlegen an der Seite und klatschte ebenfalls. Die beiden Wahnsinnigen hatten geschafft, was kein Psychiater, Psychologe, Sozialpädagoge oder Soziologe jemals in diesem Gefängnis geschafft hatte. Mir wurde klar: Wenn man einen freien Geist hat, fallen einem auch andere Erziehungsmethoden ein.

Endlich unter meiner Regie

Nach dem veranstalteten Durcheinander verschwanden meine Freunde hinter der Bühne, und ich war an der Reihe, um endlich als Erzähler des Skripts zu agieren, das ich verfasst hatte. Die Aufgabe war immer noch höllisch, aber wenigstens war ich jetzt etwas gelassener. Ich beschloss, gegenüber der Misere meiner Zuschauer nicht gleichgültig zu bleiben, sondern mich ihnen so weit wie möglich zu nähern.

Bevor ich begann, schaute ich auf diese Männer, die sich wie Teenager verhielten, und sah in ihnen die kleinen Jungen, denen die Kindheit geraubt worden war. Ja, sie waren für ihre Taten verantwortlich und der Verbrechen schuldig, die sie begangen hatten, aber ihre Geschichten waren erschütternd. Wie sollte man von ihnen auch Ausgeglichenheit erwarten, wenn doch die Aggression der Stift gewesen war, der wesentliche Kapitel ihrer Lebensgeschichte geschrieben hatte?

Ich trat auf die Bühne und musste meine Stimme gar nicht mehr erheben oder irgendwelche Drohungen ausstoßen. Das Publikum wurde von selbst ruhig und wartete auf meine Worte. Ich stellte mich rasch als Erzähler der Geschichte vor, die jetzt aufgeführt würde.

Dann fiel hinter mir der Vorhang, und Bartholomäus sowie die anderen begannen mit ihren Vorbereitungen. Ich forderte die Zuschauer auf, während des Stücks gut aufzupassen, um zu verstehen, wie schnell ein Mensch traumatisiert werden kann. Dann versuchte ich, sie mit einer Frage wachzurütteln:

»Wenn sogar übertriebene elterliche Sorge für ein Kind traumatisch sein kann, welche Folgen haben dann wohl Vernachlässigung, Not und Gewalt? Ein Trauma rechtfertigt zwar kein Fehlverhalten, doch ist es wichtig, zu erkennen, woher unsere Gespenster stammen!«

Nun ging der Vorhang auf, und die Zuschauer blickten gespannt auf die Bühne.

Bartholomäus saß auf einem Sessel und blätterte in einer Zeitschrift. Er spielte Clotilde und hatte sich daher als Frau verkleidet, einschließlich einer Perücke, mit der er noch grotesker aussah als beim Auftritt zuvor. Und der Bürgermeister spielte Romeo, Clotildes Ehemann. Das war die kleine Rache, die ich in meinen Theatertext eingebaut hatte ... Die beiden wirkten äußerst lächerlich. Sie verkörperten ein seit zehn Jahren verheiratetes, mürrisches, griesgrämiges Paar und mäkelten ständig aneinander herum – so wie die Eltern des kleinen Bartholomäus, bevor sein Vater gestorben war und seine Mutter ihn in ein Kinderheim gegeben hatte.

Romeo war fernsehsüchtig und schimpfte ununterbrochen auf die Regierung und auf seine Arbeitsstelle. Es gab auch noch Clotildes Mutter, eine völlig durchgedrehte, zügellose alte Frau, die von Dona Jurema gespielt wurde. Clotilde selbst war darauf spezialisiert, zu klatschen, zu tratschen und Gerüchte in die Welt zu setzen. Dimas und Salomon spielten die beiden fünf- und zweijährigen Kinder des Paares. Der Rest des Teams war hinter der Bühne für die Geräuschkulisse zuständig.

Ich begann nun, die Geschichte zu erzählen:

»Stellt euch das Wohnzimmer einer modernen Familie vor, in welchem eine wunderbare, attraktive Frau in einer Modezeitschrift blättert.« Die Zuschauer pfiffen Clotilde zu, die ihre Zeitschrift angeregt von hinten nach vorn durchblätterte und von unten nach oben anschaute, um dann in Abweichung meines Skripts lauthals auszurufen:

»Wow! Beeindruckend! Dieses Model sieht ja aus wie ich!«

»Stellt euch weiter vor«, fuhr ich fort, »dass diese Zeitschrift voller Bilder von abgemagerten, unterernährten Models ist, die nach medizinischen Standards als krank zu bezeichnen sind. Aber je mehr Clotilde in dieser Zeitschrift liest, desto ›klüger‹ wird sie natürlich!«, scherzte ich.

»Im Wohnzimmer schaut sich der Vater gerade einen Krimi an.« Ich zeigte auf Romeo. »Und zwar eine dieser Billigproduktionen, in denen man schon im Voraus weiß, was kommt. Es gibt einen Helden und einen Schurken. Der Held muss den Schurken, einen abgefeimten Typen, auf jeden Fall zur Strecke bringen. Aber man erfährt überhaupt nicht, wie und warum der überhaupt zum Verbrecher wurde! Die meisten Actionfilme sind ja Schwarz-Weiß-Malerei. Die Ganoven werden nicht als Menschen dargestellt, die träumen, weinen und lieben können, sondern als der letzte Dreck, von dem die Gesellschaft gesäubert werden muss.«

Ich erntete doch tatsächlich Beifall! Diese Schwerverbrecher begannen, sich mit dem zu identifizieren, was wir ihnen präsentierten. Vielleicht hatten sie zum ersten Mal in ihrem Leben die Möglichkeit, sich nach innen zu wenden, zu reflektieren und ihre Schlüsse zu ziehen.

Barnabas hatte derweil vergessen, was er als Romeo tun sollte. Er schlug sich auf die Seite des Banditen, gab Fußtritte in die Luft, haute auf die Lehne seines Sessels, stöhnte auf … Am liebsten wäre er wohl in den Fernseher gekrochen. Plötzlich brüllte er:

»Jawoll! Polier ihm die Fresse!«

Ich unterbrach das Spiel und verbesserte ihn:

»Romeo, du bist doch gar nicht auf der Seite des Banditen!«

»Ach so?! Tschuldigung, Leute!«, wandte er sich ans Publikum. »Ihr habt mich angesteckt!«

Keine Ahnung, woher der Bürgermeister seine Schlagfertigkeit hatte. Jedenfalls kam sein Humor bei den Zuschauern an.

Ich fuhr etwas lebhafter mit meiner Erzählung fort, während Bürgermeister und Bartholomäus meiner Textvorlage ständig Dinge hinzufügten, die gar nicht vorgesehen waren. Sie konnten einfach ihren Mund nicht halten! Zum Beispiel hielt es Clotilde nicht länger in ihrem Sessel aus, legte ihre Modezeitschrift beiseite, ging auf Romeo zu und sagte, indem sie auf den Fernseher zeigte:

»Liebling, mein großartiger, verkannter Politiker! Guck doch mal, wie dieses Schwein da seine Frau schlägt! Wie kannst du als großer Führer so was zulassen?«

Offenbar wollte Bartholomäus seinen Kumpel provozieren, was ihm auch gelang. Dieser vergaß seine Rolle, fühlte sich als großer Beschützer der Frauen und erklärte:

»In meiner Eigenschaft als Führungspersönlichkeit verkünde ich hiermit, dass jemand, der eine Frau schlägt, und wenn auch nur mit einer Blume, nicht würdig ist, ein Mann zu sein!«

»Du bist doch der beste Mann der Welt!«, flötete Clotilde, was Romeo in Ekstase versetzte. Doch dann bekam er von seiner Frau einen derartigen Hieb auf den Rücken, dass er vom Sessel fiel.

»Was soll das denn, Honigschnauze?«, rief er wütend und hob kampfeslustig die Fäuste. Clotilde klimperte mit ihren Wimpern und sagte nur:

»Liebling! Nicht mal mit einer Blume!«

Der Bürgermeister biss sich auf die Lippen, hielt die Luft an und verstand, dass Honigschnauze das Theaterstück nutzte, um mit ihm abzurechnen. Noch ein bisschen schwindelig vom Schlag, den er abbekommen hatte, schaute er ins Publikum und dann auf seine »Gattin«, versuchte, Haltung zu bewahren, und fand in seine Rolle zurück:

»Liebstes Clotildchen, du hast mich fast k. o. geschlagen!«

Doch dann begann auch noch Professora Jurema zu improvisieren. Als Oma der Familie trat sie hinter Romeo, während dieser noch mit Clotilde disputierte, gab ihm einen saftigen Tritt in den Hintern, sodass er erschrocken aufsprang, und rief:

»Faultier! Beweg deinen Hintern und geh arbeiten, du Nichtstuerin!«

Clotilde hingegen lobte: »Du bist doch die beste Mama der Welt!«

»Danke, meine Liebe!«, reagierte Jurema und sagte dann:

»Oh, der Reißverschluss von deinem Kleid ist ja offen! Komm, ich mach ihn dir zu!«

Clotilde drehte sich unschuldig zu ihr um und erntete einen noch saftigeren Tritt in den Hintern, worauf sie sich das Hinterteil hielt, davonlief und mit einem erschrockenen Blick zurück ausrief:

»Frau! Bist du verrückt?«

Professora Jurema hatte schon lange auf diese Gelegenheit gewartet, unseren beiden Maulhelden die Leviten zu lesen.

»Ich fange gerade erst an, du Gauner, ich wollte sagen, du altes Luder!«

Romeo freute sich:

»Omi! Was für eine Treffsicherheit! Du kannst dich bei der Nationalmannschaft bewerben!«

Wie dieses Spektakel beim Publikum ankam, kann man sich vorstellen. El Diablo, ein verdrießlicher, übel gelaunter Geselle, der nur ironisch grinsen konnte, hatte sich noch nie so amüsiert. Die beiden Furztheoretiker bezogen Prügel von einer alten Oma!

»Hau drauf, Omi!«, brüllte er. »Du hast es verdient, du alter Säufer!«

Säufer? Woher wusste er, dass Bartholomäus Alkoholiker gewesen war? Wahrscheinlich eine Vermutung, dachte ich.

Ich war so zufrieden wie lange nicht mehr. Endlich bekamen die beiden Chaoten, was sie verdient hatten! Sie machten einen ja wahnsinnig! Der Meister hatte sich bestimmt schon gefragt, was sie da auf der Bühne eigentlich trieben und wo das blieb, was er sie gelehrt hatte!

Nachdem sich die Gemüter langsam wieder beruhigt hatten, fanden die Akteure kurzzeitig in ihre Rollen zurück. Die Mutter von Clotilde beugte sich über ihr Nähzeug, Romeo stierte wieder in den Fernseher, und Clotilde war in ihre Modezeitschrift vertieft. Erleichtert nahm ich den Faden meiner Erzählung wieder auf:

»Als alles ruhig schien in dieser chaotischen Familie, tauchte im Wohnzimmer plötzlich etwas auf, das alle aus dem Gleichgewicht brachte. Was glaubt ihr, was es war?«

Die Zuschauer stutzten, und ein alter Mann, der bereits fünfunddreißig Jahre wegen Mordes hinter Gittern saß, rief gut gelaunt aus dem Publikum:

»Ein Hirnfresser!«

»Viel schlimmer!«, erwiderte ich.

Die Erwartung stieg, und dann verriet ich es: »Eine Maus!«

Das Publikum war enttäuscht. Es wusste ja keiner, dass es jetzt an mir war, Angst und Schrecken zu verbreiten, indem ich ausnutzte, dass Bartholomäus Panik vor Mäusen hatte! Wir hatten eigentlich verabredet, dass ich die Spielzeugmaus durch ein anderes Spielzeugtier ersetzen würde, damit Bartholomäus auf der Bühne keinen Panikanfall bekäme. Doch genau das hatte ich nicht getan. Schlimmer – die Maus, die ich in der Tasche hatte, war keine Spielzeugmaus, sondern echt.

Mein Wunsch nach Rache hatte die Oberhand gewonnen. Ich dachte nur noch daran, wie oft Bartholomäus mich Superego genannt und getönt hatte, alle Intellektuellen wären Einfaltspinsel und Schwachköpfe. Nun war meine Stunde gekommen.

Die größte Krise der Geschichte

Die Männer, die unserer Aufführung zusahen, hatten bereits in den Lauf von Maschinengewehren und anderen Schnellfeuerwaffen geblickt. Doch jetzt würden sie sehen, dass Erdbeben aus kleinen Verschiebungen tektonischer Platten entstehen, Berge aus winzigen Sandkörnern, Meere aus Wassertröpfchen. Und mit der menschlichen Psyche verhielt es sich nicht anders.

Ich ließ das echte Mäuschen laufen. Clotildes oder, besser gesagt, Bartholomäus' Reaktion angesichts des winzigen Tierchens war dramatisch. Er schrie so laut, dass Barnabas völlig außer sich geriet und glaubte, die Erde bräche auf, um uns alle zu verschlingen.

Auch Jurema hatte Panik vor Mäusen, sodass ihr ganz schwindelig wurde, als sie merkte, dass die Maus echt war. Ich musste ihr mit einer Hand Luft zufächeln, da ich in der anderen das Mikrofon hielt. Das Publikum hatte gemerkt, dass ich die Szene nicht mehr unter Kontrolle hatte. Clotilde stand auf dem Sessel und schrie außer sich:

»Mach sie tot! Bürgermeister, mach sie tot!«

Trotzdem fuhr ich scheinbar unbeeindruckt mit der Erzählung fort:

»Im ehelichen Wohnzimmer hatte die reale Action die virtuelle auf dem Bildschirm völlig verdrängt. Romeo, der noch nicht mal mit einer Fliegenklatsche umgehen konnte, sollte die Maus erledigen! Er zog tatsächlich brav den Schuh aus und warf ihn nach der Maus, ohne zu treffen. Wütend zog er auch noch den anderen Schuh aus und warf wieder daneben. Dann griff er sich Clotildes Sandale und schleuderte sie mit aller Kraft nach der Maus, die von einer Seite zur anderen lief. Wieder daneben! Meine Herren«, kommentierte ich nun, »natürlich warf er daneben! Das Mäuschen war ja auch viel trainierter! Romeo kam ja den lieben langen Tag nicht aus dem Sessel und tat, außer zu lamentieren, rein gar nichts!«

Da Bürgermeister ganz offensichtlich überhaupt nicht zielen konnte, goss Clotilde Öl ins Feuer seiner Minderwertigkeitsgefühle:

»Bist du 'ne Maus oder 'n Mann? Lässt du dich sogar von so einem winzigen Tierchen an der Nase herumführen?«

Ich fuhr fort, wobei ich an meine eigene gescheiterte Ehe denken musste:

»Clotilde und Romeo hatten sich vor zehn Jahren das Jawort gegeben und vor dem Altar versprochen, sich in Gesundheit wie Krankheit, Wohlstand wie Not zu lieben und zu ehren. Doch jetzt entfesselte eine kleine Maus in ihrem Heim einen regelrechten Krieg! Es sind nicht hohe Berge, über die wir stolpern, sondern kleine Steinchen …«

Währenddessen vergaßen Bartholomäus und Barnabas wieder einmal ihre Rollen und vermischten ihre Figuren mit dem wirklichen Leben. Bürgermeister, der wütend darüber war, dass Honigschnauze ihn mit einer Maus verglichen hatte, nahm sich Clotildes Zeitschrift, warf sie nach der Maus, verfehlte aber wieder das Ziel. Clotilde rief:

»Nein! Meine schöne Zeitschrift.«

Aber im Krieg ist alles erlaubt, sodass Bartholomäus jetzt die Gelegenheit nutzte, um dem Bürgermeister alles ins Gesicht zu werfen, was er ihm schon immer sagen wollte, sich aber in Anwesenheit des Meisters nicht getraut hatte.

»Du bist ein Hosenscheißer, Bürgermeister! Ich hab keinen Bock mehr, dich mitzuschleifen! Du kriegst ja überhaupt nichts gebacken!«

Romeo schnaubte vor Wut. Und trotz seines enormen Gewichts sprang er nun unter fürchterlichem Gebrüll wie ein Affenmensch immer wieder hoch in der Hoffnung, auf der Maus zu landen.

Plötzlich lief das Mäuschen von der Bühne in den Zuschauerraum. Und was geschah? Einige der Brutalos flüchteten sich aus Angst vor der Maus tatsächlich auf die Lehnen ihrer Sessel! Sie fürchteten weder Polizei noch Armee, aber ein winziges Nagetier machte sie zittern wie Espenlaub – die Maus hatte die Ungeheuer geweckt, die tief in ihrer Psyche lauerten.

Zwei Minuten später packte ein Gefangener die Maus beim Schwanz und setzte sie mit grimmigem Blick wieder auf der Bühne ab. Dort war das Mäuschen flinker denn je.

»Komm her zu mir, Mickey, komm zu Papa Disney!«, lockte der Bürgermeister, der sich schon ausmalte, wie er die Maus in eine Mikrowelle steckte, so wie es ihm selbst fast schon einmal widerfahren war. Aber die Maus trickste ihn aus und tauchte plötzlich hinter ihm auf, als machte sie sich über ihn lustig. Und dann geschah das völlig Unerwartete: Die Maus schlüpfte ihm ins Hosenbein! Das war in meinem Skript allerdings nicht vorgesehen.

Barnabas machte einen Satz nach hinten, blieb dann wie angewurzelt stehen und schrie ebenso durchdringend wie zuvor Clotilde:

»Iiiiih! Du kleines Mistvieh! Da doch nicht!«

Dann begann er, sein Hinterteil zu schwenken, um den infamen Eindringling wieder loszuwerden. Aber die Maus ließ sich nicht abschütteln, sondern kletterte sein Bein hoch. Da er sich nicht mehr zu helfen wusste, bat er schließlich ausgerechnet Jurema um Hilfe.

»Liebste Omi, komm, gib dem Psychopathen hier einen kräftigen Tritt!«

Das war alles, was Jurema hören wollte. Ja, sie würde ihrem Freund helfen und gleichzeitig noch das Privileg auskosten, dem Allerwertesten des Straßenpolitikers einen weiteren saftigen Fußtritt zu verpassen. Hatte der Bürgermeister das wirklich ernst gemeint? Sie zauderte kurz, und der Bürgermeister verlor die Geduld:

»Los, Alte! Sie ist auf der linken Seite!«

Er wand sich hin und her, da die Maus ihn kitzelte, und versuchte, die Position des Feindes genauer zu bestimmen:

»Der Frechdachs sitzt unterm Zuckerhut, nah dem Tunnel der Zeit!«

Konzentriert näherte sich Professora Jurema nun dem Elfmeterpunkt, kniff das rechte Auge zu und riss das linke auf, das aber kurzsichtig war, sodass sie nur verschwommen sehen konnte. Daher forderte sie Barnabas auf:

»Halt deine vier Buchstaben mal ein bisschen tiefer!«

Dieser gehorchte. Er hatte sich noch nie so hilflos und lächerlich gefühlt. Jurema zielte aufs Neue und diesmal ... paff! Barnabas heulte auf:

»Aaaauuuu! Alte, was tust du?!«

»Oh, hab ich getroffen?«, fragte Jurema, und er wimmerte:

»Neeeiiin! Fahr zur Hölle, du triffst ja noch nicht mal 'n Scheunentor!«

Der junge João Vitor lachte sich hinter der Bühne derart schlapp, dass er fast in die Hose pinkelte. Weder Kokain noch Crack oder irgendein anderes Halluzinogen hatten ihm jemals eine solche Erfahrung beschert.

Da er sah, wie Romeo sich nach Juremas »Fehltritt« weiter wand und rubbelte, fragte einer der Häftlinge:

»Wo ist die Maus jetzt hin?«

Romeo hatte es die Sprache verschlagen. Das infame Tier war zu seiner Scham vorgedrungen.

»Hat sie die Straße überquert?«, wagte Clotilde zu fragen.

Der Bürgermeister antwortete fast unter Tränen:

»Ja! Sie ist – auf der anderen Seite!«

Ich verschluckte mich vor Lachen. Der große Politiker flehte Jurema an:

»Bitte, Omi, schieß noch mal! Aber pass auf! Du musst richtig zielen, damit es den kleinen Teufel auch erwischt!«

Ich witterte meine Chance und bot mich an, diese köstliche Aufgabe zu übernehmen. Doch er lehnte ab:

»Su … Superego, an meine Stoßdämpfer lasse ich nur eine Frau!«

Professora Jurema war überglücklich über die neue Gelegenheit. Um einen weiteren »Fehltritt« zu verhindern, beschrieb der Bürgermeister die Position des Eindringlings nun mit fast chirurgischer Präzision:

»Sie sitzt oberhalb des Zuckerhuts auf der rechten Seite, vier Zentimeter vom Tunnel der Zeit und zehn von der Fahrrinne entfernt!«

Er dachte, jeder Fehlschuss wäre nun ausgeschlossen. Aber Jurema hatte ein äußerst mangelhaftes Orientierungsvermögen, weshalb sie ihn noch einmal aufforderte:

»Halt dein fettes Hinterteil ein bisschen tiefer!«

Die erneute Provokation ließ Barnabas die Nackenhaare zu Berge stehen. So langsam kam es ihm vor, als wäre die Maus ein bösartiger Anschlag der Opposition. Er war gleich im ersten Wahlgang geschlagen worden. Ächzend senkte er sein Gesäß, wobei er sich, da die Maus nicht still hielt, weiter wand wie eine Go-Go-Tänzerin an der Stange. Professora Jurema wollte es diesmal richtig machen, aber bei dem Anblick wusste sie nicht, ob sie lachen oder weinen sollte. Es durfte nicht wieder danebengehen! Sie nahm ihr Ziel ins Visier und sah um die rechte Hosentasche des Bürgermeisters einen Wulst. Dann konzentrierte sie sich und trat energisch zu.

»Aaauuuu!!! Du willst mich umbringen!!!«

Barnabas, der noch nicht wusste, ob der Feind getroffen worden war, führte seine Hand mühsam an den Ort, an dem Juremas Tritt gelandet war, steckte sie in die Hosentasche und protestierte:

»Du hast mein Käsebrot angegriffen!«

Er zog das Brot heraus. Es war ziemlich platt gedrückt. Anstatt nun aber den Kampf fortzusetzen, machte er eine Pause, hielt sich das Brot unter die Nase, beschnüffelte es, als wäre er die Maus, und stopfte es sich in den Schlund. Er vermutete, dass die Maus hinter dem Brot her gewesen war. Das würde er niemals hergeben! Genüsslich kauend begann er zu philosophieren:

»Jeder Mann braucht Feuerpausen! Ich bin ja nicht aus Stein! Ich muss auch mal was essen!«

Jurema, die bemerkte, dass die Maus weiter fröhlich auf seinem Hintern umherhuschte, sagte:

»Jetzt sehe ich, was dich so triezt!«

»Pscht!«

Der Bürgermeister versuchte gerade, die Route der Maus zu erspüren. Das Unvorstellbare war passiert: Sie war in seine Boxershorts vorgedrungen! Entsetzt schrie er:

»Neeeiiin!«

Niemand verstand, was da vor sich ging, und alle fragten im Chor:

»Wo ist sie?«

Nun trat Clotilde auf den Plan, um die Gelegenheit zu nutzen, sich über den Bürgermeister lustig zu machen. Sie flötete:

»Romeo! Das Schnuckelchen wird in den Tunnel der Zeit kriechen!«

Peinlich berührt wandte sich der Bürgermeister ihr zu und fragte mit Tränen in den Augen:

»Woher weißt du das?«

»Weibliche Intuition!«

Nun hüpfte Barnabas umher und heulte:

»Dahin nicht, du kleines Biest! Dahin nicht, du Attentäter! Du Satansbraten!«

Das Publikum fiel vor Lachen fast von den Sesseln, und El Diablo, der sich an die Flatustheorie erinnerte, brüllte:

»Lass doch einen Psychopathenfurz los!«

Im Schockzustand sagte der Bürgermeister:

»Ich versuch's doch, Mann! Aber der Motor ist abgesoffen! Der Auspuff ist verstopft!«

Das Spektakel seiner verrückten Jünger amüsierte den Meister offenbar köstlich. Doch auch ich, der mürrische Intellektuelle, musste zugeben, dass Bartholomäus und Barnabas einfach urkomisch waren! Die Groteske, die sie auf der Bühne ablieferten, gab es in keinem Lehrbuch, und ich musste genauso darüber lachen wie alle anderen.

Das größte Debakel aller Zeiten

Nachdem Clotilde sich über ihn lustig gemacht hatte, stand der Bürgermeister vor einem Dilemma. Am liebsten hätte er ihr einen Faustschlag verpasst, aber andererseits wollte er endlich die Maus loswerden. Also traf er eine couragierte Entscheidung: Todesmutig wollte er mit einem Sprung direkt auf seinem Hinterteil landen, um die Maus zu zerquetschen.

Er sandte ein Stoßgebet gen Himmel, atmete tief durch und sprang dann entschlossen in die Höhe – etwa vierzig Zentimeter, was nicht viel war, aber doch ausreichte, um ihn fast umzubringen. Anschließend … erlebte er das größte Debakel aller Zeiten. Diese Heimsuchung war für einen einzelnen Mann einfach zu viel.

Als nämlich sein Hinterteil auf dem Boden aufschlug, glaubte er zunächst, nie wieder aufstehen zu können. Clotilde, Jurema und ich eilten hinzu und hievten ihn mit vereinten Kräften wieder auf die Beine. Die beiden Seiten des Zuckerhuts schmerzten ihn so stark, dass er sich nur breitbeinig und mit gebeugten Knien auf den Füßen halten konnte. Aber er glaubte zumindest, seinen Feind besiegt zu haben, denn er fühlte ihn nicht mehr. Er tastete sein Hinterteil ab und wurde plötzlich kalkweiß. Dann lief er violett und schließlich feuerrot an. Etwas Furchtbares war geschehen.

Die Maus war nämlich mitnichten tot, sondern schlug nun einen extrem gefährlichen Kurs ein, worauf Barnabas einen Riesensatz tat und winselte:

»Nicht da, du Satansbraten! Oh Gott, nicht nach da, du Aas!«

Niemand wusste, was los war, außer Clotilde, die wieder ins Schwarze traf:

»Hat sie etwa die U-Bahn genommen?«

Fast schluchzend bestätigte der Bürgermeister:

»Ja!«

»U-Bahn?«, fragten wir uns verwirrt. Dann brachte seine Verlegenheit uns auf die richtige Fährte. Die Maus war tatsächlich zwischen seinen Beinen auf die verbotene Seite gehuscht.

Der Bürgermeister biss die Zähne zusammen und flüsterte fast lautlos: »Raus da, du dreister, unverschämter Bastard!«

Gleich darauf quiekte er los, noch verstörter als zuvor:

»Ui! Ui! Der Quälgeist spielt Basketball!!!«

Im Zuschauerraum toste das Gelächter, dass die Wände wackelten. Psychopathen, die sich in ihrem Leben nie hatten gehen lassen, kringelten sich vor Lachen.

Aber das Schlimmste für den Bürgermeister kam jetzt:

»Sie klettert auf meine Freiheitsstatue!«, kreischte er.

Unser Politiker, der sich über alles und jeden lustig machte und der sich ständig in den Vordergrund drängte, spie Feuer durch die Nüstern wie ein Märchendrache und war völlig verstört. Ein infames, verkommenes, impertinentes Mäuslein trieb sein bösartiges Spiel mit ihm, und mir wurde plötzlich klar, dass die Fallstricke, die ich ausgelegt hatte, meine Erwartungen bei Weitem übertroffen hatten. Mich überkam Mitleid. Der arme Barnabas hatte inzwischen schon mehr als genug für das bezahlt, was er mir und dem Rest der Gruppe angetan hatte. Ich wollte ihm helfen. Aber wie? Dieses Martyrium musste er wohl oder übel allein durchstehen. Mir schossen einige Worte des Traumhändlers durch den Kopf. Er hatte uns oft darauf hingewiesen, dass es Augenblicke gibt, in denen wir allein sind, völlig allein, mitten in der Menge. »In solchen Augenblicken solltest du von niemandem etwas erwarten. Nur du selbst kannst dir dann beistehen.«

Der Bürgermeister war völlig allein mitten unter mehr als hundert Leuten, die ihm helfen wollten, es aber nicht konnten. Die Häftlinge wollten ihn genauso von seiner Qual erlösen wie die lachenden Sicherheitsbeamten, die am liebsten ihre Waffen beiseitegestellt hätten, um ihm Mut zuzusprechen. Zum ersten Mal waren Verbrecher und Wächter im Lachen vereint.

Ein derartiges Eindringen in seinen Intimbereich, wie er es gerade erlebte, würde kein Mann tolerieren. Die Freiheitsstatue und ihre Anhängsel waren absolut unantastbar. Deshalb veränderte der große Politiker nun seine Haltung und wurde zum großen Diktator. Niemand würde sich mehr in seine Angelegenheiten einmischen, nicht ich, nicht Bartholomäus, nicht Jurema. Er musste aufs Ganze gehen – es ging um alles oder nichts.

Was hatte er für Möglichkeiten? Er konnte sich zum Beispiel die Hose ausziehen, um die Maus in den Hinterzimmern seiner Intimität zu suchen – und zugleich im Scheinwerferlicht vor der begierig lauernden Meute im Zuschauerraum. Aber ein erfahrener Politiker würde sich natürlich nie vor Publikum entblößen, denn eine solche Zurschaustellung wäre wohl das Ende seiner Karriere. Das war also keine Alternative.

Barnabas war wild entschlossen, das Problem allein zu lösen. Ein tödlicher Schlag aus dem richtigen Winkel würde reichen, um den Feind zu erledigen. Doch die unmittelbare Umgebung seines Ziels war so empfindlich. Schlüge er daneben, würde er vielleicht zeugungsunfähig! Die Situation war äußerst heikel, und alle Blicke waren gespannt auf ihn gerichtet. Er keuchte. Dann hielt er die Luft an, hob die rechte Hand, zielte … da mischte sich Jurema ein und zerstörte seine Konzentration:

»Überlass das lieber mir, mein Sohn! Diesmal erledige ich sie bestimmt!« Sie ging auf ihn zu, um noch mal zuzutreten.

»Nein! Da nicht! Wenn du danebentrittst, hilft mir nicht mal mehr 'ne Tonne Viagra! Das ist 'n Job für 'n Profi!«, rief Barnabas entsetzt.

Dann hielt er sich mit der Linken die Augen zu, hob die Rechte wie ein General vor der letzten Schlacht und bereitete den tödlichen Schlag vor. Instinktiv hatten die Zuschauer einschließlich meiner selbst die Hände schützend über die eigenen Genitalien gelegt. Unbarmherzig ließ Barnabas nun die Hand niedersausen.

Der Schlag war so mächtig, dass alle brüllten, als hätte es sie getroffen:

»Aaaaaaaaaauuuuuuuuuuuu!«

Der Bürgermeister war vor Schmerz paralysiert. Lebte er überhaupt noch? Nach einer respektvollen Schweigeminute angesichts seines Mutes, in der man eine Stecknadel hätte fallen hören, fragten alle durcheinander:

»Hast du sie erwischt? Hast du sie erwischt?«

Barnabas antwortete nicht. Er stand mit offenem Mund da, unfähig, etwas zu artikulieren.

»Ist sie tot?«, drängten wir.

Nach zwei langen Minuten stammelte er:

»Ich – ich hab mir die Eier zerquetscht! Ich bin steril! Ooooh!«

Und die Maus? Sie war auch diesmal entkommen und hatte den Sieg davongetragen. Tja – große Politiker, besonders die gerissenen unter ihnen, werden am Ende von Parasiten zerstört. Sie selbst ziehen die Schädlinge heran, die dann an ihrem Sockel nagen, bis er einstürzt und sie hinunterfallen.

Barnabas blieb nichts anderes übrig, als sich geschlagen zu geben und erniedrigt von der Bühne zu schleichen. Und als ob seine Schande und sein Schmerz nicht bereits ausreichten, gab Clotilde seiner verletzten Ehre den Dolchstoß:

»Kein Problem, Romeo! Du hast es ja sowieso schon lange nicht mehr gebracht!«

Nun hob Barnabas die Fäuste. Da er die Maus nicht erledigt hatte, musste er seine Wut nun an jemand anderem auslassen. Schnaubend und mit verzerrter Miene näherte er sich Bartholomäus. Doch er hatte kaum die ersten Schritte getan, da verließ die Maus die Freiheitsstatue, nahm die U-Bahn, kroch an seinem Bein hinunter und kam wieder aus seiner Hose hervor. Sie war benommen und lief wankend im Zickzack über den Bühnenboden. Die Zuschauer folgten ihr mit den Blicken. Alle hatten sie ins Herz geschlossen, sogar ich. Das vorwitzige Mäuschen taumelte von rechts nach links, hielt an, kroch langsam weiter. Dann, nach ungefähr zwei Metern, hob es sein Pfötchen, fasste sich an die Brust, blickte ins Publikum wie ein brillanter Schauspieler und fiel um. Da lag es nun, alle viere von sich gestreckt, einem Herzinfarkt zum Opfer gefallen.

»Oh, die arme Maus! Sie hat das Zeitliche gesegnet!«, rief Honigschnauze, der in dem ganzen Durcheinander tatsächlich seine Mäusephobie überwunden, den unterbewussten Dämon gebannt hatte. Traurig fügte er hinzu: »Zum ersten Mal in meinem Leben habe ich ein Mäuslein lieb gewonnen!«

Als Erzähler war ich dem Publikum jetzt wohl eine Erklärung schuldig.

»Meine Herren! Auch wenn Romeos Schlag danebenging, so hat sein Urschrei gewirkt, und am Ende hat der Stress die Maus hinweggerafft. Also Vorsicht, damit euch nicht dasselbe passiert!«

Den größten Verbrechern des Landes wurde mit einem Mal klar, dass sie in einer ähnlichen Lage waren wie die Maus. Sie gingen langsam, aber sicher an Stress zugrunde. Sie nutzten die Gefangenschaft nicht für eine produktive, konstruktive, kreative und kontemplative Haltung, sondern waren verbittert und ständig unter Strom. Allein im laufenden Jahr hatten bereits zehn Häftlinge einen Herzinfarkt bekommen. Außerdem waren zwanzig an Krebs erkrankt, und die meisten anderen litten auch unter irgendwelchen Krankheiten seelischen Ursprungs. Das bestätigte wieder einmal, dass die Menschen, ob nun gefangen oder frei, im Grunde in einem großen Irrenhaus lebten.

Der Traumhändler hatte uns schon oft darauf hingewiesen, dass die meisten Insassen dieser globalen Anstalt Verbrechen gegen sich selbst begangen hatten. Ich gehörte auch dazu: Mehr Maschine als Mensch, hatte ich meine ganze Lebenszeit der Arbeit geopfert und war ständig reizbar und ungeduldig gewesen. Ich hatte mich selbst eingekerkert, auch wenn meine Kollegen und Studenten der Überzeugung gewesen waren, ich wäre frei. Was für ein Irrtum!

Da der Feind ja nun reglos am Boden lag, stieg Clotilde endlich wieder vom Sessel hinunter, sah Romeo an und flötete überschwänglich:

»Liebster Romeo! Du bist mein Held!«

Romeo blühte auf. Er fühlte sich als furchtloser Matador und schwor ihr mit stolzgeschwellter Brust seine Liebe:

»Liebste Clotilde! Allein für dich habe ich meine Eier zerquetscht, die Freiheitsstatue geopfert und den Zuckerhut planiert. Ich bin nicht mehr derselbe – und das alles wegen dieser elenden Maus!«

Sie gaben sich einen filmreifen Kuss. Zuvor hatten sie sich natürlich einen kleinen Apfel zwischen die Zähne gesteckt, sodass es nur so aussah, als würden sie sich küssen. Um die Szene noch romantischer zu machen, sprang Clotilde Romeo auf den

Arm, der aber unter ihrem Gewicht zusammenbrach und sich an dem Apfel verschluckte. Clotilde musste ihm auf den Rücken klopfen, damit er wieder Luft bekam, und Romeo keuchte:

»Clotilde! Die Maus … hat mir schon den Rest gegeben … aber du bringst mich endgültig ins Grab!«

Das Stück war zu Ende; die beiden fassten sich an den Händen und gingen zusammen mit Professora Jurema an die Rampe. Noch bevor sie sich verbeugen konnten, waren die von Richtern, Staatsanwälten und sogar dem FBI gefürchteten Schwerverbrecher allesamt aufgestanden, um euphorisch minutenlang zu applaudieren.

Als sich der tosende Beifall schließlich wieder gelegt hatte, sagte ich:

»Und die Moral von der Geschicht'? Clotilde und Romeo lebten glücklich und zufrieden, bis …«

»… die nächste Maus auftaucht!«, brüllten die Häftlinge im Chor.

Seelische Abgründe

Den Häftlingen wurde langsam klar, dass man nur äußere Schädlinge einfach beseitigen kann, während die Dämonen in den Tiefen der Psyche uns immer wieder heimsuchen und daher gezähmt werden müssen. Deshalb hatte es auch gar keinen Sinn, vermeintliche äußere Gegner zu zerstören, solange die wahren Gegner sich im Inneren befanden. Es war eine fantastische Lehre.

Nun steckte ich die Finger in den Mund und pfiff. Die Maus erwachte, lief zu mir, und ich fing sie auf. Alle waren baff. Jetzt erst merkten sie, dass ich mir ein dressiertes Tier besorgt hatte. Sie war wirklich eine großartige Schauspielerin. Alle spendeten ihr Beifall, sogar Honigschnauze, während Bürgermeister sich an den Kopf fasste und ihr drohend zurief:

»Diese Erniedrigung verzeihe ich dir höchstens, wenn du mir bei der Wahl deine Stimme gibst!«

Ich wandte mich ans Publikum:

»Haben wir noch andere Figuren vergessen?«

Erst jetzt fielen uns die beiden von Salomon und Dimas gespielten Kinder auf, denen die Haare zu Berge standen.

Nun bat ich spontan den Meister auf die Bühne. Er protestierte zwar, doch ich bestand darauf. Diese Männer mit ihren zerrissenen Biografien mussten ihn unbedingt hören!

Sie konnten kaum glauben, dass diese zerlumpte Gestalt unser Anführer war. Der Traumhändler ließ seinen Blick über das Publikum schweifen. Er wollte hier keine großen Erklärungen abgeben, sondern zog es lieber vor, wie Sokrates einfach Fragen zu stellen.

»Kann sich ein Mäuschen in ein Monster verwandeln? Kann sich ein Kieselstein in unserem Geist zu einer riesigen Mauer auftürmen?«

Dann forderte er die Zuhörer auf, in ihrer Lebensgeschichte nach scheinbar unbedeutenden Erlebnissen zu suchen, die zu schwerwiegenden Problemen herangewachsen waren.

Sofort schnellten zwanzig Hände in die Luft. Knarre, ein kaltblütiger Mörder, der in der zweiten Reihe saß, stand auf und beichtete:

»Ich zucke beim Pinkeln immer zusammen. Als ich klein war, bin ich mal beim Pinkeln von einem Dobermann gebissen worden. Seitdem kann ich nicht mehr pinkeln, ohne zusammenzuzucken«, sagte er und lachte dann über sich selbst.

Sein Mut beeindruckte mich tief. Auch die Subtilität seiner Selbstanalyse hätte ich bei Männern wie ihm nicht für möglich gehalten.

Der Traumhändler erläuterte:

»Im Theaterstück, das ihr gerade gesehen habt, haben die Kinder sowohl die Maus als auch die zeternden Eltern registriert. Diese Bilder sind in ihrem Unterbewusstsein zu einem einzigen verschmolzen, was die destruktive Macht und Bedrohlichkeit des kleinen Tierchens potenziert hat. Die Maus ist so zu einem Ungeheuer herangewachsen, einem Schreckensbild, einem Trauma.«

Das Bühnenlicht wurde wieder heruntergefahren, und sanfte Musik erklang. Der Traumhändler wies seine Zuhörer darauf hin, dass das Leben zyklisch ist und Lachen wie Weinen, Schweigen wie Schreien ihre Zeit haben. Dann forderte er sie auf, Wanderer auf der Suche nach sich selbst zu werden.

»Reist zurück in eure Geschichte! Erinnert euch an die vielen zurückgehaltenen Tränen, denen ihr nie erlaubt habt, an euren Wangen hinunterzulaufen. Wie viele Verlust- und Gewalterfahrungen haben eure Kindheit geprägt? Wie viele Umarmungen sind euch verwehrt worden? Welche Entbehrungen musstet ihr erleiden? Viele von euch haben eine zerstörte Kindheit. Sie haben nie gelernt, zu spielen wie die Kinder.«

Die Häftlinge machten eine Zeitreise in ihre Vergangenheit und waren tief berührt. El Diablo und Granate waren ganz betreten von der Großzügigkeit des Traumhändlers, den sie zuvor bedroht hatten. Nachdem er ihnen seine Schulter zum Ausweinen geboten hatte, begann er, recht schonungslos die Verbrechen anzusprechen, die sie begangen hatten. Terroristen, Mörder, Drogendealer und Diebe standen plötzlich schutzlos da. Der Augenblick war gekommen, von der Oberfläche zu den tieferen Schichten ihrer Psyche vorzustoßen.

»Führt euch nun furchtlos vor Augen, wessen Kindheit, wessen Leben, wessen Träume ihr zerstört habt! Wie viele Traumata, wie viel Angst habt ihr verursacht?! Wie viele unwiederbringliche Verluste gehen auf euer Konto? Es gibt viele Gründe für eure Traumata und Schmerzen, aber keiner rechtfertigt es, anderen Menschen Leid zuzufügen«, sagte er. Er hatte offensichtlich keinerlei Furcht davor, gelyncht zu werden!

»Gewalt erklärt Gewalt, aber sie rechtfertigt sie nicht.«

Während er sprach, dachte ich an die Menschen, die in den letzten Jahren bei Gefangenenaufständen ums Leben gekommen waren.

Ich musste daran denken, dass Fernando Látaro und einige seiner Mitarbeiter auf Todeslisten standen, und erinnerte mich auch an meine Studenten, wie sie Hals über Kopf von der Insel geflohen waren, ohne dass es ihnen gelungen wäre, auch nur mit dem harmlosesten aller Häftlinge ein Gespräch zu führen. Und nun warf der Meister den anwesenden Gangsterbossen ihre Verbrechen vor, und diese hörten ihm ohne Hass im Herzen zu!

Dann zitierte er einen der bekanntesten, aber auch am häufigsten missverstandenen Texte der Weltgeschichte und sprach dabei über die Dämonen des Verrats, der Leugnung und auch der Schuld.

»Beim letzten Abendmahl war Christus tieftraurig über seine Jünger. Der intelligenteste von allen, Judas Ischariot, würde ihn verraten, und der stärkste, Petrus, würde ihn verleugnen. Welches Vergehen ist wohl schlimmer?«

Über diese berühmten historischen Fehltritte hatte ich noch nie genauer nachgedacht. Worauf wollte der Meister hinaus?

»Beides sind schlimme Vergehen. Judas hat ihn einmal verraten, und Petrus hat ihn dreimal nachdrücklich verleugnet. Doch Jesu Lehren sind mächtig. Er hat seinen Verräter nämlich nicht etwa bestraft, sondern ihm im Gegenteil ein Stück Brot gereicht, und damit gezeigt, dass er nicht den Verrat fürchtete, sondern den Verlust eines Freundes. Er hat uns auf diese Weise gelehrt, Verfehlungen mit dem Nährstoff der Erziehung zu korrigieren, wofür das Brot steht, das er gebrochen hat. Und auch Petrus, der ihn verleugnen würde, hat er nicht gestraft, sondern ihm im Stillen zugerufen: Ich verstehe dich! Jesus hat Judas und Petrus Werkzeuge gegeben, mit denen sie den Dämon der Schuld bannen und so von vorn beginnen konnten. Doch nur Petrus hat sie genutzt, während Judas von seinen Dämonen zerrissen wurde. Und was werdet ihr tun?«

Der Traumhändler ging noch weiter:

»Seid ihr schuldig? Ja. Wer sich davor fürchtet, seine Fehler zuzugeben, wird seine geistigen Ungeheuer mit ins Grab nehmen. Stellt euch den Schreckgespenstern, die euch auflauern! Nur dann habt ihr die Chance, sie zu zähmen.«

Nun machte er seine Zuhörer darauf aufmerksam, dass immerhin über achtzig Prozent von ihnen, nämlich die Mehrheit der unter Vierzigjährigen, hinter Gittern alt werden würden. Sie würden im Gefängnis vergreisen und es erst mit tief gebeugtem Rücken und am Stock wieder verlassen. Ungefähr die Hälfte verbüßte eine lebenslängliche Freiheitsstrafe und würde daher sogar erst im Sarg von der Insel getragen werden.

»Ich weiß, dass euch Panik überfällt, wenn ihr darüber nachdenkt, dass euer Haar in diesen düsteren, kalten Mauern grau werden wird, eure Muskeln schlaff und euer Augenlicht schwach. Seid ihr in der Lage, diese Schreckgespenster zu bannen, um mit Würde zu überleben? Das ist die große Frage. Für ein Verbrechen braucht es nur wenige Minuten, aber seine Folgen können ein Leben lang anhalten!«

Ich fragte mich, woher der Traumhändler den Mut zu diesen Worten nahm. Er gewährte sich einen Augenblick der Inspiration, holte tief Luft und fuhr fort:

»Auch ich habe Verbrechen begangen, wenn sie auch nicht unter das Strafrecht fallen. Doch auf meinem Gewissen lastet eine Schuld, die ich niemals wiedergutmachen kann!«

Zu hören, dass der Anführer der Verrückten, der statt Anzug und Krawatte nur Lumpen trug und damit schlechter gekleidet war als alle anderen im Saal, zugab, eine unbezahlbare Schuld mit sich herumzutragen, berührte die Knastbrüder zutiefst. Es war das erste Mal in diesem Hochsicherheitsgefängnis, dass jemand in aller Öffentlichkeit die Seiten der eigenen Geschichte aufschlug. El Diablo flüsterte seinen Sitznachbarn etwas zu. Nun begann der Traumhändler, vor diesen tief gespaltenen Männern sein Innerstes nach außen zu kehren:

»Mein Verbrechen? Heute bin ich obdachlos. Aber wie nicht wenige von euch habe ich früher Geld mehr geliebt als Menschen. Mein Gott waren die Zahlen. Anstatt das Phänomen der Existenz zu bewundern, war ich im Theater der Zeit nichts als ein Kind. Obwohl ich lebte, war ich wie tot. Ich hatte nie eine Inventur meines Lebens gemacht, habe meinen Kindern nie von den Tränen erzählt, die ich nur heimlich vergossen hatte, damit sie die ihren nicht wie ich zurückhielten. Nie habe ich ihnen gegenüber meine Irrtümer und Schwächen zugegeben, auf dass sie lernten, ihre zu überwinden. Ich verstand erst, dass ich es anders machen musste, als es zu spät war und ich nur noch davon träumen konnte, meinen geistigen Kerker zu verlassen und sie zu umarmen und um Verzeihung zu bitten. Meine beiden Kinder sind bei einem Flugzeugabsturz über dem Regenwald umgekommen.«

Der Traumhändler holte noch einmal tief Luft und fragte dann:

»Wie soll ich diese Schuld jemals begleichen? In was für einem Gefängnis könnte ich sie denn absitzen? Welcher Psychiater, welcher Freund sollte mir dabei helfen können? In welcher Währung soll ich sie wohl zurückzahlen?

Ich bin schuldig und kann mich davor nicht verstecken. Ich muss die Dämonen, die mich an meine Fehler und meinen Wahnsinn erinnern und daran hindern, von vorn zu beginnen, täglich von Neuem bannen. Ich bin nicht auf der Suche nach Verständnis, Mitleid oder Trost, sondern auf der Suche nach mir selbst. Ich bin ein einfacher Wanderer, und in meiner Wüste gibt es keine Oasen. Ich muss aus eigener Kraft überleben und mich neu erschaffen.«

Dann forderte der Traumhändler die Häftlinge auf, sich an eine Situation in ihrem Leben zu erinnern, in der sie verletzt wurden, und an eine andere, in der sie jemanden verletzt hatten, und beide Situationen durch eine gedachte Brücke miteinander zu verbinden. Er wollte, dass sie die einzige Freiheit suchten, die nicht hinter Eisengitter gesperrt werden kann, die einzige, die, wenn sie verloren geht, die Existenz in den unerträglichsten aller Kerker verwandelt …

Zerrissene Herzen

Wir dachten nicht, dass die schweren Jungs der Aufforderung des Meisters wirklich Folge leisten würden. Doch nach und nach fielen über zwei Drittel der Häftlinge, die nie zuvor den Mut gehabt hatten, über sich selbst zu sprechen oder das Unglück anderer anzuhören, in sich zusammen. Sie wussten um die Verbrechen, die sie begangen hatten, und um die Gesetze, aufgrund derer sie bestraft worden waren. Sie kannten die Waffen, die sie benutzt hatten, doch die Verluste, die sie in ihrem Leben erlitten, und die Tränen, die sie darüber vergossen hatten, waren ihnen nicht mehr bewusst.

Nun beichteten die einen, dass sie sich nach ihrem ersten Drogenkonsum geschworen hatten, dieses Teufelszeug nie wieder anzurühren, und es dann doch ein zweites und drittes und viele weitere Male gab. Sie hatten ihren Treueschwur sich selbst gegenüber gebrochen und sich verraten wie Judas seinen Herrn. Andere erzählten, dass sie ihren ersten Diebstahl als große Ausnahme gerechtfertigt und sich hoch und heilig versprochen hatten, so etwas nie wieder zu tun. Bis es dann doch zu einem zweiten und dritten und vielen weiteren Diebstählen kam, sodass sie ihr Selbstversprechen verleugnet hatten wie Petrus seinen Meister. Wieder andere berichteten von unzähligen schlaflosen Nächten, nachdem sie zum ersten Mal einen Menschen niedergeschossen und tödlich getroffen hatten. Trotzdem waren bald weitere Verbrechen gefolgt, die schließlich ihr Gewissen zum Schweigen gebracht hatten.

Einige Schwerverbrecher weinten, als sie von den unheilbaren Wunden erzählten, die ihnen zugefügt worden waren und die sie anderen zugefügt hatten. Menschen hatten ihr Leben verloren, Kinder waren schwer verletzt worden. Bei der kurzen Inventur ihrer Lebensgeschichte offenbarten die Gefängnisinsassen ihre zerrissenen Herzen und zeigten sich so hilflos, als wünschten sie sich in den schützenden Mutterleib zurück. Wir verließen nach zwanzig Minuten diskret den Raum, da die Häftlinge uns für den Austausch untereinander, für das Gespräch über die Ungeheuer, die ihre Seelen bedrängten, nicht mehr benötigten.

Auf unserem Rückzug strahlten Fernando Látaro und einige seiner Sozialpädagogen und Psychologen über das ganze Gesicht. Begeistert fragten sie, wie sie uns bloß danken sollten, und der Anstaltsleiter äußerte, dass alles, was er gesehen und gehört hatte, nicht nur den Verbrechern, sondern auch ihm selbst unglaublich geholfen hätte. Doch der Meister verpasste ihnen eine kalte Dusche:

»Alles, was heute geschehen ist, ist nicht mehr als ein Tropfen auf den heißen Stein. Man kann Menschen nicht einfach so ändern, denn es gibt keine magischen Lösungen. Erinnerungen können nicht ausgelöscht werden, und niemand findet einen Weg aus der Hölle seiner Fehler, wenn ihm nicht die Tür zum Paradies geöffnet wird: die Tür zu Mitgefühl und zu Bildung.«

»Wie wäre es mit einer Theaterschule auf der Teufelsinsel?«, fuhr der Traumhändler fort. »Und mit der Möglichkeit, den Schulabschluss nachzuholen und eine Berufsausbildung oder ein Fernstudium zu machen? Wie wäre es mit Musik- und Kunstunterricht? Mit einem Computerlabor mit eingeschränktem Zugang zum Internet, damit die Häftlinge sich bilden und auf andere Gedanken kommen können, anstatt über dummes

Zeug zu grübeln und ihre Schreckgespenster und Fluchtfantasien zu nähren?«

Fernando Látaro lachte spöttisch auf und sagte lakonisch:

»Wer will das bezahlen? Theoretisch werden die Häftlinge zwar wie Menschen behandelt, aber in der Praxis sind sie nichts als Gesindel.«

Ein Sozialarbeiter fügte hinzu:

»Sogar die Landesregierung hat diese Insel sich selbst überlassen«, worauf einer der Verwaltungsangestellten erklärte:

»Die Finanzmittel der Haftanstalt reichen noch nicht einmal für die laufenden Unterhaltskosten aus.«

Und ein Psychologe bemerkte noch:

»Welcher Sponsor würde auch nur einen Cent in diesen gesellschaftlichen Abschaum investieren?«

Die Wahrheit war grausam und schmerzhaft. In dieser Brutstätte neuer Verbrechen würde alles weitergehen wie zuvor. Wir hatten zwar Ideen, aber keinerlei Geld. Die Einzige unter uns, die über einige Ressourcen verfügte, war Professora Jurema; sie hatte zwar Vermögen, aber kein Einkommen.

Nachdem er die Klagen Fernando Látaros und seiner Mitarbeiter gehört hatte, rief der Traumhändler Dimas beiseite, sah ihn an, legte ihm die Hände auf die Schultern und forderte ihn fast unhörbar auf:

»Dimas, besorge du die nötigen Mittel!«

Wir brachen in hysterisches Gelächter aus, und Bartholomäus rief:

»Hey, Dimas, raub die Zentralbank aus!«

»Du willst wohl den nächsten auf der Teufelsinsel einquartieren!«, bemerkte der Bürgermeister zum Traumhändler, entschuldigte sich aber sofort. Doch da dieser mit uns lachte, dachten wir, er hätte einen Scherz gemacht. Immerhin hielten sogar unsere beiden Kindsköpfe seine Aufforderung für den größten Witz des Jahres!

»Hier muss jedenfalls keiner sein Portemonnaie festhalten«, sagte Edson. »Wir sind alle abgebrannt.« Und fiel in das allgemeine Gelächter ein.

Ich wollte auch noch einen Gag beisteuern:

»Meister! Dimas braucht Edsons Hilfe, um das Wunder der Vermehrung der Brote und Fische zu vollbringen!«

Honigschnauze und Bürgermeister gratulierten mir:

»Guckt euch das mal an! Unser Intellektueller hat Humor! Herzlichen Glückwunsch!«

Tatsächlich lernte ich langsam, das Leben nicht allzu ernst zu nehmen. Außerdem wusste ich natürlich, dass Dimas keinen Cent hatte. Er hatte sogar den Anwalt geprellt, der ihn vor einer Gefängnisstrafe wegen eines kleinen Diebstahls bewahrt hatte. Nun saßen Dimas und der Meister im selben Boot, und zu unserem Entsetzen glaubte Dimas voller Naivität, dass der Traumhändler es ernst gemeint hatte. Er wähnte sich im Zustand der Gnade und stotterte entzückt:

»M-meinst du d-das ernst, M-meister?«

»Ja, Dimas! Vollbringe die wundersame Vermehrung ohne Edsons Hilfe. Gebete werden nicht immer erhört!«, antwortete der Meister lächelnd.

Darauf begann Dimas zu singen und zu springen wie ein Kind. Dann fiel er dem Traumhändler in die Arme, küsste ihn auf die Wangen, nahm seine Hand und tanzte mit ihm umher.

Es war wirklich zum Totlachen. Immerhin war die Philosophie auf diese Weise humorvoll geworden wie nie zuvor. Selbstverständlich nahmen auch der Anstaltsleiter und seine Mitarbeiter den Vorschlag des Meisters nicht ernst. Schließlich liegen Traum und Delirium nah beieinander …

Zwei Tage später wanderten wir eine geschäftige Straße hinunter, als der Wind mir plötzlich die Titelseite einer großen Tageszeitung ins Gesicht wehte. Ich wollte das Blatt gerade in den Papierkorb werfen, als ich die Schlagzeile sah: »Ist Mellon Lincoln Junior noch am Leben?«

›Das kann nicht sein!‹, dachte ich. Mellon Lincoln Junior war der Präsidentschaftskandidat einer der wichtigsten Parteien des Landes gewesen. Doch da der Tod keine Unterschiede kennt, hatte er an seine Tür geklopft. Als er starb, hielt ich mich gerade in Russland auf, getrennt von meiner Frau und weit weg von meinem Sohn João Marcos. Ich war ein Jahr lang als Postdoktorand außer Landes gewesen, sodass ich die Einzelheiten der Schicksalsschläge, die diesem mächtigen Politiker widerfahren waren, nicht mitbekommen hatte. Aufgrund seiner besonderen Prominenz dachte ich nun, der Artikel wäre nur ein sensationsheischender Versuch, die Auflage der Zeitung zu steigern.

Der Traumhändler war ein unbarmherziger Kritiker dieses Mannes. Ich erinnerte mich an die wenig schmeichelhaften Kommentare, die er über ihn gemacht hatte, als wir zum ersten Mal bei Dona Jurema zusammengesessen hatten.

Eilig zeigte ich ihm die Zeitung, und sein Gesicht nahm sofort einen anderen Ausdruck an.

»Sie wollen einen Toten wieder auferwecken. Was für eine Dummheit!«, sagte er dann und schüttelte den Kopf. »Die Gesellschaft ruft nach den alten Helden, anstatt in die Revolution der Namenlosen zu investieren.«

Der Zerlumpte wird verwiesen und geschlagen

Es war ein Mittwoch um drei Uhr nachmittags. Der Meister hatte etwas Obst an uns verteilt, das ihm kurz zuvor von einem Bewunderer geschenkt worden war. Wir hatten noch nichts zu Mittag gegessen, sodass allen der Magen knurrte.

Während wir begierig in die Äpfel und Birnen bissen, schaute ich zur Seite und sah, dass der Traumhändler eine angefaulte Birne aß. Es war immer dasselbe: Das Beste gab er uns und begnügte sich mit dem Rest. Das bisschen Obst hatte gerade erst den Appetit der Meute angeregt, die daher vor einem eleganten französischen Restaurant stehen blieb, um nach Essensresten zu fragen. Ich sagte zu den anderen:

»Das ist zu fein für uns.«

»Du Kleingläubiger!«, rief Edson. »Lass es uns wenigstens versuchen, Bruder!«

Elegant gekleidete Menschen verließen das Restaurant und warfen uns entsetzte Blicke zu. Der Bürgermeister deutete an, dass ihm vor lauter Hunger schon schlecht wäre. Das stimmte sogar. Wenn er länger als zwei Stunden nichts zu essen bekam, wurde im schwindelig. Obst half da nicht viel.

Der Besitzer sah das Lumpenpack vor seinem edlen Schuppen und scheuchte uns zur Hintertür, wo er sich persönlich um uns kümmern wollte. Uns lief schon das Wasser im Mund zusammen bei der Aussicht, von den Gerichten dieses berühmten Restaurants zu kosten! Auch mit meinem früheren Professorengehalt hätte ich für ein Stündchen dort eine ganze Woche arbeiten müssen.

Mürrisch erschien der Besitzer in Begleitung zweier Sicherheitsleute am Hinterausgang seines Restaurants und füllte ein paar Essensportionen auf Plastikteller. Als er dem Traumhändler seinen Teller reichte, spuckte er plötzlich darauf und sagte mit schneidender Stimme:

»Lasst euch hier bloß nicht mehr blicken, sonst hetze ich euch die Polizei auf den Hals!«

Der Meister stellte den Teller ab und antwortete:

»Danke für deine Güte, Jean-Pierre! Die *Sauce du Rôti* ist köstlich!«

Der Restaurantbesitzer riss die Augen auf. Er atmete schwer. Die Worte waren ihm im Halse stecken geblieben. Genau wie der Direktor des Mellon-Lincoln-Hospitals reagierte er auf die Nennung seines Namens, als hätte er ein Gespenst gesehen. Und wieder verstanden wir nicht, was das zu bedeuten hatte.

Am nächsten Tag gelangten wir nach einer zweistündigen Wanderung durch die Straßen an ein riesiges Hochhaus mit blau verspiegelter Fassade. Es hatte vierzig Stockwerke und war von einem wunderbaren Garten voller Tulpen, Margeriten und Chrysanthemen umgeben. Es war der Sitz der mächtigen Megasoft-Holding.

Der Meister holte so tief Luft, dass man meinen konnte, er wollte alle Luft der Umgebung in sich einsaugen. Dann bückte er sich, um voller Entzücken eine Tulpe zu betrachten. Er machte uns auf ihren Duft und ihre vollendete Form aufmerksam. Ein Sicherheitsbeamter erschien. Offensichtlich wollte er uns verscheuchen. Wir befanden uns jedoch auf dem Bürgersteig, also im öffentlichen Raum. Trotzdem riet er uns eindringlich, besser zu verschwinden.

Wir waren wieder hungrig. Von französischer Küche wollten wir allerdings nichts mehr wissen. Monika hatte ein bisschen Geld dabei, das aber höchstens für ihr eigenes Mittagessen reichen würde. Und Professora Jurema hatte ihr Portemonnaie zu Hause vergessen. Der Zerstörer war völlig abgebrannt, und João Vitor hatte kaum genug, um sich davon ein kleines Sandwich zu kaufen.

Unsere Haupteinnahmequelle bestand aus dem Kleingeld, das uns Passanten zuwarfen, wenn wir auf der Straße sangen, der Traumhändler Gedichte rezitierte oder eine Rede hielt. Das war immerhin ein Tauschgeschäft und nicht einfach ein Betteln um Almosen. Wir waren mittellos aus Überzeugung und keine Schmarotzer. Der Meister wollte nicht, dass wir um Geld bettelten, und nur äußerst selten baten wir in Restaurants um Essensreste.

Doch einige seiner Jünger brachen ständig die Regeln.

Jetzt gingen vier gut gekleidete Herren, die so aussahen, als wären sie leitende Angestellte der Megasoft-Gruppe, an uns vorbei in Richtung Hauptgebäude. Der Bürgermeister, der sich schon ganz schwach vor Hunger fühlte, ergriff die Gelegenheit beim Schopf:

»Geschätzte Herren! Könnten Sie dem zukünftigen Führer der Nation – er steht vor Ihnen! – und seinen Beratern wohl das Mittagessen finanzieren?«

Derjenige von ihnen, der aussah, als hätte er die höchste Position inne, antwortete grob:

»Zieh Leine, du Schnorrer!«

Barnabas reduzierte seine Forderung:

»Ein bisschen Wechselgeld wäre auch schon hilfreich!«

Um nicht weiter belästigt zu werden, zog der Geschäftsmann zwei Münzen aus der Tasche, die noch nicht einmal für ein trockenes Brötchen reichten, und warf sie ihm arrogant vor die Füße. Während er weiterging, sagte er:

»Diese Bettler sollte man alle in den Irak schicken.«

Der Traumhändler blickte ihm empört nach und bemerkte laut:

»Es gab einmal einen jungen Mann, der in seiner Antrittsrede als Firmenleiter verkündigte: ›Ein großer Geschäftsmann muss den Menschen, der seine Produkte nutzt, höher schätzen als die Produkte, die er herstellt.‹ Doch leider straft die Zeit solche Reden Lügen!«

Erschrocken blieb der Mann stehen, wich dann einen Schritt zurück, riss die Augen auf und fragte konsterniert:

»Wer sind Sie?«

»Das spielt keine Rolle. Die Frage ist, wer Sie sind!«

Nun ließ der Traumhändler seinen Blick über das großartige Megasoft-Gebäude gleiten, schüttelte den Kopf und nahm einen Baum ins Visier, der in etwa fünf Metern Entfernung stand, um ein Gedicht zu improvisieren, das die »Götter« in Anzug und Krawatte bestürzte und mich in der Seele berührte:

Wie viel großzügiger als die Menschen
sind doch die Bäume!
Sie strecken den Wanderern die Arme entgegen,
damit sie in ihrem Schatten ruhen.
Aber die Wanderer wenden ihnen den Rücken zu,
sobald sie sich ausgeruht haben,
und gehen ohne Abschied.
Und die Bäume beschweren sich nicht
und fordern keine Gegenleistung.
Um wie viel solidarischer als die Menschen
sind doch die Bäume!

Sie bieten den Vögeln Schutz,
die sich auf ihre Zweige setzen
und am nächsten Morgen weiterziehen,
ohne zu zahlen oder sich zu bedanken.
Und die Bäume verabschieden sie,
indem sie ihnen applaudieren
mit der Bewegung ihrer Blätter im Wind.
Die Bäume schenken sich mit Freude!

Wie angewurzelt standen die vier Geschäftsmänner nun da. Sie konnten ihre Beine nicht mehr vom Fleck bewegen und waren sprachlos. Was sie fühlten, war ihnen unerklärlich. Der Meister bückte sich nun, hob die Münzen auf und gab sie zurück.

»Was nicht von Herzen kommt, das geht auch nicht zu Herzen.«

Einer der Geschäftsleute, ein älterer Herr mit weißem Haar, entschuldigte sich, während derjenige, der die Münzen geworfen hatte, weiterhin nicht in der Lage war, auch nur einen Finger zu rühren, sodass er am Arm weggeführt werden musste.

Als die Männer sich nun wieder in Bewegung setzten, erteilte der Meister ihnen den Gnadenstoß, der ihnen viele schlaflose Nächte bereiten sollte:

»Auch wenn ich dereinst in einem anonymen Massengrab verscharrt werde, während ihr in riesigen Mausoleen eure letzte Ruhestätte findet – im Tod sind wir alle gleich. Auch von euch bleibt am Ende nichts als ein winziges Staubkorn.«

Dann kniete er wieder vor den Tulpen nieder, um sie entzückt zu betrachten und leise mit ihnen zu sprechen. Auch wir fuhren fort, die wunderschönen Blumen zu bewundern.

Plötzlich jedoch tat der Meister etwas Unerwartetes: Er beschloss, den Sitz der Megasoft-Holding zu betreten!

Sofort stellten sich uns drei Mitarbeiter der Ausweiskontrolle und vier Sicherheitsbeamte in den Weg. Unser Aussehen genügte, um uns am Betreten des Gebäudes zu hindern. Aber auch wenn das Äußere Türen öffnet oder eben schließt, bestimmen immer noch Geist und Wille die Route! Immerhin waren wir es gewohnt, dass sich Türen nicht spontan für uns öffneten.

»Verschwindet, sonst rufen wir die Polizei!«, schallte es uns entgegen, und wir wurden wieder nach draußen geschoben. Da riss dem Meister der Geduldsfaden. Er brüllte:

»Dies ist also das Erbe des Multimillionärs Mellon Lincoln Junior! Eine elitäre Firmenkultur, die Menschen ausschließt! Was für ein krankes Erbe! Ich will auf der Stelle die Götter des Hauses sprechen!«

Inzwischen waren noch weitere Mitarbeiter des Hauses aufgetaucht, die allesamt die Kritik des Meisters am mächtigen Gründer des Megasoft-Imperiums als persönliche Beleidigung auffassten, da er das Dogma ihrer Religion erschüttert und den unberührbaren Guru ihres Tempels angegriffen hatte. Einer von ihnen warf uns einen abschätzigen Blick zu und sagte:

»Aus welchem Irrenhaus sind denn diese Verrückten hier entwichen?«

Dass wir nicht unbedingt in die Umgebung passten, war allerdings auch nicht zu übersehen. So trug der Traumhändler eine zerschlissene, gestopfte Anzughose und ein ehemals weißes Oberhemd mit einem riesigen Tintenfleck auf der Brusttasche. Ich hatte ein verwaschenes Polohemd und eine alte Jeans an, Salomon eine merkwürdige grasgrüne Hose und ein völlig ausgeleiertes gelbes T-Shirt. Und Bartholomäus und Barnabas? Die sahen wirklich aus wie von einem anderen Stern! Abgesehen von unseren beiden Frauen Jurema und Monika waren wir eine Bande Vogelscheuchen.

»Niemand ist würdig, auf der Bühne der Geschäfte den Dirigentenstab zu schwingen, wenn er nicht zuvor auf der Bühne seiner Psyche die Regie übernommen hat. Und das wird nur dem gelingen, der gelernt hat, hinter die Fassade zu blicken!«

Der Meister brachte die jungen Geschäftsleute aus der Fassung.

»Wer ist dieser Sprücheklopfer? Der Schmarotzer will uns wohl mit seinen aufgewärmten Weisheiten beeindrucken!«, erwiderte einer von ihnen.

Ein anderer rief den Sicherheitsleuten zu:

»Worauf wartet ihr noch? Setzt diese schrägen Vögel an die Luft!«

»Immer mit der Ruhe, mein Freund! Wir sind ganz friedliche Leute!«, reagierte Honigschnauze, um dann den Bürgermeister aufzufordern:

»Schick die Artillerie!«

»Meinst du … den Killerflatus?«, fragte Barnabas, worauf er einen schrecklich stinkenden Furz fahren ließ.

Die Geschäftsleute flüchteten entsetzt in den Fahrstuhl, von wo sie den Sicherheitsdienst verständigten und behaupteten, Terroristen wären in die Eingangshalle eingedrungen.

Das, was dann geschah, kostete uns fast das Leben. Denn plötzlich stürmten zwei Dutzend bis an die Zähne bewaffnete Sicherheitsbeamte das Gebäude. Einige von ihnen zielten mit Sturmgewehren auf uns und schrien, wir sollten uns nicht bewegen. Dann wurden wir überwältigt. Der Traumhändler, Bartholomäus, Barnabas und Salomon wurden brutal zu Boden geworfen, während der Rest sich nicht mehr zu rühren wagte. Wir wurden durchsucht, beleidigt und geschlagen.

Einer der Sicherheitsbeamten, der herausgefunden hatte, dass der Traumhändler unser Anführer war, setzte ihm den Fuß an die Gurgel und drehte ihm den rechten Arm auf den Rücken. Fast wäre er erstickt! Brüllend forderte er ihn auf, seinen Namen zu nennen, doch der Meister schwieg. Dann durchwühlten sie seine Taschen nach Dokumenten, fanden aber nichts. Sie hielten ihn wirklich für einen als Bettler getarnten Terroristen!

Anschließend zerrten sie den Traumhändler wieder hoch, der wegen des Gewichts, das auf seiner Luftröhre gelastet hatte, einen Hustenanfall bekam. Einer der Sicherheitsleute schlug ihm ins Gesicht. Welch unvorstellbare Gewalt in demokratischen Zeiten! Als Terrorist abgestempelt zu werden war schlimmer, als aussätzig zu sein! Die Leute wurden einfach umgebracht und erst danach identifiziert.

Der Meister erholte sich jetzt langsam vom Hustenanfall und hatte wieder genügend Luft, um zu reagieren:

»Wer zahlt Ihr Gehalt?«

»Das geht Sie nichts an!«, antwortete der Sicherheitschef.

»Zahlt Ihnen Mellon Lincolns Erbe das Gehalt, damit Sie freundlich sind oder aggressiv? Sollen Sie vorbeugen oder sollen Sie strafen?«

Der Sicherheitschef boxte ihm in den Magen und ins Gesicht. Der Traumhändler fiel zu Boden. Dann steckte er ihm die Pistole derart brutal in den Mund, dass er seine Lippen und Gaumen verletzte. Der friedfertige Traumhändler blutete! Die Frauen begannen um ihn zu weinen und nannten die kaltblütigen Sicherheitsbeamten Mörder.

Bartholomäus versuchte, ihm zu helfen, wurde jedoch durch einen Hieb auf die Brust davon abgehalten.

»Was weißt du Hausierer von Mellon Lincoln?«, brüllte der Sicherheitschef. Er zog dem Traumhändler die Pistole wieder aus dem Mund und bellte: »Wer bist du? Wo ist dein Ausweis?«

Heftig erwiderte der Meister:

»Dieser gefühllose Geldsack hatte nur den Mammon im Sinn! Mit seiner Unmenschlichkeit hat er offenbar das ganze Unternehmen infiziert! Ist diese Brutalität etwa Firmenpolitik?«

Auf diese Worte verpasste ihm der Sicherheitschef mit dem Kolben der Pistole einen derartigen Hieb auf den Kopf, dass die Kopfhaut aufplatzte und dem Meister das Blut über das Gesicht lief. Es sah schrecklich dramatisch aus, schlimmer noch als in der Woche zuvor nach dem Überfall durch den Schlägertrupp.

Der Mann, der gegen jede Art von Gewalt war, wurde mitleidslos angegriffen, und wir konnten ihm nicht helfen, da wir alle in Gewehrläufe blickten!

Gleichgültig gegenüber seinen Verletzungen, drückte der Sicherheitschef, der wahrscheinlich im Laufe seines Berufslebens sogar Menschen umgebracht hatte, dem Traumhändler den Revolver in den Nacken und brüllte:

»Du bist von Al Qaida!«

Es war nicht auszumachen, ob es sich um eine Frage oder um eine Behauptung handelte. Der Revolver machte den Sicherheitschef zu einem Gott, der über Leben und Tod entscheiden konnte.

Es hatte in der Vergangenheit einmal einen Anschlag auf Mellon Lincoln Junior gegeben. Seitdem war die Firmenleitung paranoid und zeigte sich in der Öffentlichkeit nur noch in Begleitung von Bodyguards.

Die Szenen, die ich miterleben musste, erinnerten mich an die Gesellschaftskritik des Traumhändlers. Wir Menschen waren alle Teil des Systems. Ohne Identität und Papiere konnte man in der Gesellschaft einfach nicht überleben! Schon Rousseau hatte darauf hingewiesen, dass der Mensch zwar als Instinktwesen geboren wird, doch durch die Erziehung von der Gesellschaft eingekerkert wird. Wenn der Meister weiter auf seiner ungewöhnlichen Lebensweise bestünde, würde ihn das bald das Leben kosten. Das soziologische Experiment, das er mir ermöglichte, würde in einem Desaster enden! Die Menschen waren einander zu Raubtieren geworden.

Obwohl ihm schwindelte und weiter das Blut über das Gesicht lief, drehte der Traumhändler dem Angreifer nun sein Gesicht zu und verstörte ihn mit folgender Antwort:

»Humberto, die Megasoft-Holding übt ihre eigene Form von Terror aus! Sie muss die Menschen und ihr Wohlergehen in den Mittelpunkt stellen!«

Der Sicherheitschef begann zu zittern und konnte kaum noch den Revolver halten:

»Woher weißt du meinen Namen?«

Ich suchte vergeblich nach einem Namensschild an seiner Uniform. Humberto wiederholte die Frage, die jedoch im Geräusch der quietschenden Bremsen von zehn Polizeifahrzeugen unterging. Nun stürmten dreißig schwer bewaffnete Polizisten die Eingangshalle. Sie legten den vermeintlichen Terroristen Handschellen an und führten uns ab wie Schwerverbrecher. Keiner machte sich irgendwelche Sorgen um die Verletzungen des Traumhändlers.

Hunderte Schaulustige hatten sich auf der Straße versammelt. Einige kannten den Traumhändler. Sie sahen sein blutiges Gesicht und begannen zu protestieren, empört über die Grausamkeit, mit der er behandelt worden war. Mehrere Journalisten fotografierten ihn in Handschellen. Gerade als wir in einen der Mannschaftswagen stiegen, tauchte der Polizeichef auf und ging direkt auf den Traumhändler zu.

»Schon wieder Sie?«, fragte er und verzog angesichts der Verletzungen mitleidig das Gesicht.

»Ich habe Ihr Wirken verfolgt. Ich weiß immer noch nicht, wer Sie sind, aber ich fürchte um Ihr Leben! Kehren Sie dieser Stadt den Rücken und halten Sie still, zu Ihrem eigenen Wohl.«

»Wenn ich schweige, dann siegt das System«, sagte der Traumhändler.

»Sie können die Dinge nicht ändern. Sehen Sie das doch endlich ein!«, erwiderte der Polizeichef.

»Ich bin ein Sämann! Ich säe Ideen und muss dafür sorgen, dass die Saat auf guten Boden fällt.«

Der Polizeichef nickte. Er verstand, dass es unmöglich war, den Traumhändler zum Stillhalten zu bewegen. Dann ordnete er an, uns freizulassen, da er uns ja bereits verhört hatte und wusste, dass wir keine Gefahr darstellten.

»Leute, seht ihr? Wir haben die Polizei besiegt. Niemand kann uns zum Schweigen bringen!«, rief der Bürgermeister begeistert.

»Sei still!«, flüsterte Monika ihm zu.

Der Polizeichef wollte uns ins Krankenhaus bringen, damit die Verletzungen des Meisters behandelt würden, doch dieser lehnte dankend ab.

Mehrere Leute wollten ihn umarmen, blieben jedoch wegen seiner blutverschmierten Hände, mit denen er sich das Blut aus den Augen gewischt hatte, lieber auf Abstand. Trotzdem bedankten sich nicht wenige bei ihm, bevor sie sich rasch entfernten. Seine Worte hätten ihr Denken verändert.

Professora Jurema näherte sich, reichte ihm ein Taschentuch und sagte:

»Mein Sohn, ich bin stolz auf dich. Es ist eine Ehre, dir zu folgen.«

»Aber es ist zu riskant!«, sagte der Traumhändler. »Entfernt euch von mir!«

Wir wussten, dass er recht hatte, schauten uns jedoch gegenseitig an und waren uns einig, dass wir ihn nicht verlassen konnten. Eine Macht, für die es keine Worte gab, einte uns. Dem Meister zu folgen war gefahrvoll wie das Durchqueren der Wüste, doch er löschte unseren Durst wie eine Quelle.

Schmerzliche Verleumdungen

Am folgenden Tag gab es sensationelle Schlagzeilen. Einige Artikelschreiber verteidigten den Traumhändler, indem sie die Vorurteile und die Intoleranz anprangerten, die ihm entgegenschlugen. Ein friedfertiger und intelligenter Mann sei brutal angegriffen worden, lautete der Tenor. Andere wiederum bezeichneten den Traumhändler als höchst gefährlich.

Als ich die betreffende Schlagzeile sah, bekam ich einen Wutanfall. Honigschnauze zerknüllte hasserfüllt die Zeitung, und der Bürgermeister begann, sie aufzuessen. Doch der Meister blieb ruhig und sagte sanft:

»Wir sind, was wir sind, und unsere Stärke oder Schwäche hängt von dem Maß unserer Überzeugung ab!«

Mich brachte allerdings nichts so sehr in Rage wie das Foto seines blutüberströmten Gesichts auf dem Titelblatt der größten Tageszeitung der Stadt, im Besitz der Megasoft-Holding. Die Schlagzeile war eindeutig: *Der Albtraumhändler hat wieder zugeschlagen.* Im Artikel hieß es, der Meister gäbe sich mit Prostituierten, Landstreichern und Säufern ab, das heißt mit dem Abschaum der Gesellschaft. Man sollte den Kontakt mit ihm meiden. Die Jugend sollte ihn ignorieren, denn das große gesellschaftliche Phänomen wäre womöglich einer der schlimmsten Psychopathen, den die Stadt je erlebt hätte.

Sogar der Meister war enttäuscht, dass die Zeitung nur die eine Konfliktpartei interviewt hatte, nämlich die Geschäftsmänner der Megasoft-Holding, die ihn als Terroristen verdächtigten, sowie die Sicherheitsbeamten, die ihn angegriffen hatten. Der Artikelschreiber warf ihm vor, ein Atheist zu sein, der nur an sich selbst glaube, und sich dabei als eine Art Christus oder moderner Gott aufzuspielen. Ohne ihn zu befragen, hatte er seine Anschauungen und Verfahrensweisen in Grund und Boden verdammt.

Dieser Artikel führte dazu, dass sich dem Traumhändler ein Zeitungsleser näherte, ihn plötzlich ohrfeigte, ihm ins Gesicht spuckte und rief:

»Du willst Christus sein? Du bist ein Atheist und deines Lebens nicht wert!«

Der Meister wischte sich den Speichel aus dem Gesicht, sah den Angreifer an und sagte ruhig:

»Ja, ich war ein Atheist unter Atheisten. Gott war für mich tatsächlich die Frucht eines kleinen Hirns, eines abergläubischen, reduktionistischen Geistes. Auch jetzt predige ich keine Religion, aber ich habe mich mit dem ›Menschensohn‹ und seiner Fähigkeit beschäftigt, großzügige Menschenwesen zu formen, sogar dann noch, als er verraten und behandelt wurde wie Abschaum. Dadurch habe ich erkannt, wie kindisch ich selbst doch bin. Und Sie, der Sie ihm folgen, geben Sie Ihr kindisches Verhalten zu, wenn Sie vor ihm stehen?«

Der Mann wusste nicht, was er darauf sagen sollte. Verlegen und verwirrt zog er von dannen.

Ich hatte als Soziologe gegenüber meinen Studenten immer wieder betont, dass Journalisten, die in einem Konflikt nicht beide Seiten befragen, ihres Berufs nicht würdig sind. Es erschien mir unglaublich, dass diese große Tageszeitung derart Partei ergriff. Der Artikel war wirklich völlig tendenziös und diffamierend. Er verkündete mit lautem Getöse gleich auf der

Titelseite, dass der zerlumpte sogenannte Traumhändler in einem großen Stadion für einen Tumult gesorgt, den Direktor des Mellon-Lincoln-Hospitals angegriffen, den Aufstand auf der Teufelsinsel angestachelt, die Gründer der Megasoft-Holding verleumdet und schließlich die Sicherheitsleute des Unternehmens grundlos attackiert hätte.

Der Meister wurde als kritischer Denker in der Luft zerrissen, als Bauernfänger, Blender, Hochstapler, Betrüger und Schwindler abgestempelt. Und dazu auch noch als hochgefährlich! Er wäre gewalttätig, rachsüchtig und womöglich ein Psychopath. Deshalb sollten sich die Leute unbedingt von ihm fernhalten.

Ich sah ihn an. Er war zutiefst betrübt. Der freundlichste und scharfsinnigste Mann, den ich je kennengelernt hatte, wurde behandelt wie Gesindel. Und das Schlimmste war, dass er sich nicht verteidigen konnte. Es fehlte nur noch, dass man ihn auf der Teufelsinsel einsperrte.

Apropos Teufelsinsel: Ein anderer Bericht in der Zeitung erfüllte uns immerhin mit großer Genugtuung. Wir erfuhren, dass zwei Theatergruppen begonnen hatten, regelmäßig auf der Teufelsinsel zu arbeiten. Auch Musik- und Kunstlehrer waren eingestellt worden, da die zuständige Behörde der Haftanstalt zusätzliche Mittel bewilligt hatte. Außerdem waren von einer Firma hundert Computer gespendet worden.

Während wir uns einerseits für die Insassen der Teufelsinsel freuten, schnürten uns andererseits die Verleumdungen gegen den Meister die Kehle zu. Ich wusste, wie sehr er die journalistische Kritik schätzte, Vorurteile jedoch für den Krebs der Gesellschaft hielt.

»Kritik bestätigt das Leben, doch Vorurteile löschen es aus«, sagte er. »Unter Blinden ist der Einäugige kein König, sondern ein Nestbeschmutzer. Er wird verspottet und abgelehnt.«

Wir waren auf unserer Wanderschaft inzwischen in die wichtigste Straße der Stadt eingebogen. Mit hängendem Kopf stolperten wir sie entlang, als uns plötzlich ein etwa siebzigjähriger Mann in schwarzem Anzug, blütenweißem Hemd und elegant gestreifter Krawatte entgegeneilte. Er lächelte und breitete die Arme aus, um den Meister jubelnd in Empfang zu nehmen. Was ging denn da vor sich? War er nur ein weiterer anonymer Bewunderer?

Der Fremde drückte den Traumhändler an seine Brust und rief immer wieder:

»Du lebst! Welche Freude!«

Zu unserer Überraschung reagierte dieser mit Tränen in den Augen. Dann bemerkte er, dass eine der Wunden vom Vortag wieder aufgerissen war und begonnen hatte zu bluten.

»Entschuldige! Jetzt hab ich dich mit Blut beschmiert!«

Doch sein Gegenüber war nicht nur intelligent, sondern auch ein Gentleman:

»Es ist mir eine Ehre, vom Blut des Mannes befleckt zu werden, den ich am meisten liebe und bewundere!«

Darauf legte ihm der Meister die Hände auf die Schultern und nickte dankbar.

Der Fremde begrüßte nun die Jüngerschar, um dann Dimas scherzend zu fragen:

»Und wie geht's der Kleptomanie? Hast du sie überwunden?«

»Immer noch derselbe Witzbold?«, fragte der Meister zurück.

Ich verstand nur noch Bahnhof. Seit dem Tag, an dem ich begonnen hatte, dem Traumhändler zu folgen und niederzuschreiben, was ich an seiner Seite erlebte, waren meine Verwirrung und Unruhe ständig größer geworden. Wenigstens war es tröstlich zu wissen, dass alle großen Ideen aus dem Boden der Unruhe sprießen.

Der Fremde war vom entstellten Äußeren des Meisters entsetzt.

»Mein Gott, wie haben sie dich zugerichtet! Was ist passiert? Und sag – in welchem Hotel hast du dich denn eingemietet?«

Bartholomäus brach in Gelächter aus und brüllte:

»Wir wohnen in den besten Hotels der Stadt! Nämlich unter Brücken und Hochstraßen, auf Parkbänken und in Notunterkünften!«

»Was? Du schläfst unter der Brücke? Dann komm wenigstens in eins unserer Hotels!«

»Mein Teurer, da sprichst du wohl mit dem Falschen! Unser Meister ist arm wie eine Kirchenmaus«, sagte der Bürgermeister.

Alle lauschten wir diesem ungewöhnlichen Gespräch mit gespitzten Ohren. Nun antwortete der Traumhändler dem Fremden, ohne den Bürgermeister weiter zu beachten:

»Ich ruhe auf dem Lager des Friedens und schlüpfe unter das Sternenzelt. Du weißt nicht, welche Freude es birgt, ein einfacher Mensch zu sein!«

»Und wenn du krank wirst? Du bist doch völlig zerschunden! Und in welchem Restaurant hast du in letzter Zeit gegessen?«

»In der Bäckerei Gutemberg. Brot vom Vortag und viele Essensreste«, sagte Edson.

»Wie bitte? Das kann doch wohl nicht wahr sein! Du hast doch immer in den besten Restaurants gegessen! Welches Restaurant soll ich dir kaufen?«

Der Verlauf der Unterhaltung verschlug mir den Atem. Und wir mussten jedes Mal im Staub kriechen, um etwas zu essen zu bekommen! Wir mimten den Clown, machten uns zum Hampelmann und zum Affen, waren abhängig von der Gutmütigkeit anderer, um nicht zu verhungern. Und nun kam dieser Mann daher und wollte dem Traumhändler ein Restaurant kaufen!

Honigschnauze rief dazwischen:

»Hey, ich hab Ahnung von Essen! Ich such das Restaurant aus!«

»Nein!«, brüllte der Bürgermeister mit vollem Mund, wobei ihm der Sandwichbissen, auf dem er gerade herumkaute, fast wieder hinausfiel. »Dafür bin ich zuständig!«

Der Fremde warf einen irritierten Blick auf die schrägen Vögel, mit denen sich der Traumhändler umgab. ›Der sollte mal erst einen ganzen Tag mit uns verbringen‹, dachte ich nur.

»Du kannst nicht einfach verleugnen, wer du bist!«, sagte er dann emphatisch.

Nun lachte der Meister sanft und ironisch auf und erwiderte:

»Wer ich bin? Wenn ich mich heute betrachte, bin ich ganz erstaunt darüber, wie oberflächlich mein Wissen über mich selbst früher war!«

»Du kannst doch deine bemerkenswerte Vergangenheit nicht einfach so abtun! Immerhin warst du der größte Unternehmer der letzten zehn Jahre und einer der reichsten Männer der Welt und das trotz der Börsenkrise!«

Bartholomäus, Barnabas und wohl fast jeder andere wäre nach solch einer Würdigung vor Stolz fast geplatzt, doch dem Traumhändler schien sie überhaupt nicht zu gefallen:

»Reich, ich? Welcher Reichtum kann mir das zurückgeben, was ich am meisten liebe? Welches Geld kann mir den Quell der Freude, die Oase der Seelenruhe, den Brunnen der Hoffnung und den Born der Träume kaufen? Wenn du mich als reich bezeichnest, dann sage ich: Ja, ich bin reich. Ich habe das, was Geld nicht kaufen kann.«

Er deutete auf uns und fuhr fort:

»Schau auf meine Freunde: Sie sind mein Schatz. Sie lieben mich für das, was ich bin. Sie lieben einen zerlumpten Gesellen ohne Glamour, Status und Geld, einen Habenichts, der keinen Ort hat, wo er sein Haupt betten kann. Ja, ich bin reich. Ich habe Augen, um die Blumen zu sehen, und Zeit für namenlose Dinge. Mich nährt das Lächeln der Kinder, mich lehrt die Erfahrung der Alten Seelenruhe. Und der Wahnsinn der Geisteskranken zeigt mir meine eigene Geisteskrankheit. Ja, ich bin reich! Ich besitze alles, was teuer ist. Ich besitze, was weder Gold noch Silber kaufen können. Und du, was besitzt du?«

Der Fremde war sprachlos und lächelte schief. Sein Freund hatte schon immer einen scharfen Verstand gehabt, der, seit sie sich nicht mehr gesehen hatten, noch glänzender geworden war.

»Davon wohl sehr wenig!«, gab er dann zu, ohne sich jedoch geschlagen zu geben:

»Ich spreche aber nicht von diesen Reichtümern, Meister!«

Es war das erste Mal, dass er seinen Freund mit »Meister« ansprach und ihm so seine Ehrerbietung zeigte.

»Ich spreche von dem, was die Menschen begehren.«

»Wusstest du, dass Geld Feinde anzieht und wahre Freunde fernhält?«, fragte der Meister.

Gerührt rief der Bürgermeister dazwischen, wobei er sich lautstark die Nase schnäuzte: »Ich liebe diesen Mann!«

Jetzt stimmte der ältere Herr dem Meister zu:

»Ja, ich weiß. So funktioniert das System.«

Entflammt tat unser Straßenphilosoph Honigschnauze kund:

»Geld ist wie ein Kadaver. Es nährt die Bakterien und zieht Hyänen an!« Er klopfte sich wieder einmal selbst auf die Schulter: »Hui! Welche Gehirnzellen haben mir das nun eingegeben?«

Nun fuhr der Meister mit einer Frage fort:

»Wenn du alles verlierst, was du hast, sogar deine Kinder und dein Image – wie viele Menschen werden dann wohl weiter zu dir stehen?«

Nach einem langen warmherzigen Schweigen antwortete der Fremde:

»Vielleicht wirklich viel weniger, als ich zu glauben wage. Aber trotzdem kannst du deine Macht doch nicht leugnen! Sie erstreckt sich auf alle Kontinente! Gekrönte Häupter bewundern dich, Stars liegen dir zu Füßen, Präsidenten umwerben dich!«

Schon wieder mischte sich Honigschnauze ein:

»Was? Präsidenten umwerben dich?«

Dann zeigte er auf Barnabas und sagte:

»Das ist der Mann! Das ist der Politiker, der den Meister bewundert!«

Darauf hob der Bürgermeister die Hände und bestätigte seine Bewunderung des Traumhändlers:

»Jawoll! Ich werfe mich vor dir in den Staub! Ich, der zukünftige Präsident der Nation!«

»Mehr Bescheidenheit, Bürgermeister! Du verlierst ja schon wegen einer ganz winzigen Maus die Wahlen!«, wies ihn Honigschnauze zurecht.

»Schweig, Clotilde!«, piesackte Barnabas.

Nun fragte der Meister sein Gegenüber:

»Macht? Welche Macht habe ich denn, Charles?«

Zum ersten Mal nannte er seinen Freund beim Namen.

»Jeden Tag sterbe ich ein bisschen. Jeden Tag müssen die Trillionen Zellen meines schwachen Körpers genährt werden, um nicht zu vergehen. Jeden Tag heult die Zeit in meinem Geist und erinnert mich daran, dass das Leben, mag es auch noch so ernst sein, nur ein Spiel ist in der Ewigkeit. Jeden Tag schreit die Zeit, dass sich der letzte Akt meines Lebens auf der Friedhofsbühne nähert. Sag mir, Charles, was für eine Macht soll ich denn haben?«

Bartholomäus fügte in etwas anderem Tonfall hinzu:

»Wach auf, Mann! Wir sind die ärmsten Schlucker der Stadt, wir sind am Arsch! Siehst du das denn nicht?«

Der Bürgermeister nutzte die Gelegenheit:

»Verehrtester Charles, kannst du mir vielleicht etwas Kleingeld leihen?«

Der Fremde musterte die beiden Großmäuler und fragte dann den Traumhändler, ohne ein Blatt vor den Mund zu nehmen:

»Meinst du nicht, dass deine Jünger etwas kaleidoskopisch sind?«

Bürgermeister rückte an Honigschnauze heran und flüsterte ihm ins Ohr:

»War das jetzt ein Kompliment oder eine Beleidigung?«

»Gute Frage!«

»Aber ich mag das Wort!«, bemerkte Barnabas.

»Meinst du nicht, dass dich besser ein Team Intellektueller begleiten sollte?«, setzte Charles nach.

Nun fühlte Honigschnauze sich herabgesetzt und protestierte:

»Intellektuelle? In der Schule des Meisters sind Intellektuelle und Verrückte gleich. Das Einzige, was man braucht, ist Erfahrung!« Dabei schaute er mich provokativ an.

Aber da ich nichts von der Unterhaltung zwischen dem Meister und seinem Gegenüber verpassen wollte, ließ ich mich nicht aus der Ruhe bringen.

Der Traumhändler blickte seinem Freund in die Augen:

»Wenn du meine Jünger kennen würdest, würdest du merken, dass sie zwar ungehobelt und naiv, aber offen und ehrlich sind, ganz im Gegensatz zu uns. Ihre Weisheit stammt nicht aus der akademischen Welt, ihre Sensibilität zeigt sich nicht auf Kunstausstellungen, ihr Glanz wird nicht über die Medien verbreitet. Sie leben in der Anonymität, weit weg vom Scheinwerferlicht, als hätten sie keine Verdienste. Aber ich garantiere dir, es sind faszinierende Menschen!«

Nach dieser Würdigung gingen Bartholomäus und Barnabas umher und schüttelten allen Jüngern die Hand, um ihnen zu gratulieren.

»Armes Hollywood, armes Fernsehen, arme Zeitschriften, dass sie uns derart ignorieren!«, sagte Honigschnauze stolz, wobei er wie ein Schauspieler posierte.

»Ja, wir sind die großen Ignoranten!«, pflichtete der Bürgermeister ihm bei. Er wollte sagen: »Ignorierten!«

Ich schüttelte nur den Kopf.

Die große Enthüllung

Mit offenem Mund stand der Fremdling da. Die bizarre Bande, die dem Traumhändler folgte, hatte ihn sprachlos gemacht. Auch wir waren verwirrt, und der Meister sah uns an, dass er uns eine Erklärung schuldig war. Nun stritt er aber nicht etwa ab, was der Mann über ihn behauptet hatte, sondern sagte nur:

»Vergesst, wer ich gewesen bin. Wichtig ist, wer ich jetzt bin.«

Diese Worte zogen mir den Boden unter den Füßen weg. Wenn er sagte, dass wir vergessen sollten, wer er gewesen war, bestätigte er damit die Aussagen seines Freundes! Ich verstand die Welt nicht mehr.

In meinem Kopf wimmelte es jetzt vor Fragen. Wenn der Meister doch früher so reich gewesen war, wie war er dann in der Gosse gelandet? Obdachlos und mittellos teilte er noch das wenige, was er hatte, und er war so großzügig, dass er sogar aufs Essen verzichtete, um die Hungrigsten satt zu machen.

Ich wusste, dass auch die rabiatesten Sozialisten nicht auf die Privilegien eines komfortablen Lebens verzichteten. Einige von ihnen, wie zum Beispiel Stalin, Breschnew, Ceausescu und Kim Jong-il, hatten den Luxus mehr geliebt als die Kapitalisten, obwohl ihr Volk hungern musste. Marx predigte die Herrschaft des Proletariats, doch sogar er hatte nicht auf die Annehmlichkeiten des Wohlstands verzichtet.

Um mit Nietzsches Worten zu sprechen, war mein Meister dagegen menschlich, allzu menschlich. Es war unvorstellbar, dass er alles aufgegeben hatte. Ja, er klagte die Gesellschaft an, die am laufenden Band kranke Menschen produzierte. Ja, er wollte den Traum eines freien Geistes verkaufen. Aber doch nicht, weil er ein spiritueller Prophet, ein Messias gewesen wäre. Nein – er war ein Prophet der Philosophie! Er prangerte die Barbarei der modernen Gesellschaft an, weil er das kritische Denken kultivierte.

Aber wenn er doch eigentlich reich war, wieso verschmähte er für nichts und wieder nichts die Privilegien seiner Arbeit und seines Erfolges? Dafür musste man doch verrückt sein! Aber der Traumhändler war alles andere als das. Im Lichte seiner Intelligenz, Weisheit und Reife war ich verbohrt, töricht und kindisch.

Was der Fremde über ihn gesagt hatte, konnte einfach nicht wahr sein! Dieser elegante ältere Herr war bestimmt ein Bewunderer mehr, der den Meister mit seinen Äußerungen einfach nur als großen Helden hinstellen wollte! Der Mann, dem ich folgte und der noch nicht einmal die U-Bahn benutzte, um Geld für Essen zu sparen, wurde doch nicht von Königen hofiert, außer es wären die auf den Spielkarten gemeint!

Während ich noch darüber nachdachte, erwiderte der Meister seinem respektablen Gegenüber, der ihn dazu bringen wollte, sein Leben als obdachloser Wanderer aufzugeben:

»Ich habe zwar keine wärmende Bettdecke, doch den Mantel der Seelenruhe. Ich habe zwar kein Geld für luxuriöse Feste, doch ich feiere das Leben jeden Tag. Ich habe zwar keinen Pfennig, doch ich besitze alles, was meine Augen verzaubert. Ich kann zwar nichts kaufen, doch ich verkaufe Träume.«

Charles stand da wie gelähmt. Der Traumhändler verwirrte wirklich jeden, der ihn hörte. Trotzdem versuchte er es noch einmal:

»Wenn du schon Träume verkaufen willst, lass zumindest deine Verletzungen behandeln! Du kannst doch wohl das Krankenhaus aufsuchen, das du selbst zu Ehren deines Vaters gegründet hast!«

Ich wurde feuerrot und schnappte nach Luft. Dann keuchte ich: »Was für ein Krankenhaus meinen Sie?«

Der Fremde schwieg einen Augenblick und sah den Traumhändler an, der ihm mit einem Nicken andeutete, dass er reden durfte.

»Das Mellon-Lincoln-Hospital!«

»Was? Das Mellon-Lincoln? Ich glaub es nicht! Das kann nicht wahr sein!«, rief ich atemlos. »D… dann bist du … Mellon Lincoln Junior! Der mächtige Chef der Megasoft-Holding! Der Mann, der kurz davorstand, Staatspräsident zu werden!«

Der Traumhändler schwieg, und ich war völlig paralysiert. All meine Freunde standen wie angewurzelt da und waren verstummt – sogar unsere größten Maulhelden. Ich starrte in das zerschundene Gesicht des Meisters, zog dann die Zeitungsseite mit dem alten Foto des attraktiven Mellon Lincoln Junior aus der Tasche und verglich. Das Blut gefror mir in den Adern. Nun verstand ich eine der Maximen des Traumhändlers: Das Leben ist nichts als ein Spiel in der Zeit.

Der Meister bemerkte wohl, dass in meinem Kopf alles durcheinanderwirbelte! Ich konnte wirklich keinen klaren Gedanken mehr fassen. Meine Milliarden Neuronen waren von der unvorstellbaren Wirklichkeit in Schockstarre versetzt worden … Aus diesen Trümmern meiner Gedanken blickte ich dann den geheimnisvollen Mann an, der mich auf dem Dach des Alpha-Gebäudes vor dem Selbstmord bewahrt hatte, und sagte:

»Ich habe dich gegenüber meinen Studenten mehr als einmal kritisiert. Ich dachte, du wärst ein eiskalter Despot, der so hoch über allen gesellschaftlichen Problemen und menschlichen Konflikten thront, dass er sie gar nicht mehr wahrnimmt. Und jetzt stellt sich heraus, dass ausgerechnet dieser Despot der Stadtstreicher ist, dem ich folge und den ich als meinen Meister bewundere! Du selbst hast doch Mellon Lincoln Junior mehrmals scharf kritisiert! Wie kann das sein? Du hast die leitenden Angestellten der Megasoft-Holding mit Ausfällen gegen den Firmengründer provoziert, der du selbst bist: Warum nur, mein Gott?«

Ich war so entgeistert, dass ich als alter Atheist sogar das Wort »Gott« in den Mund nahm!

Der Traumhändler seufzte. Ein entscheidender Moment in unserem Verhältnis war gekommen. Er senkte den Blick auf uns, um zu fragen:

»Ihr seid fassungslos? Der *Homo sapiens*, der nicht in der Lage ist, sein angebliches Wissen kritisch zu hinterfragen, ist nicht würdig, *sapiens* genannt zu werden. Wie hätte ich überleben können, ohne mein Denken einer grundlegenden Kritik zu unterziehen und mein Herz zu öffnen? Wie hätte ich mir die Verstandesklarheit erhalten können, ohne über das zu weinen, was ich in meinem Wahnsinn getan hatte? Wie hätte ich die Schreckgespenster in meiner Psyche bannen können, ohne sie zunächst in ihren Abgründen aufzuspüren? Wie hätte ich weitere Kommata setzen können, ohne zuvor zu den Schlusspunkten zu stehen, die ich in meiner beschränkten Härte gesetzt hatte?«

Das Geschöpf stürzt sich auf den Schöpfer

Die Jüngerschar war nach diesen Enthüllungen ebenso perplex wie Charles, mit Ausnahme von Dimas. Wir hatten ihn als Taschendieb, Betrüger, Spitzbuben und Gauner abgestempelt, doch nun stellte sich zu unserer Überraschung heraus, dass er ein junger Assistent von Mellon Lincoln Junior gewesen war. Er hatte eine schwierige Kindheit hinter sich und litt unter Kleptomanie. Dinge, die in sein Sichtfeld gerieten, mochten sie auch noch so wertlos sein, lösten in ihm den unwiderstehlichen Drang aus, sie zu besitzen.

Als junger Mann hatte Dimas Mellon Lincoln Junior offenbar bestohlen und war dabei von dessen Leibwächtern auf frischer Tat ertappt worden. Mellon Lincoln Junior hatte ihn daraufhin aber nicht angezeigt, sondern unter seine Fittiche genommen, ihm die Ausbildung finanziert und ihn zu einer Art Familiensekretär gemacht. Seine Kinder hatten ihn geliebt. Doch mit ihrem Tod und dem psychischen Zusammenbruch des Meisters hatte sich auch Dimas verloren. Im Gegensatz zu uns schien Jurema von Anfang an gewusst zu haben, wer Dimas war. Sie hatte es aber vorgezogen, zu schweigen.

Bartholomäus, Barnabas, Edson, Salomon, Monika, der Zerstörer und weitere Anhänger des zerlumpten Traumhändlers versuchten nun zu verdauen, was sie gehört hatten. Wie ich konnten auch sie kaum glauben, dass er tatsächlich sein komfortables Leben aufgegeben und Machtposition, Status und Ansehen radikal den Rücken gekehrt hatte. Jetzt ließen sie die letzten Monate noch einmal Revue passieren und bombardierten ihn schließlich mit ungläubigen Fragen:

»Meister! Warum bloß hast du dich im Stadion von den *La Femme*-Managern, obwohl diese Modemarke zu deiner eigenen Firmengruppe gehört, derart demütigen und verhöhnen lassen?«, fragte Monika, und Edson fügte kopfschüttelnd hinzu:

»Und als du den Sitz deiner eigenen Firma betreten wolltest, hast du dich abführen lassen wie ein Verbrecher!«

Bartholomäus brüllte:

»Die Sicherheitsleute, die dich verprügelt haben, werden auch noch von dir bezahlt! Na warte! Haltet mich fest, sonst weiß ich nicht, was ich tue!«

»Meister! Die Zeitung, die dich verleumdet, als Geisteskranken und Psychopathen abgestempelt hat, wird von deiner eigenen Firmengruppe herausgegeben!«, sagte Salomon vorwurfsvoll.

»Und was ist mit den tödlichen Spritzen, die sie dir in deinem Krankenhaus gesetzt haben? Fast wärst du daran gestorben!«, fügte ich empört hinzu.

Der Traumhändler hob den Blick gen Himmel, an dem ein paar Schwalben tanzten und zwitscherten. Er tat einen tiefen Seufzer, blickte dann wieder auf uns und erwiderte:

»Obwohl das Geschöpf von seinem Schöpfer liebevoll aufgezogen wurde, hat es ihm die Zähne gezeigt, als es groß war. Ein Tier, das nur der Peitsche gehorcht, wird nie dein Freund sein und dich in Frieden schlafen lassen.« In seiner Stimme schwang Enttäuschung mit, und er fügte hinzu:

»Wenn die Megasoft-Holding sogar ihrem Gründer gegenüber zum Raubtier geworden ist, was wird sie dann erst Unbekannten antun?«

Darauf rief Charles aufgebracht:

»Ich weiß genau, was du meinst! Deine Freunde und Vertrauten sind allesamt zu Aasgeiern geworden! Und diejenigen, die dich so zugerichtet haben, wissen gar nicht, wer du bist!«

»Glaubst du denn das wirklich?«, fragte der Meister und fügte hinzu:

»Die Schläger selbst wissen es wohl wirklich nicht, aber diejenigen, die hinter ihnen stehen und mir an den Kragen wollen, wissen es durchaus.«

»Ich stehe dir zur Verfügung, Mellon Lincoln!«, rief Charles entschlossen. Jetzt würden Köpfe rollen.

»Wer sind deine Feinde? Wen soll ich von seinem Posten entfernen, wen soll ich versetzen, wen entlassen, wen anzeigen?«

Bevor der Traumhändler überhaupt darauf antworten konnte, hatten Bartholomäus und Barnabas bereits eine Liste für den Scharfrichter erstellt.

Honigschnauze brüllte: »Schick den Verbrecher, der das Krankenhaus leitet, für ein Jahr in den Irak oder nach Afghanistan! Und mach die Schreiberlinge, die dich durch den Kakao gezogen haben, zu Blutwurst!«

Der Bürgermeister polterte:

»Dreh sie durch den Wolf, die Sicherheitsrambos und Bürofatzkes, die dich fertiggemacht haben! Ach ja! Und vergiss auch Túlio Campos nicht, den Widersacher unseres Superego!«

Doch der Traumhändler unterbrach sie und sagte mit Nachdruck:

»Zunächst passiert keinem was!«

»Keinem, Meister?«, fragte der Bürgermeister unzufrieden. »Das ist doch aber die Gelegenheit, um mit der Opposition fertigzuwerden!«

Auch Charles war empört:

»Was meinst du damit – keinem? Sie haben dich fast umgebracht! Sie dürfen doch nicht frei herumlaufen und weiter bei dir arbeiten!«

»In dieser Geschichte gibt es keine Heiligen. Die Verantwortung für die Unternehmensphilosophie, die die Menschlichkeit meiner Mitarbeiter zerstört hat, liegt bei mir selbst«, bekannte der Traumhändler mit erstaunlicher Offenheit. »Wenn wir kein Geld haben, sind wir arm, aber wenn wir falsch damit umgehen, sind wir armselig!«

Voller Bewunderung dachte ich: ›Diese Reife und Würde möchte ich haben! Wenn ich an seiner Stelle wäre, würden Köpfe rollen. Ich habe ja schon aus viel unwesentlicheren Gründen Studenten und Hochschullehrer gefeuert!‹

Endlich hatte ich verstanden, dass mein Meister tatsächlich der mächtige Multimillionär war, den ich in meinen Vorlesungen verdammt hatte. Er wohnte jetzt unter der Brücke, besaß dafür jedoch Dinge, die man nicht kaufen kann. Nun wiederholte er, was er schon auf der Teufelsinsel zu El Diablo gesagt hatte:

»Außerdem, Charles, besteht die größte Rache darin …« Sein Freund führte den Satz zu Ende:

»… zu verzeihen – ich weiß, ich weiß. Dein Vater hat auch so gedacht. Und ist daran zugrunde gegangen, wie du wohl weißt.«

Jetzt wurde mir klar, dass Charles den Traumhändler sogar schon als Kind gekannt hatte! Kein Wunder, dass er sich solche Sorgen um ihn machte, vor allem nach den Anschlägen auf sein Leben:

»Entweder übst du deine Macht endlich aus oder du verlässt das Land und verkaufst deine Ideen dort, wo man deiner nicht habhaft werden kann! Zieh dich doch auf die griechischen Inseln zurück oder nach Skandinavien oder Polynesien, auf einen deiner Sommersitze!«

Der Bürgermeister johlte begeistert:

»Mein Koffer ist gepackt!«

Ich traute meinen Ohren nicht. Mit meinem Gehalt als Hochschullehrer brauchte ich dreißig Jahre, um mein bescheidenes Häuschen abzubezahlen, und der Meister hatte mehrere Sommerhäuser, die er gar nicht nutzte? Ging sein Verzicht tatsächlich so weit?

»Ich hab gar keine Koffer zu packen!«, erwiderte er, um sich dann wieder Charles zuzuwenden:

»In einem dieser Sommerhäuser bin ich vor Langeweile, Schuldgefühlen, Depressionen und Einsamkeit fast gestorben. Deshalb sage ich heute: Lass jeden Tag seine eigenen Probleme und seine eigenen Lösungen bringen. Wer weiß, ob euer Stadtstreicher nicht eines Tages aufgearbeitet hat, was ihn quält, und wieder Sinn findet in dem, was er einmal war. Wer weiß, ob er nicht eines Tages Freude daran findet, seinen armseligen goldenen Thron erneut zu besteigen.«

Charles hatte Mellon Lincoln Junior bereits früher bewundert, lange bevor dieser seine Kinder verloren hatte und durch die Hölle gegangen war. Er wusste, wie couragiert und mutig er war, kannte seinen kreativen Geist und seine unerschütterliche Willenskraft. Deshalb sah er nun ein, dass es niemandem gelingen würde, ihn von seinem Weg abzubringen.

»Ich habe deinem Vater auf dem Sterbebett versprochen, dich niemals zu verlassen. Also – wenn du mich brauchst, weißt du, wo du mich findest! Übrigens, die Polizeisirene, die die fünf Schlägertypen bei dem Überfall auf euch in die Flucht geschlagen hat, war kein Zufall. Ich hab getan, was ich konnte, bin aber fast zu spät gekommen. Ein Informant, den ich auf dich angesetzt hatte, teilte mir mit, du wärst fit genug, um dich zu verteidigen. Erst jetzt ist mir klar geworden, dass man dir gedungene Killer auf den Hals gehetzt hat.«

Dann seufzte er tief, legte dem Meister die Hände auf die Schultern und schloss:

»Mellon, mein Sohn, du bist für viele Leute sehr wichtig und du schwebst in Lebensgefahr! Pass bloß auf dich auf!«

Er zückte seine Brieftasche und zog tausend Dollar heraus, doch der Traumhändler lehnte dankend ab.

Mit Tränen in den Augen ging Charles leise davon.

Nicht nur Dimas und Bartholomäus hatten sich angesichts der vielen Geldscheine auf die Finger gebissen, um nicht danach zu grabschen. Und jetzt waren sie davongeflattert! Der Traumhändler hatte zwanzig Leibwächter, fünf gepanzerte Fahrzeuge und zwei Privatjets, zog aber die Freiheit mit all ihren Gefahren der Gefangenschaft in einem von Scheinwerferlicht ausgestrahlten Kerker vor. Nicht nachvollziehbar? Doch – der Mann, dem wir folgten, wusste genau, was er tat. Und er versuchte, sich zu erklären:

»Wenn ich tausend Jahre zu leben hätte, würde ich vielleicht umkehren und Zeit mit Dingen verbringen, die ich für zweitrangig halte. Aber da unsere Zeit auf Erden zwischen Kindheit und Alter schneller verfliegt, als wir denken, kann ich mir nicht den Luxus erlauben, ohne Freiheit zu leben. Ich verlange nicht, dass ihr mich versteht, aber ich bitte euch, dies zu respektieren.«

Auch große Männer weinen

Der Meister hatte uns allen die Augen geöffnet. Er war in die Welt gezogen, um den Dämonen entgegenzutreten, die seine Psyche belagert hatten! Er selbst war Teil des Systems gewesen, das er kritisierte! Doch nun war seine Zeit gekommen, um frei zu sein.

Er blickte erneut zu den Schwalben auf, die über uns hinwegflogen, und deklamierte die Hymne an den Wanderer. Seine Worte erhoben sich in die Lüfte; seine Gedanken waren frei wie die Vögel.

Wer bin ich?
Ein mächtiger Mann? Nein!
Ein berühmter Mann? Auch nicht!
Ein einfacher Wandersmann bin ich,
der keine Angst mehr hat, sich zu verlaufen.
Nennt mich ruhig verrückt
und macht euch über mich lustig!
Was soll's!
Ein Wandersmann bin ich,
der ausgebrochen ist
aus dem Kerker der Routine.
Und das ist alles, was zählt!

Eine Stunde später fanden wir uns im Park vor dem Landgericht wieder. Glücklich summten wir vor uns hin – immerhin folgten wir einem mächtigen Mann! Die Vorstellung, dass nun alles viel einfacher werden würde, entzückte uns. Bestimmt würden uns jetzt die Wege geebnet! Unsere Tage würden angenehmer, unser Leben bequemer …

Was für ein naiver Irrtum! Bereits wenige Minuten später stürzte ich vom Gipfel der Euphorie in das düstere Tal der Angst.

Ein etwa fünfzigjähriger Mulatte mit grauem Haar näherte sich uns mit schnellem Schritt, übergab mir dann wortlos einen Brief und entfernte sich wieder. Auf dem Umschlag stand: *Zu Händen meiner alten Freunde Honigschnauze und Bürgermeister.* Absender war kein Geringerer als El Diablo.

Ich erschrak. Erst in diesem Augenblick verstand ich, dass meine beiden Wegbegleiter offenbar in einem früheren Leben mit dem infamen Gangsterboss auf der Teufelsinsel befreundet gewesen waren! Nun sahen die zwei sich ängstlich an, und bevor sie den Brief öffneten, erklärte Bartholomäus:

»El Diablo und Granate sind im gleichen Waisenhaus aufgewachsen wie wir. Wir waren gute Kumpel. Als Barnabas und ich später dem Suff anheimgefallen sind, sind sie ins Verbrechermilieu abgerutscht.«

Sie rissen den Brief auf und begannen zu lesen. Ich entfernte mich ein wenig und beobachtete sie von Weitem. Schon nach den ersten Zeilen wurden sie bleich. Ihre Lippen zitterten. Dann fielen sie tatsächlich auf die Knie, und Tränen rannen ihnen das Gesicht hinunter.

In einem solchen Zustand hatte ich die beiden Spaßvögel noch nie gesehen. Bisher hatten sie noch über jede Situation zu lachen gewusst, doch jetzt schien sie aller Mut verlassen zu haben. Ich stürzte zu ihnen, und sie reichten mir kraftlos den Brief.

Er war zwar an sie adressiert, richtete sich aber an den Traumhändler. Was ich las, erschütterte mich genauso wie Bartholomäus und Barnabas. Ich konnte es einfach nicht glauben! Der Meister war von seinen Feinden bereits verleumdet und übel zugerichtet worden, aber diese Nachricht würde ihn bestimmt endgültig ins Grab bringen!

Ihm diesen Brief zu übergeben war wirklich das Letzte, was ich mir wünschte. Die Jünger umringten mich und wollten ihn lesen, doch ich konnte ihn einfach nicht vorzeigen. Stattdessen ging ich langsam, mit angehaltenem Atem und rotem Kopf, auf den Traumhändler zu. Dieser sah mich in diesem Zustand kommen und wurde nervös.

Dann nahm er mir den Brief aus der Hand und fiel bereits nach den ersten Zeilen in sich zusammen. So hatten wir ihn noch nie erlebt. Von einem Augenblick zum anderen war er nicht mehr der unbesiegbare, couragierte Mann, dem wir folgten, sondern ein gebrochener, verstörter Greis mit schmerzverzerrter Miene.

Als er zu Ende gelesen hatte, fiel er auf die Knie genau wie zuvor schon Bartholomäus und Barnabas. Man hatte ihm das Herz aus dem Leib gerissen! Er hob die Hände gen Himmel und schrie verzweifelt:

»Nein! Das darf nicht sein!«

Und dann rief er laut nach seinen Kindern, Fernando und Julieta, immer und immer wieder. Aus seinen geschlossenen Augen quollen die Tränen.

Die Passanten, die den Platz überquerten, blieben erschrocken stehen. Sie meinten, er läge im Sterben, und innerlich widerfuhr ihm das wohl auch.

Der Schmerz hatte ihn tief in den Staub gedrückt, und nun begann er, laut zu schluchzen und zu rufen:

»Nein! Nein! Doch nicht wegen mir! Bitte nur das nicht!«

Der Brief fiel ihm aus der Hand, und der Wind wehte ihn Professora Jurema vor die Füße. Sie bückte sich, hob ihn auf und begann, laut vorzulesen:

An den Traumhändler

Ihre Worte auf dieser elenden Insel haben mich berührt, und so spüre ich, dass ich Ihnen etwas mitteilen sollte. Ich weiß, dass meine Nachricht ein Albtraum für Sie sein wird. Immerhin hat jeder seine Grenzen, vor allem, wenn die eigenen Kinder im Spiel sind! Deshalb hoffe ich inständig, dass Sie mir verzeihen. Schließlich haben Sie ja selbst gesagt, dass die größte Rache darin besteht, dem Feind zu verzeihen! Was Sie aber erfahren sollten: Ihre Kinder sind nicht, wie Sie glauben, einem Unfall zum Opfer gefallen! Sie selbst waren das Ziel!
Jeder dachte, Sie wären am 23. März an Bord des Fluges JM 4477 gewesen. Zwei Ihrer engsten »Freunde« bei Megasoft haben einen Mord in Auftrag gegeben!

Gezeichnet: *El Diablo*

Schweigend und mit hängendem Kopf standen die Jünger nun im riesigen Park, und kein Vogelgezwitscher oder Blätterrauschen war mehr zu hören, kein Windhauch zu spüren.

Einige Passanten, die den weinenden Mann auf Knien sahen, gingen kichernd vorbei. Und immer war es in der Menschheitsgeschichte so gewesen: Während die einen weinten, lachten die anderen, während die einen schrien, schwiegen die anderen.

Wie gern hätten wir dem Meister den Arm um die Schultern gelegt und seinen Schmerz mit tröstenden Worten gelindert! Doch vor der Größe seines Leids waren alle Worte machtlos.

Die Geschichte des Traumhändlers war an einem Scheideweg angelangt. Ich musste daran denken, wie er gesagt hatte, dass Feinde uns zwar frustrieren, aber nur Freunde uns verraten können. Und nun wussten wir es: Der Meister hatte zwei falsche Freunde, die gewalttätiger und mächtiger waren als die Verbrecher auf der Teufelsinsel! Diese Männer hatten wahrscheinlich mit ihm an einem Tisch gesessen, gegessen und gelacht, doch dann hatten sie ihn verraten. Wer waren sie, und warum hatten sie es auf ihn abgesehen? Und was würde der Meister nun tun?

Würde er wirklich weiter ohne ein Dach über dem Kopf durch die Straßen ziehen? Oder würde er vielleicht doch in seine Stellung als mächtigster Mann der Welt zurückkehren? Würde er aus Angst vor seinen Verfolgern fliehen oder würde er diejenigen, die seine Kinder und weitere Unschuldige auf dem Gewissen hatten, jetzt seinerseits unbarmherzig verfolgen? Würde er womöglich hasserfüllt seinen Glauben aufgeben, dass Gewalt keine Gegengewalt rechtfertigt? Und würde er Rache und Gerechtigkeit noch unterscheiden können? Würde er aufhören, Träume zu verkaufen, um stattdessen Hass zu säen?

Und wir? Was würde aus uns werden? Wir hatten doch eine beispiellose altruistische Bruderschaft aufgebaut! Würde er uns jetzt verlassen, um uns vor den Gefahren zu schützen, die ihm drohten? Aber würden wir es überhaupt schaffen, getrennt voneinander weiterzuleben?

Sicher – einige von uns kämen bestimmt alleine klar. Ich hatte immer noch meine Universität, Jurema ihr Vermögen, Salomon sein Zuhause, Monika ihre Wohnung, Edson seine Religion. Aber Bartholomäus und Barnabas? Sie hatten gar nichts. Sie waren Männer der Straße, ohne Adresse, ohne Verwandte, ohne jeden Schutz. Alles, was sie besaßen, waren der Meister und seine neue Familie. Auf Knien weinten sie nun um ihn und seine Kinder. Sie hatten ihn als Vater angenommen, der zwar zerlumpt war, aber niemals strafte, der sich ihrer nicht schämte und sie nicht beiseiteschob, sondern sie umarmt und in sie investiert hatte, was er besaß. Seine Liebe zu ihnen war selbstlos, unerklärlich und poetisch gewesen.

Außerdem erinnerte ich mich daran, wie oft der Traumhändler uns gemahnt hatte, dass jeder Mensch für die Folgen seiner Entscheidungen selbst verantwortlich ist. Und jetzt musste er selbst seine wichtigste Entscheidung treffen! War etwa der Moment für ihn gekommen, damit aufzuhören, die Menschen zum Kampf um einen freien Geist und kritisches Denken anzuregen? Oder würde er denselben Weg einfach weitergehen? Und wenn er plötzlich Angst hätte, sich zu verlaufen? Würde er zum Kult des Ruhms zurückkehren, dem er so kritisch gegenübergestanden hatte?

Dutzende von Fragen schossen mir durch den Kopf, und auf keine wusste ich eine Antwort.

Ich wusste nur, dass mein Meister es im eigenen Leben geschafft hatte, seine zerrissene Geschichte wieder zusammenzufügen. Aber jetzt war sie wieder in tausend Stücke gerissen worden! Ich hatte doch mitbekommen, wie er nächtelang mit sich selbst und seinen Kindern gesprochen und sie um Vergebung gebeten hatte dafür, nie Zeit mit ihnen verbracht zu haben. Die ganze Welt wollte er ihnen zu Füßen legen, aber seine Gegenwart – das Einzige, was wirklich zählt! – hatte er ihnen vorenthalten.

Dieser faszinierende Mann hatte uns gelehrt, dass die größte Prüfung eines jeden Menschen darin besteht, die Dämonen in der eigenen Psyche zu bändigen. Doch jetzt waren die so schwer zu bannenden Gespenster des Zorns, des Schmerzes und der Rache wie durch ein plötzliches Erdbeben wieder an die Oberfläche gelangt, um ihn zu jagen. Würde er auch diese so schwierige Prüfung bestehen?

Als philosophischer Denker hatte uns der Meister immer wieder darauf hingewiesen, dass das Leben zyklisch ist. Drama und Komödie, Tränen und Jubel, innerer Frieden und Furcht sind ein Privileg der Lebenden und wechseln sich unerbittlich in der Geschichte jedes Einzelnen ab.

Doch was würde er jetzt sagen? Wie würde er damit umgehen, dass er auf dem Rad des Lebens plötzlich ganz unten war? Würde er sich etwa selbst widersprechen? Ich wusste es nicht. Doch dass er von nun an keine Träume mehr verkaufen konnte, sondern vielmehr selbst welche nötig hatte, soviel war mir klar. Er würde auf jeden Fall die intelligentesten und klügsten Träume aller Zeiten brauchen, um die Konsequenzen seiner eigenen Theorie auf sich nehmen zu können:

Das Leben ist ein Theaterstück, die größte Show auf der Bühne der Zeit! Doch wenn in diesem Theater der Vorhang fällt, geht das Stück trotzdem weiter, vor einem Publikum in Tränen …

Ich sah auf. Im Moment gehörte mein Meister zum weinenden Publikum, und ich dachte:

Auch große Männer weinen. Doch wenn sie fallen, kann niemand ihre Tränen trocknen …

Das Plädoyer für ein veganes Leben

INGRID KRAAZ VON ROHR
Die Seele is(s)t vegan
Bewusste Lebensweise für jeden Tag
192 Seiten
€ [D] 14,00 / € [A] 14,40
sFr 19,90
ISBN 978-3-548-74609-8

Warum ist eine vegane Lebensweise die absolute Notwendigkeit für achtsames und bewusstes Leben? Dieses Buch gibt die Antwort und ist zudem das erste komplett vegan produzierte Buch. Um seelisch nicht zu verkümmern, so rät die Autorin, ist es wichtig und hilfreich, sich von tierischer Nahrung und tierischen Produkten zu verabschieden.